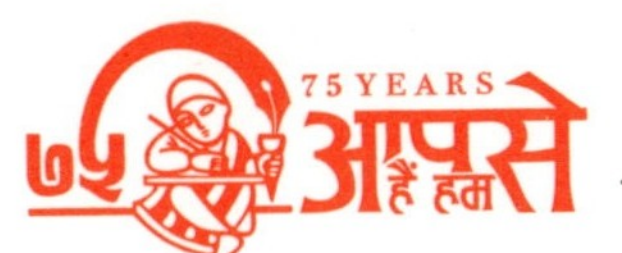
75 YEARS
आप से हैं हम

AF553919

हृषीकेश सुलभ

हृषीकेश सुलभ का जन्म 15 फरवरी, 1955 को बिहार के छपरा (अब सीवान) जनपद के लहेजी नामक गाँव में हुआ। आरम्भिक शिक्षा गाँव में हुई और अपने गाँव के रंगमंच से ही उन्होंने रंग-संस्कार ग्रहण किया। उनकी कहानियाँ विभिन्न पत्र-पत्रिकाओं में प्रकाशित और अंग्रेज़ी सहित विभिन्न भारतीय भाषाओं में अनूदित हो चुकी हैं।

रंगमंच से गहरे जुड़ाव के कारण वे कथा-लेखन के साथ-साथ नाट्य-लेखन की ओर उन्मुख हुए और भिखारी ठाकुर की प्रसिद्ध नाट्यशैली *बिदेसिया* की रंगयुक्तियों का आधुनिक हिन्दी रंगमंच के लिए पहली बार अपने नाट्यालेखों में सृजनात्मक प्रयोग किया। विगत कुछ वर्षों से वे *कथादेश* मासिक में रंगमंच पर नियमित लेखन कर रहे हैं।

उनकी प्रकाशित कृतियाँ हैं—'अग्निलीक', 'दाता पीर' (उपन्यास); 'तूती की आवाज़' ('पथरकट', 'वधस्थल से छलाँग' और 'बँधा है काल' एक जिल्द में शामिल), 'वसंत के हत्यारे', 'हलन्त' (कहानी-संग्रह); 'प्रतिनिधि कहानियाँ' (चयन); 'अमली', 'बटोही', 'धरती आबा' (नाटक); 'माटीगाड़ी' (शूद्रक रचित *मृच्छकटिकम्* की पुनर्रचना), 'मैला आँचल' (फणीश्वरनाथ रेणु के उपन्यास का नाट्यान्तर), 'दालिया' (रवीन्द्रनाथ टैगोर की कहानी पर आधारित नाटक); 'रंगमंच का जनतंत्र' और 'रंग-अरंग' (नाट्य-चिन्तन); 'संगरंग' (संपादन)।

सम्पर्क : पीरमुहानी, मुस्लिम क़ब्रिस्तान के पास, कदमकुआँ, पटना–800 003

ई-मेल : hrishikesh.sulabh@gmail.com

संगरंग

नई पीढ़ी के 25 रंगकर्मियों की रचना-प्रक्रिया

सम्पादक

हृषीकेश सुलभ

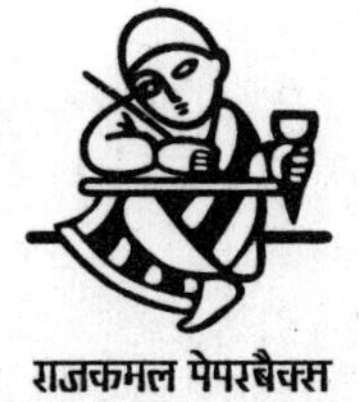

राजकमल पेपरबैक्स

राजकमल पेपरबैक्स में
पहला संस्करण : 2022

© लेखक/सम्पादक

राजकमल पेपरबैक्स : उत्कृष्ट साहित्य के जनसुलभ संस्करण

राजकमल प्रकाशन प्रा.लि.
1-बी, नेताजी सुभाष मार्ग, दरियागंज
नई दिल्ली-110 002
द्वारा प्रकाशित

शाखाएँ : अशोक राजपथ, साइंस कॉलेज के सामने, पटना-800 006
पहली मंजिल, दरबारी बिल्डिंग, महात्मा गांधी मार्ग, प्रयागराज-211 001

वेबसाइट : www.rajkamalprakashan.com
ई-मेल : info@rajkamalprakashan.com

बी.के. ऑफसेट
नवीन शाहदरा, दिल्ली-110 032
द्वारा मुद्रित

मूल्य : ₹299

SANGRANG
Edited by Hrishikesh Sulabh

ISBN : 978-93-95737-30-2

रंग निर्देशक, रंगगुरु
और
'कहानी का रंगमंच' के प्रणेता
डॉ. देवेन्द्र राज अंकुर के लिए

आभार

कथादेश पत्रिका के सम्पादक
और मित्र
हरिनारायण के प्रति

क्रम

पूर्वरंग

सन् 2003 में साहित्यिक मासिक पत्रिका 'कथादेश' में रंगमंच पर स्तम्भ लिखना आरम्भ किया था। 'रंगमंच का जनतंत्र' और 'रंग-अरंग' पुस्तकों की अधिकांश सामग्री इसी स्तम्भ लेखन की देन हैं। उसके बाद अवकाश ही नहीं मिला कि शेष सामग्री को व्यवस्थित कर सकूँ और उसके प्रकाशन के लिए पांडुलिपि तैयार कर सकूँ। फिर ऐसा दौर भी आया कि 'अग्निलीक' उपन्यास ने लम्बा समय लिया और नियमित स्तम्भ लेखन सम्भव नहीं रहा। हालाँकि इस बीच यात्राएँ करता रहा और छिटपुट तौर पर लिखता भी रहा। इन्हीं दिनों यह योजना बनी कि नई पीढ़ी के रंगकर्मियों से यह आग्रह किया जाए कि वे अपनी रचना-प्रक्रिया 'कथादेश' के पाठकों से साझा करें और इसके लिए वे अपनी किसी एक प्रस्तुति को चुनें। रंगकर्मियों के निकट रहने और उनके स्वभाव से कुछ-कुछ परिचित होने के कारण मुझे अच्छी तरह मालूम था कि यह काम आसान नहीं है और इसे निरन्तरता में प्रकाशित कर पाना सम्भव नहीं होगा। रंगमंच के साथियों की अक्सर यह शिकायत रहती है कि पत्र-पत्रिकाओं में उन्हें इसके अवसर कम मिलते हैं या नहीं मिलते हैं कि वे अपनी बात रख सकें, पर सच यह है कि जब भी ऐसे अवसर आते हैं, अधिकांश रंगकर्मी लिखने से कतराते हैं। यही कारण है कि रंगमंच की दुनिया में बौद्धिक विमर्श के दायरे सिमटते चले जा रहे हैं। नई पीढ़ी के रंगकर्मी साथियों ने प्रसन्नता के साथ इस योजना का स्वागत तो किया, पर इनमें से अधिकांश मेरे निरन्तर आग्रह के बावजूद अपना वादा नहीं निभा सके। बहरहाल...

इस पुस्तक में शामिल रंगकर्मियों में हिन्दी के अलावा कुछ अन्य भारतीय भाषाओं के रंगमंच पर सक्रिय रंगकर्मी भी शामिल हैं। इसमें निर्देशक, अभिनेता, नाटककार–सब शामिल हैं। ये लेख रंगानुभव ही नहीं, जीवनानुभवों से भी भरे हुए हैं। रचनात्मकता के लिए जीवनानुभवों का बड़ा महत्त्व होता है। हम अपने समय और समाज के बीच जीते हुए जिन जीवनानुभवों को अर्जित करते हैं, वे हमारी कल्पनाशीलता और संवेदनशीलता का संस्पर्श पाकर नये कलेवर और नये आवेगों

के साथ हमारी सृजनशीलता में शामिल होते हैं। इन आलेखों में ऐसे रंगानुभवों को स्पष्टता के साथ रेखांकित किया जा सकता है जिनमें जीवनानुभव शामिल हैं। सृजन-प्रक्रिया को अभिव्यक्त करना सरल नहीं होता। रंगकर्म और दूसरी विधाओं की सृजन-प्रक्रिया में मौलिक अन्तर यह है कि मंच पर प्रस्तुत होता नाटक हर पल नया होता है। वही नाट्यालेख, वही मंच, वही निर्देशक, वही अभिनेता और वही दर्शक, पर प्रस्तुति नवीन। मंचन समाप्त होते ही उस प्रस्तुति का अन्त हो जाता है। यह नश्वरता ही रंगकर्म की जीवंतता है। इन रंगकर्मियों ने अपने आलेखों में ऐसे कई विलक्षण क्षणों को दर्ज किया है, जो रंगकर्म की जीवंतता का साक्ष्य प्रस्तुत करते हैं।

इन रंगकर्मियों में से कुछ ही ऐसे हैं जिन्हें अपने को अभिव्यक्त करने के लिए लिखने का अभ्यास रहा है। अधिकांश की रचनात्मक अभिव्यक्ति का माध्यम केवल रंगभाषा रही है। यही कारण है कि वे लिखने से कतराते हैं। इन लेखों की भाषायी अनगढ़ता अभिव्यक्ति में बाधा नहीं बनती बल्कि नया आस्वाद पैदा करती है। मुझे विश्वास है कि इन आलेखों में दर्ज अनुभव पाठकों के लिए रंगमंच के पार्श्व-संसार में प्रवेश के लिए राहों की निर्मिति करेंगे। रंगमंच का यह पार्श्व–संसार पाठकों और रंगमंच के सम्बन्धों को और सघन करेगा।

—हृषीकेश सुलभ

मानवेन्द्र कुमार त्रिपाठी

पटना में लम्बे समय तक रंगकर्म करने के बाद मानवेन्द्र कुमार त्रिपाठी प्रशिक्षण प्राप्त करने राष्ट्रीय नाट्य विद्यालय, दिल्ली गए और अभिनय में विशेषज्ञता प्राप्त की। 'समझौता' में एकल अभिनय से इन्हें देशव्यापी ख्याति मिली। अपनी आंगिक गतियों और चेष्टाओं-मुद्राओं से मंच पर प्रभावशाली चाक्षुषता रचने वाले मानवेन्द्र कुमार त्रिपाठी एक समग्र अभिनेता हैं। 'विक्रमोर्वशीयम्', 'समझौता', 'बिदेसिया', 'दालिया' आदि कई नाटकों में इनके अभिनय के जादू से दर्शकों को नया नाट्यानुभव मिला है। इन दिनों मुम्बई में रहकर रंगमंच और फ़िल्मों में अभिनय कर रहे हैं।

समझौता : यातना का दुर्गम संसार

कैसे शुरू करूँ, समझ नहीं पा रहा हूँ।...ऐसा अक्सर होता है। शुरुआत के सूत्र ज़रा देर से हाथ लगते हैं और जब तक हाथ नहीं लगते, बेचैन और परेशान किये रहते हैं।...यह बेचैनी मुझे भीड़ में भी एकान्त के कोने में धकेल देती है—मृत्यु जैसा एकान्त!

जब आपकी आँखों के आगे सारी रात बस यूँ ही गुज़र जाती है और आप अपनी क़ब्र में लेटे समय को अपनी मुट्ठी से सरकता हुआ देखते रहते हैं...और अचानक आपका दम घुटने लगता है और आप बचने के लिए हाथ-पाँव मारने लगते हैं...और अन्ततः जब शरीर और मस्तिष्क के सारे प्रयास बेकार साबित होते हैं, तब आप थककर अपने-आपको लहरों के हवाले छोड़ देते हैं—रेत की नदी की लहरें।

पहली बेल बज गई है...।

समझौता की तैयारी सेल्फ़ हिप्नोटिज़्म की कहानी है...या कुछ संयोगों के एक साथ आ मिलने की कहानी?

प्रवीण 2009 में पास-आउट हो चुके हैं और मैं राष्ट्रीय नाट्य विद्यालय के अन्तिम वर्ष का छात्र हूँ।...तभी जाड़ों में किन्हीं कारणों से प्रवीण का राष्ट्रीय नाट्य विद्यालय के ब्वायज़ हॉस्टल में आना होता है और वहीं कमरा नम्बर छह में यह तय होता है कि जब मैं पास-आउट होऊँगा तो समझौता को सोलो परफ़ॉर्म करूँगा।... एक साल बाद...2010 में राष्ट्रीय नाट्य विद्यालय से पास होते ही बोरिया-बिस्तर अपने घर गोपालगंज रखकर मैं पन्द्रह दिनों के भीतर बेगूसराय जा पहुँचता हूँ।

समझौता एक बहुचरित्रीय नाटक है।...सोलो नहीं।...हमारे पास सोलो की स्क्रिप्ट भी नहीं है। आज पहला दिन है और पुरानी स्क्रिप्ट पढ़ी गई है, जिसे प्रवीण ने कालांतर में अपने नाट्य-दल के साथ किया था।...इसे सोलो बनाना कठिन है। हम चार-पाँच दिन फ़्लोर पर जाते हैं। पुरानी स्क्रिप्ट पढ़ी गई है और उसी से कुछ तत्त्व उठाने की कोशिश चलती रहती है। फिर मुक्तिबोध की मूल कहानी समझौता

भी पढ़ी जाती है। कोई सूत्र नहीं मिल रहा है। हम रोज़ रीडिंग करते हैं और निराश घर वापस लौट जाते हैं।...धीरे-धीरे लगभग एक हफ़्ता बीत गया है। अब लग रहा है कि अगर हम इसी मनःस्थिति में रहे, तो शायद यह नाटक नहीं कर पाएँगे।... आग के गोलों के अन्दर से कूदकर जाना है रे भाई...।

हम थक चुके हैं। आलस्य भी अपना असर दिखा रहा है। इस मनःस्थिति से बाहर निकलना है। फिर हम बिना किसी योजना के ही इस दुनिया को साधने की कोशिश शुरू कर देते हैं। रात के एक बजे भी अगर कुछ मन में आता है, तो उसी समय दिनकर भवन आते हैं।...पंकज उर्फ़ झंटूजी से गेट खुलवाकर फ़्लोर पर उतर जाते हैं...और फिर जब थक जाते हैं, घर वापस आ जाते हैं। एक रात के बाद दूसरी रात...फिर तीसरी। रातें...और कई ऐसी रातें।...धीरे-धीरे अनजाने में ही... कहीं गहरे में हम उस दुरूह दुनिया में प्रवेश करते जा रहे हैं। इन्हीं रातों में से कोई एक रात, जब मस्तिष्क बाहरी दुनिया को भूल चुका है...रात की सनसनाहट के बीच भीतर से एक जानवर निकलकर फ़्लोर पर खड़ा हो जाता है—जीभ निकाले हुए...और अपने दो पैरों पर खड़ा। यह एक अद्‌भुत क्षण है। मूर्ति में प्राण-प्रतिष्ठा हो चुकी है उस रात...।

पाठ ने या पाठ के किसी शब्द या वाक्य ने यह असर नहीं किया है। यह सम्भवतः पाठ के भाव का समग्रता में असर है। भावना ने...संवेदना ने मेरे अन्दर उस जीव को जगाया है शायद। फिर सारा संघर्ष, सारी कहानियाँ, सारी घटनाएँ—सब ज्यों की त्यों घटने लगी हैं। सब तो मेरे ही साथ हुआ था। सबकुछ। धक्के खाता हुआ बिलबिलाता जीवन। छोटी-छोटी चालाकियाँ और फिर उन्हीं चालाकियों के चलते जीवन का कठिन से कठिनतर होते जाना। जीवन जीने के लिए मूल सुविधाओं की कामना करना भी क्या लोगों के मन में आपके लिए अश्रद्धा उत्पन्न कर सकता है? क्या रोटी, कपड़ा, मकान, शिक्षा, स्वास्थ्य—किसी की मदद करने के सामर्थ्य की कामना रखना भी गुनाह होता है? आख़िर कुछ लोगों के लिए ये चीज़ें बहुत ही आसान और कुछ लोगों के लिए उनके जीवन भर का संघर्ष क्यों हैं? क्या इस जहाँ में मेरे हिस्से की धरती...मेरे हिस्से का आसमान है? एक छोटे बादल का टुकड़ा ही सही, इसे पाना इतना कठिन क्यों बना दिया गया है? क्या डार्विन आज तक सही है? क्या उसने यूनिवर्सल सत्य ढूँढ़ लिया था?...या हमारे ज़ेहन में एक साज़िश की तरह ये बातें बैठा दी गई हैं...फीड कर दी गई हैं—धर्म के नाम पर...जाति के नाम पर...विचारों के नाम पर...आन्दोलनों के नाम पर...रंग-प्रान्त और अच्छा-बुरा के नाम पर? क्या यह एक बड़ी साज़िश है? क्या ये हदें जान-बूझकर खड़ी की गई हैं ताकि बाड़े का जानवर बाड़े में ही रहे? वही उसकी दुनिया...वही उसका जीवन। पूरी दुनिया ज़ोर लगाए हुए है कि अपने बाड़े में रहो। उसे मत छोड़ना। छोड़ा कि पहचान नम्बरों में बदल जाएगी और तुम बहुत सारे काग़ज़ों, आइडेंटिटी कार्ड्स,

मोबाइल नम्बरों और न जाने कैसी-कैसी चीज़ों में बदल दिये जाओगे। पर वे तुम्हें पहचान लेंगे। तुम्हारी पहचान वही रहेगी। ट्रेस कर लिए जाओगे।...ट्रेस हिम।... मोबाइल नम्बर...पासपोर्ट नम्बर...पैन कार्ड नम्बर। बाड़ा तोड़कर जाने न पाए। सबका डाटा है।...ऐंठो मत। आराम से पकड़ लिए जाओगे। ज़िन्दगी की परेशानियों में...दो रोटी कमाकर खाने के चक्करों में पिसते रहो। यही तो जीवन है। ईमानदारी से जीओ और ईमानदारी से मर जाओ।...बड़ा अच्छा आदमी था। ईमानदारी के...सत्य के सारे प्रतिमान किसने गढ़े? अगर मनुष्यता ने गढ़े, तो इतने छल-प्रपंच क्यों? इतने तिलिस्म...इतने छद्म...इतनी चालें पेट भर खाने के लिए...एक घर या एक गाड़ी के लिए? इतना अगर हो गया, तो मित्रों के मन में डाह।...आप पूजनीय हैं...वंदनीय हैं।...अरे! इसने तो जीवन जीत लिया। जो पढ़ा, उसके सहारे जीवन नहीं चलता। जो करना चाहते हैं, वह कर नहीं सकते।...हमारे सपने अलग, हमारा काम अलग। जीवन और जीवन जीने के लिए दी गई शिक्षा में कोई सम्बन्ध नहीं। हर कोई सीख देता हुआ कि प्रैक्टिकल बनो। आदर्श केवल सीखने और सिखाने के लिए। जीवन में कहीं भी आदर्श की उपस्थिति नहीं। कैसा समय है हमारा?...या हम कैसे समय में हैं?...हम सब आग की तरह चमकना चाहते हैं कि बिजली की तरह? हम सब अपने पंख जलाए बैठे हैं। कुछ तितलियों ने अपने जले हुए पंखों पर सोने के पंख जड़ लिए हैं।...हमसे अलग...सोने के पंखों वाली तितलियाँ।...प्रकाश की चाह में चले थे और ले आए सोना। सोना सच में आज भी क़ीमती है। सुना है, इस ब्रह्मांड के नब्बे प्रतिशत संसाधनों पर कुल तेरह सौ लोगों का आधिपत्य है। बाक़ी दस प्रतिशत के लिए हम नब्बे प्रतिशत लोग हैं। यही दस प्रतिशत हमारी सपनों की सीमा है। यही है हमारी सीमा-रेखा।...मुझे क्षमा करें, मैं किसी वाद की बात नहीं कर रहा।

प्रवीण निर्देशक की कुर्सी पर बैठ गए हैं।...तक धिन...तक धिन...धिन ता... ता...ता...!

"क्या करते हो?"

"एक्टर हूँ।"

"वह तो ठीक है, पर करते क्या हो?"

किसी परिचित ने माँ से कहा कि उनके बच्चों को यह न बताया जाए कि मैं एक्टिंग-वेक्टिंग करता हूँ। उन्हें अपने बच्चों के बिगड़ने का डर था।

सर्कस में जोकर बनना ख़ुद ही तय किया था। मैनेजर मान भी गया, पर रोल दिया रीछ का।...और उनके द्वारा पाली गई बर्बरता से लड़ने के लिए बर्बर होने की इस जीवन की ट्रेनिंग में डाल दिया गया है मुझे। जटिल कर दिया गया है जीवन। जटिल से जटिलतर। भूलभुलैया में जैसे छोड़ दिया गया हो।...वह कौन है जो हमारी इस बदहवासी का मज़ा लेता है? हम जितने बदहवास, खेल में मज़ा उतना ही ज़्यादा।...लो, यह रहा दुनिया का सबसे बड़ा इंटरटेनमेंट।...बदहवासी की

कहानियाँ...बदहवासी की कविताएँ...बदहवासी के लतीफ़े...बदहवासी पर चर्चाएँ, गोष्ठियाँ, सम्मेलन, मोर्चे, आन्दोलन। बदहवासी एक विचार है।

क्या सच में डार्विन ने यूनिवर्सल सच ढूँढ़ लिया था?

क्या सच्चाई का हाथ पकड़ने से तुम भी डर जाते हो कि या तो बेमौत मरोगे या फिर बाड़े में रहोगे?

छि:! अशुद्ध विचार।

ये बदहवासी के विचार हैं। ध्यान मत दीजिए। जो रोज़मर्रा के जीवन के लिए, खाने-पीने के लिए, इलाज के लिए जीए, उससे छोटा आदमी इस जगत में हो ही नहीं सकता।...जीवन के पार की सोच भाई। आत्मा अमर है। वह न जन्म लेती है और न मरती है। वह केवल शरीर बदलती है।...दुनिया माया है।

होश-ओ-हवास वाला विचार...?

क्या तुम्हें जादूगरी आती है?

मुझे भी जादूगर बना दो।...मैं सच में जादूगर होना चाहता हूँ।...सच का जादूगर।...जानवर नहीं, जादूगर।

अरे भाई, बार-बार कहते हो कि शेर बनो, पर तुम्हें अपने सामने सियार या गधा चाहिए होता है।...सुनो, तुम मुझे जादूगर ही बना दो।

रंगीनियाँ।...रंगीनियाँ...।
आ, जी लें ज़रा।
हीरा बिकता कंकड़ के मोल
कंकड़ है अनमोल
जो भाव चाहिए तुझको भैया
जोड़-तोड़ के बोल
अदल-बदल है...।

मैं थूकता हूँ तुम्हारे अभिनय पर।...अभिमान में हो। चरित्र तो दिखता ही नहीं।

बहुत सारे प्रेत-वाक्य टँगे रहते हैं। चिपके रहते हैं ज़ेहन से।

मिडियाकर स्साले...

दो कौड़ी का एक्टर...

अब तक साथ ही हैं मेरे। आँखों के सामने। रोज़ जवाब माँगते हैं। प्रेतों को अपना ख़ून पिलाना पड़ता है...अपना मांस खिलाना पड़ता है, जब तक उनके सवालों के जवाब न मिल जाएँ।

मेरे प्रेत मेरा ही ख़ून पीकर...मेरा ही मांस खाकर रहते हैं।...पर जवाब नहीं मिलते।

क्या एक दिन ये मेरी आत्मा को भी खा जाएँगे?...ज़िन्दगी के ट्रेनर ने मुझ पर रीछ की खाल चढ़ा दी है।...शेर से लड़वाएँगे मुझे। शेर को क्या पता है कि रीछ

की खाल के अन्दर रीछ नहीं है...आदमी है? राजा लड़ेगा राजा की ताक़त से। शेर राजा है, किसी ने पैदा होते ही बता दिया था। कानों के द्वारा आत्मा में कुछ बातें फूँक दी गई थीं। शेर राजा है और मैं?...ढूँढ़ो। बड़े-बड़ों का जीवन निकल गया।... यही तो ढूँढ़ना है कि मैं कौन हूँ...!...मैं कौन हूँ?...कोई नवजात शिशु की आत्मा में सवाल फूँकता है...या जवाब देता है?

रस्सी बाँध दी गई है।...इकलौती रस्सी।...ऊपर से नीचे की तरफ़ गिरती हुई रस्सी।...चलो, करतब दिखाओ।...बाजा बजाओ।...रा रा रा...रा रा रा...राऽऽऽऽ... राऽऽऽ...। आवाज़ गूँजती है। सामने घूरती हुई दो आँखें हैं।

चाबुक-सी फटकार है मिलती हर दरवाज़े...हर दरवाज़े...।

अश्रु!...स्वेद!...रक्त! ओह!

यह दिल्ली है। यहीं तो मैंने जाना है कि मैं बिहारी हूँ।...बिहारी भैये।...पिया गइले कलकतवा...नहीं, दिल्ली...नहीं, मुम्बई...।

रात में हारमोनियम...।

संजय उपाध्याय हैं।...भोपाल में हैं। रात में हारमोनियम बजा रहे हैं। मैं अन्तरिक्ष में कहीं सुन रहा हूँ। मेरी आवाज़ फँस गई है। कोई दवा काम नहीं कर रही।...बिदेसिया का शो है कलकत्ता में।...गुंजन ने साड़ी पहन ली है।...बालों में फीता लगा लिया है।...यह 2004 का दिसम्बर है।...भैया, आप न होते तो मैं कभी हारमोनियम पर गा नहीं पाता...पर अब मैं अपनी आत्मा से गाऊँगा।... जीवन के सारे गीत...अपने ख़ून-पसीने से...अपने आँसू से गाऊँगा।...पर मैं हँसते हुए गाना चाहता हूँ।

मेरी आत्मा पर बेंतों के निशान हैं। मुझे आवाज़ों ने खुरच दिया है। क्या इनको गीतों में गाऊँ?...आत्मा पर बेंतों के निशान की कहानियाँ।...यातना का एक दुर्गम संसार।...अनवरत...बाड़े से बाहर निकलने के प्रयास में बेंतें खाता हुआ।...काँच ही बाँस के बहँगिया...।

मृत्यु से डर लगता है।...डूब न जाऊँ कहीं मैं!...मुझे अभी और जीना है।... अभी तो पूरा देखा भी नहीं जीवन!...तितलियों से...फूलों से...नदियों से...झरनों से...पहाड़ों से प्यार करना क्यों सिखाया माँ?...

"दरभंगा घर छै,"...एक बूढ़ी औरत नई दिल्ली रेलवे स्टेशन पर भीख माँग रही है। उसके पास घर लौटने के पैसे नहीं हैं। उसका बेटा यहाँ काम करने आया था और न जाने कौन-सी बिल्डिंग बनाते हुए...कौन-सी छत ढालते हुए, वह गिरकर मर गया। बुढ़िया को उसके बेटे की लाश तक नहीं मिली है। उसे दरभंगा की ट्रेन के लिए टिकट भर पैसा चाहिए।...दिल्ली है।...

बिजली चली गई है।...अँधेरा है।...प्रवीण गुंजन कुर्सी पर बैठा है।...दिनकर भवन है।...कैंडल जलाकर रिहर्सल किया जाए क्या?

रात के दो तो बज गए हैं। चलो, अब बन्द करो। कल करेंगे।...अवधेश जी नाल बजाने के लिए आ गए हैं।...छोटका चन्दन, बड़का चन्दन, लीलाजी, अवधजी कोरस गा रहे थे।...सब थक गए हैं।...झंटूजी दो सत्तू भरी लिट्टी न जाने कब से रखे हुए हैं! मुझे ही देंगे।

हिरना...

प्रोडक्शन तैयार हो रहा है।

ई जम जाएगा, लगता है।

जिम मॉरिसन के पास पागलपन का गिटार है।

पिताजी पूछते हैं, "जहाँ नाटक करने जाते हो, वहाँ अपना शामियाना, टेंट, गैस-बत्ती लेकर जाते हो कि वही लोग सब इंतजाम करता है?"

मैं जगा हूँ कि सोया हुआ हूँ?

बुखार है मुझे। नींद में बड़बड़ाता हूँ। ऐसा लगता है कि मेरे फेफड़े फट जाएँगे। मुझे लोहे का फेफड़ा चाहिए।

सुबह हो चुकी है। 12 गुणा 18 का यह रिंग ही अब मेरी दुनिया है।...पानी टब में है।

एक हिरन और एक हिरनी दूर कहीं चले जा रहे हैं।...एक रेगिस्तान है।... समन्दर के पास जाना है रे भाई!

जेथे सागरा धरणी मिणते, तेथे तुझी मी वाट पहाते...तुम्हारा इन्तज़ार करूँगा...। तुम आओगी न? तुम किसी और के चार्ज में हो।

तुम मुझसे कभी नहीं मिल सकते।...मुझे भी आदमी क्यों नहीं समझते?

"दरभंगा घर छै..." बुढ़िया की आँखों में आँसू हैं।...तुम्हारे सपने अब सर्कस के तम्बू पर टँगे हैं।...झूलते हैं।...झूलकर गिरते हैं जाल पर।...थामते हैं उन्हें हाथ जोकरों और पहलवानों के।...हंटर पड़ेंगे...।

सुमन कुमार...हंटर खाकर भी मुस्कुराते हैं।...क्या आपकी आत्मा पर भी बेंतों के निशान हैं?...खोलकर देखें क्या?...आत्मा पर बेंतों के निशान वाले गीत गाते हैं...मुस्कुराते हुए।...क्या मैं भी आपकी तरह मीठा गा पाऊँगा कभी? मुझे जादूगर बना दो...।

जिम मॉरिसन के पास पागलपन का गिटार है।

प्रवीण गुंजन को प्रेतों ने पकड़ लिया है। तिलिस्मी शर्त है कि मीठा गाना गाओगे।...आत्मा पर बेंतों के निशान वाले गीत, पर मीठा।...तो ही छोड़ेंगे।

संजय उपाध्याय भोपाल में हैं। सुमन कुमार दिल्ली में। पर उनकी आत्माएँ बेंतों का निशान लिये चुपके से हमारे पास चली आई हैं। रिहर्सल में व्यस्त हैं।... तुम भिखारी होकर ठाकुर कैसे हो सकते हो? भिखारी कभी ठाकुर नहीं होते।... डार्विन अपनी दाढ़ियों में उँगली फेर रहा है।...तिलिस्मी शर्त है रे भाई!...रात में

हारमोनियम बजता है।...संजय भैया हैं।...सुमन भैया लिख रहे हैं।...अरविन्द अडिगा भी हैं।...मुक्तिबोध कोने में खड़े बीड़ी पी रहे हैं। लिख लिया है।...आप विश्वास मत कीजिए, पर बेगूसराय के दिनकर भवन में जीवित आत्माएँ इकट्ठी हैं।...हिरना, प्रोडक्शन तैयार हो रहा है। प्रवीण गुंजन काग़ज़ पर पेंसिल घिस रहा है।...सिगरेट ज़्यादा हो गई है।...साँस उखड़ रही है। इस पूरी घटना को कोई नहीं देखता। कोई देख भी नहीं सकता।...कोई नहीं सुनता। कोई सुन भी नहीं सकता। दीवार के उस पार बुढ़िया गीत गा रही है।...वैसा ही गीत चाहिए। एकदम वैसा ही। दीवार में छेद किया जा रहा है...नाख़ूनों से...दाँतों से। गीत स्पष्ट होता जा रहा है। दिनकर भवन की कुर्सियों पर सैकड़ों आत्माएँ आकर बैठ गई हैं अपनी-अपनी क़ब्रों से निकलकर।...सन्नाटा है।...सब मिल गए हैं।...मृत्यु है।...हिरना प्रोडक्शन है।...मैं गवाह हूँ।...सच में...सबकुछ सच में हो रहा है। माई किरिया!

मेरा ख़ून लाल गुलाल में बदल गया है। चमत्कार है!...गुंजन परात (एक बड़ी थाल) लिये खड़ा है। संजय उपाध्याय, सुमन कुमार, प्रवीण कुमार गुंजन जादूगर हैं। मेरी आँखें फटी हैं। फटी आँखों से सबकुछ देख रहा हूँ।...साँस लेने में परेशानी हो रही है। लोहे के फेफड़े चाहिए मुझे।...मुक्तिबोध ने बीड़ी सुलगा ली है।...कामरेड! एक बीड़ी मिलेगी क्या?...अवधेश, मनोज, छोटका चन्दन, बड़का चन्दन, अवध, पंकज गौतम, दीपक—सबने अपने ख़ून से गुलाल बनाया है।...अवधेश के नाख़ून उखड़ चुके हैं।...दर्शक ताली बजाते हैं। हम सब नामों में बदल जाते हैं। आत्माओं के भी नाम होते हैं।

जिम मॉरिसन पागलपन का गिटार बजाता है।

भाई, आपको जादूगरी आती है?

...मुझ पर थूको मत। देखो...देखो, मैं कुछ बना रहा हूँ।

मुझे भी जादूगर बना दोगे क्या? असली जादूगर, जो मुस्कुराते हुए आत्मा पर पड़े बेंतों के निशान वाला गीत गाए। असली। एकदम सच का।...या फिर पागलपन वाला गिटार ही दिलवा दो।

अगस्त के शुरुआती दिन हैं। सन् 1947 है क्या?...नहीं, 2014 है भाई।

रे भाई!

थर्ड बेल है।...अरे, ये तो ट्रम्पेट बजा है!

रंजन बोस

कोलकाता में जन्मे और पले-बढ़े अभिनेता रंजन बोस अपनी देह और अपने मन में स्त्री को धारण कर रंगमंच पर अभिनय की एक अति प्राचीन शैली में नवाचार करते हुए विलक्षण प्रभाव पैदा करने के लिए जाने जाते हैं। पिछले दस सालों से वह 'शब्दोमुग्धो' नाट्यकेन्द्र के साथ जुड़े हुए हैं। इन्होंने 'राजकुलोगाथा', 'कुमारसम्भोबेर कोबी', 'माया मृदंग', 'उपल भादुड़ी', 'देबोतार दासी', 'सप्पहो चित्रांगदा', 'ऋतुपर्णो घोष' आदि नाटकों में जटिल चरित्रों को मंच पर जीवंत किया है। 'सत्रिया', 'छऊ', 'कलारी', 'गुड़िया नृत्य' और नृत्य की अन्य समकालीन शैलियों में प्रशिक्षित रंजन बोस अपनी देह की लयात्मक अभिव्यक्ति से विरल चाक्षुष प्रभाव रचते हैं। राजा सेन, फाल्गुनी सान्याल, जयश्री मुखर्जी, कल्पना बरुआ, जॉन हाल्दार, देबादृति बोस, सौगता चट्टोपाध्याय और राकेश घोष जैसे ख्यात निर्देशकों की प्रस्तुतियों में अभिनय के अलावा इन्होंने टेली सीरियल 'नटी बिनोदिनी' में भी अभिनय किया है।

एक पार्थिव जन्म के भीतर अनेक अपार्थिव जीवन

एक ही जन्म में मनुष्य के अनेक जन्म होते हैं। पार्थिव जन्म के बाद भी अनेक अपार्थिव जन्मों से होकर मनुष्य गुज़रता है, विशेष कर यदि वह किसी शिल्प जगत से जुड़ा हो तो। जैसे जन्म के पहले नहीं जानता था कि जन्म लूँगा, वैसे ही थियेटर से जुड़ने के ठीक पहले तक नहीं जानता था कि थियेटर से जुड़ूँगा। नाट्य जगत में मेरे जन्मदाता, मेरे गुरु राकेश घोष ने बिना कुछ बताए अचानक 2010 की पहली अप्रैल की शाम मुझे न सिर्फ़ थियेटर ग्रुप से जोड़ दिया बल्कि जोड़ने के तुरत बाद मुझे थियेटर प्रेम की अतल गहराइयों में डुबो दिया। मैं भी थियेटर के प्रेम में...गहरे प्रेम में पड़ गया, जिससे पता नहीं, मैं कभी मुक्त हो पाऊँगा या नहीं। कई बार अत्यन्त क्रोध भरे क्षणों में सोचा भी—बस, अब और नहीं। बस, यहीं अन्त, यहीं थियेटर के साथ सम्पर्क पर पूर्ण विराम, किन्तु पाया यही कि मुझे उसी थियेटर में लौटना पड़ा है। थियेटर जैसे कृष्ण हों, जिनकी वंशी की धुन के आकर्षण में, ब्रज की गोपियों की तरह जितनी भी दूर जाने का प्रयत्न क्यों न करूँ, किसी न किसी बहाने रंगमंच के यमुना तट पर मैं लौट ही आता हूँ—बार-बार। आऊँगा भी—जन्म-जन्मान्तर तक। थियेटर मुझे प्रतिदिन हर अंश में, हर प्रस्तुति में, हर प्रशंसा में, हर निंदा में नित नया जन्म देता है। मुझे यह बोध देता है कि मैं ज़िन्दा हूँ—सभी तामझाम के साथ ज़िन्दा हूँ।

2010 के मई से 2013 के जुलाई तक राकेश ने अनेक बार मुझसे मंच पर अभिनय कराया है और अनेक तरीक़ों से भी।...मंच के पीछे के अनेक क्रिया-कलापों, जैसे सेट ढोने, सेट लगाने से लेकर वस्त्र-विन्यास तक...पोस्टर डिज़ाइन बनाने से पर्चे तैयार करने आदि तक। असल में यह उन तीन सालों के दरमियान मेरी कार्यशाला थी जो चलती रही थी। थियेटर मुझे परख रहा था, मैं भी थियेटर के साथ अपने गठजोड़ को धीरे-धीरे और कस रहा था। 2013 के मई मास में प्रमुख चलचित्र

निर्देशक ऋतुपर्णो घोष दिवंगत हुए। अगस्त में राकेश ने नाटक तैयार किया : 'ऋतुपर्णो घोष'। मुझे पहली बार एक प्रमुख चरित्र के अभिनय का सुअवसर मिला, नायक के चरित्र का। राकेश के इस नाटक ने बंगला नाटक में उभयलिंगी चरित्र की ऐसी नाट्य-चर्चा छेड़ दी कि मैं समझ गया कि मुझे मेरा अपना क्षेत्र मिल गया। अब और दुविधा में न पड़कर, बहुराष्ट्रीय कम्पनी की निश्चित नौकरी छोड़कर, सैलरी ग्रांट के गिनती के पैसों को ही संबल बनाकर, मुकम्मल तौर पर मैं थियेटर में चला आया। आज लगभग सात वर्षों के बाद समझ सकता हूँ कि नौकरी छोड़ने का मेरा निर्णय बिलकुल सही था। 2010 के बाद 2013 में फिर से एक नया जन्म शुरू हुआ। 'ऋतुपर्णो घोष' के बाद 'माया मृदंग', 'राजकुलो-गाथा', 'रात भोर वृष्टि', 'जर्नी विथ शूर्पणखा', 'निवेदित प्राण', 'भगिनी निवेदिता' आदि नाटकों में मैंने अभी तक या तो उभयलिंगी चरित्र या नारी चरित्र का ही अभिनय किया है। इन कुछ वर्षों में मंच के ही साथ-साथ लघु चलचित्रों या दूरदर्शन में भी इस तरह के चरित्रों का ही अनेक बार अभिनय किया।

बहुत-से लोग बोलते हैं कि क्या मैं केवल इसी तरह के चरित्रों की भूमिका निभाऊँगा? किन्तु वही लोग किसी पुरुष अभिनेता से यह प्रश्न तो कभी नहीं करते कि आप क्या हमेशा पुरुष चरित्रों का ही अभिनय करेंगे? या फिर किसी अभिनेत्री से यह प्रश्न तो नहीं करते कि आप क्या सिर्फ़ महिला चरित्रों की ही भूमिका निभाएँगी? लेकिन मुझसे वे यह प्रश्न ज़रूर पूछते हैं।

असल में शरीर से पुरुष होकर महिला चरित्र में अभिनय शायद पुरुष आधिपत्य को कहीं ठेस पहुँचाता है।...या फिर मेरा उभयलिंगी चरित्र का अभिनय सम्भवत: इस विषमतापूर्ण समाज से सीधे-सीधे कोई प्रश्न पूछता है और यही कारण है कि वे प्रतिक्रिया में मुझसे यह प्रश्न किया करते हैं। मैं तो कहूँगा कि यदि एक पुरुष अभिनेता को आजन्म तरह-तरह की भिन्नता लिये हुए पुरुष चरित्रों का अभिनय करने में कोई आपत्ति नहीं है, या फिर एक अभिनेत्री यदि आजन्म केवल महिला चरित्रों का अभिनय करती है या कर सकती है, तो फिर मेरा भी जीवनपर्यन्त उभयलिंगी चरित्र का अभिनय करना स्वाभाविक ही है। इसे लेकर कोई प्रश्न उठ ही नहीं सकता। फिर बहुतों का कहना है कि स्वभावत: मेरी नाजुक आवाज़, मेरी लचकती चाल इत्यादि के कारण मैं इस तरह के चरित्रों में ही बढ़िया अभिनय करूँगा, मेरे लिए यही ज़्यादा सही है। इसका अर्थ तो यह हुआ कि मेरे अभिनय का इसमें कोई अवदान नहीं है। ऐसे लोगों से मुझे सिर्फ़ एक बात कहनी है कि आप लोग अमिताभ बच्चन को लेकर भी बोलेंगे, क्योंकि अमिताभ बच्चन के पास पुरुषोचित आवाज़ और शरीर सौष्ठव है, तब तो उन्हें हीरो होना ही है? अब उन्हें अलग से अभिनय प्रतिभा की आवश्यकता ही क्या है? यह प्रश्न, यह अनुत्तरित प्रश्न मेरी चेतना को, बल्कि मेरे अवचेतन को भी बार-बार क्षत-विक्षत करता है।

मैं लहूलुहान हो जाता हूँ। हाँ, यह अवश्य है कि जितनी बार लहूलुहान होता हूँ, उतनी बार पुनर्जन्म लेता हूँ। उतनी बार नये चरित्र और नई चुनौती के साथ मंच पर पुनः लौट आने की ज़िद एवं साहस पाता हूँ।

बहुत-से लोग यह जानना चाहते हैं कि मैं किस तरह स्वयं को प्रस्तुत करता हूँ? किस तरह रूपान्तरित होता हूँ? पुरुष से स्त्री चरित्र में मेरे रूपान्तरण का रहस्य क्या है? मैं उन्हें किस तरह समझाऊँ? जिस तरह चिकित्सीय पद्धति से पुरुष को नारी या नारी को पुरुष बनाया जाता है, उस तरह का शारीरिक रूपान्तरण तो यह नहीं है? यह वैसी पद्धति नहीं है, यह एक लम्बी यात्रा है। यह यात्रा केवल पूर्वाभ्यास कक्ष, रूप-सज्जा कक्ष या मंच तक सीमाबद्ध नहीं है। इसे दैनिक जीवनचर्या में लाना पड़ता है। जिस चरित्र का अभिनय करना है, उस पर यदि भरोसा न कर पाऊँ, उससे यदि प्रेम न कर पाऊँ, उसे यदि पूरी तरह आत्मसात् न कर पाऊँ तो हज़ारों दर्शकों के समक्ष उस चरित्र को स्वयं में रूपायित कैसे कर पाऊँगा? इसलिए चरित्र को मैं स्वयं के अन्दर धारण कर लेता हूँ। बस में, ट्राम में यात्रा करते समय, भोजन की मेज़ पर खाना खाते समय, लोगों के पास बात करते समय, स्नानघर में नहाते समय, बिस्तर पर सोते समय–तर्क में, प्रेम में, आह्लाद में, विषाद में—मेरे साथ मेरा अभिनय चरित्र हमेशा लिपटा रहता है। वही मेरे लिए सबसे बड़ा नाट्याभ्यास है। मेरे इस तरीक़े के कारण मुझे संकट भी कम नहीं झेलने पड़ते हैं। राह चलते असंख्य विद्रूप, लांछन, अपमान सहने पड़ते हैं। अपने घर तक में मिलता है दोषारोपण। घर के लोग नाटक को नाटक की जगह छोड़कर रख आने को कहते हैं। पर यह क्या सम्भव है? यह क्या मल्टीनेशनल कम्पनी में परोक्ष में बैठे अधिकारी का काम है कि सब कुछ लैपटाप में क़ैद करके रख लूँ? यह तो एक जीवंत शिल्प है। यह तो हर समय चित्त में बसा रहता है। यह जो थियेटर है न, हज़ार छुड़ाने पर भी पीछा नहीं छोड़ता। इसी कारण बिना किसी वाद-विवाद के, मौन रहकर अपमान से लेकर अनुशासनात्मक आदेशों, निर्देशों तक—सब स्वीकार करता हूँ। जितनी बार स्वीकार करता हूँ, उतनी बार जन्म लेता हूँ। थियेटर से उतना ही अधिक प्रेम करने लगता हूँ।

थियेटर के पुरोधाओं से एक कहानी सुनी थी कि एक बार शंभु मित्र ब्रॉडवे के मंच पर 'हैमलेट' नाटक देखने गए। मुख्य चरित्र के अभिनेता का अभिनय देखकर वे मुग्ध हो गए। नाटक की समाप्ति पर वे उस अभिनेता के साथ बात करने के लिए ग्रीनरूम में गए। अति कौतूहल से भरे श्री मित्र ने उनसे यह जानना चाहा कि वे कैसे 'हैमलेट' के चरित्र को इतने असाधारण ढंग से उतार लेते हैं? अभिनेता ने हँसकर प्रत्युत्तर दिया था, "यह तो बहुत ही आसान है। ठीक अभिनय से पहले दो पेग व्हिस्की पी लेता हूँ।" यह सुनकर शंभु मित्र स्तंभित रह गए थे। बाद में अपनों से इस घटना का उल्लेख करते हुए उन्होंने कहा था, "जिसकी जिसमें सुविधा।"

अर्थात उत्कृष्ट अभिनय की कोई निर्दिष्ट पद्धति नहीं होती, चरित्रों को अपने में उतार लेने का कोई निश्चित सिद्धान्त नहीं होता, कलाकार स्वयं अपनी ख़ुद की पद्धति से अपने यात्रा-पथ का आविष्कार कर लेता है। स्वयं मैं जब 'उपल भादुड़ी' नामक नाटक में श्री चपल भादुड़ी एवं उनकी माता श्रीमती प्रभादेवी—दोनों के ही चरित्रों का अभिनय कर रहा था तो मैंने दो रास्ते अपनाए थे। चपल दा के चरित्र को रूपायित करना मेरे लिए अपेक्षाकृत आसान था, क्योंकि चपल दा मेरे अत्यन्त घनिष्ठ थे। लगातार बहुत दिनों तक उनके साथ रहा था। फलत: दादा के आचार-व्यवहार, गुण-दोष—सब कुछ से मैं भली-भाँति परिचित था। इस नाटक में उन्होंने अपनी स्वयं की भूमिका में मेरे साथ अभिनय भी किया था। हालाँकि, इतने सब कुछ के बाद भी समस्या हुई थी, क्योंकि आईने के एकदम ही नज़दीक खड़े होने पर प्रतिबिम्ब अच्छी तरह से दिखाई नहीं पड़ता। थोड़ी दूरी से देखने पर ही सम्पूर्ण अवयव दिखाई पड़ते हैं। बहुत ज़्यादा ही मेरे समीप रहने के कारण चपल दा को ठीक से देखने में मुझे असुविधा हो रही थी। इसलिए चपल दा के चरित्र को अपने अंतस की और अधिक गहराई में उतारने के उद्देश्य से ठीक नाटक से पहले मैंने चपल दा के साथ एक कृत्रिम दूरी बनाई, जिसकी किसी को जानकारी न थी। मेरे उस समय के इस व्यवहार के कारण बहुतों ने मुझे ग़लत समझा, यहाँ तक कि चपल दा ने भी, लेकिन चरित्र को पूर्ण रूप से रूपायित करने के स्वार्थ के कारण मैंने निर्मम होकर ऐसा किया। परिणाम भी बहुत अच्छे आए। पहला अभिनय देखकर दर्शकों ने कहा था, "मंच पर जैसे दो-दो चपल भादुड़ी हों!" अन्दर और बाहर, दोनों से स्वयं को भादुड़ी के रूप में निर्मित करना सार्थक हुआ था। समस्या हुई प्रभादेवी के चरित्र को गढ़ने में। उनको तो मैंने कभी अपनी आँखों से देखा तक न था। केवल पुस्तकें पढ़कर और चपल दा से उनके बारे में सुनकर जितना भर जान पाया था, बस, उतने भर पर भरोसा कर उतना बड़ा चरित्र कैसे गढ़ पाऊँगा? देखा, चरित्र के दो हिस्से हैं—एक उदीयमान अभिनेत्री का और एक आदर्श माता का। एक चरित्र हीरे के टुकड़े की तरह था और अभिनेता के लिए यह समझना बहुत ही ज़रूरी था कि इस हीरे के टुकड़े जैसे चरित्र के किसी भी अंश पर प्रकाश डालकर उसे उजागर करने पर उस परावर्तित प्रकाश को दर्शक परिलक्षित कर ही लेंगे। मैंने प्रभादेवी के चरित्र के इन दो आयामों में से उनके अभिनेत्री पक्ष के अपेक्षाकृत माता के पक्ष पर अधिक प्रकाश डाला। एक ऐसी माँ जिसने एक शिक्षिका के रूप में अपनी संतान को पग-पग पर प्यार और अनुशासन-दोनों के प्रयोग से आगे बढ़ाकर एक 'शिक्षित आदर्श कलाकार' के रूप में गढ़ा और इस तरह की माता के चरित्र को जीने के लिए मैं अपनी गर्भधारिणी माता के द्वार पर आ खड़ा हुआ। मेरी माता तब तक मुझे हमेशा के लिए छोड़कर नहीं गई थीं। हाँ, उन्होंने खाट ज़रूर पकड़ ली थी—चलने-फिरने से लाचार, भाषाविहीन और भाव का लेश मात्र

भी नहीं। मैं समझ गया, इस माता को देखकर तो नाटक की माता को गढ़ा नहीं जा सकता। फिर मैंने अपने स्वयं के शैशव, कैशोर्य और प्रथम यौवन की स्मृतियों की माँ को खींचकर बाहर निकालकर प्रभादेवी के चरित्र के साथ स्वयं में भी मिलाना शुरू कर दिया। मैं स्वयं ही कई बार अपनी माँ स्वर्गीया श्रीमती अंजलि बोस बनने लगा, फिर दूसरे ही क्षण रंजन बोस बनकर माता के चरित्र को सजाने लगा। यही कारण है कि प्रभा देवी के चरित्र में तीन चरित्रों का मिश्रण है, थोड़ा प्रभा देवी का, जैसाकि पढ़ा और सुना था; थोड़ा मेरी माँ का, जैसा मेरी स्मृतियों ने मुझे सुझाया और थोड़ा स्वयं मेरा चरित्र। 'उपल भादुड़ी' नामक नाटक की रूपरेखा ही कुछ ऐसी है जिसमें मृत युवती माता और जीवित वृद्ध पुत्र—दोनों कभी-कभी एक जैसे हो जाते हैं, कभी एक दूसरे के 'वैकल्पिक अहं' हो उठते हैं। वास्तविकता और उसका सप्रयास निर्मित आभास एक दूसरे के साथ घुल-मिल जाते हैं। प्रभा देवी के चरित्र का अभिनय करते हुए मेरे साथ भी यही हुआ। स्वयं के ही दो टुकड़े किये, फिर उन दोनों टुकड़ों को इकट्ठा कर जोड़ दिया। हालाँकि, यह सब ख़ूब सोच-विचार कर, अध्ययन कर, कार्यशालाएँ आयोजित कर, प्रशिक्षण प्राप्त कर किया–ऐसा बिलकुल भी नहीं था। बस, हो गया, यूँ ही। वैसे ही, जैसे श्री शंभु मित्र बोल गए हैं न, "जिसकी जिसमें सुविधा!"

यह सब प्रलाप है। इतनी अधिक बातें करने की आवश्यकता ही क्या है? किसी को सुनने की भी क्या पड़ी है? यह सब तो नितान्त मेरी अपनी बातें हैं। फिर भी मैंने लिखा ताकि कई जन्मों की जन्मकुंडलियों पर यदि कोई भी ज्योतिषी विचार करे तो इतना भर अनुसंधान कर पाए कि मैं और किसी चीज़ के लिए नहीं, सिर्फ़ प्रेम की ख़ातिर थियेटर करता हूँ। नहीं, नहीं, थियेटर के प्रति प्रेम नहीं, उतना महान मैं नहीं हूँ। मेरे स्वयं के अन्दर जो जन्म-जन्मान्तर का थियेटर है, जिसे मैं दूसरे जन्मों से धारण करके लाया हूँ—सन् 2010 से पहले जिसके अस्तित्व का मुझे आभास तक नहीं हुआ, वही है थियेटर के प्रति मेरा प्रेम। यह थियेटर पूर्वाभ्यास कक्ष का थियेटर नहीं, रूपसज्जा कक्ष का थियेटर नहीं, मंच का थियेटर नहीं। वह एकमात्र मेरा और मेरे जीवन देवता का है। वहाँ सिर्फ़ हम दोनों हैं। दोनों साथ दिन बिताते हैं—बस में, ट्राम में, रसोईघर में, गुसलख़ाने में, शयनकक्ष में, बाज़ार में—सर्वत्र। साथ निभाने में ही प्रेम है, मग्न हो जाता हूँ अपने थियेटर के साथ। उसी में तृप्ति है, उसी में मुक्ति है और उसी में है आनन्द भी।

अनुवाद : *रेणु उपाध्याय*

दिव्या विजय

दिव्या विजय नई पीढ़ी की समर्थ कथा लेखिका हैं और साथ-साथ इन्होंने हिन्दी रंगमंच पर अभिनय से भी अपनी पहचान बनाई है। 'अंधा युग', 'नटी बिनोदिनी' और 'किंग लियर' जैसे नाटकों में इनकी अभिनय-प्रतिभा के जादू ने दर्शकों को सम्मोहित और प्रभावित किया है। इनका बचपन अलवर में बीता। भाषा अध्यापिका माँ और कवि नाना के सान्निध्य में भाषा और साहित्य का संस्कार ग्रहण करनेवाली दिव्या विजय ने बायोटेक्नोलॉजी, सेल्स-मार्केटिंग के साथ-साथ ड्रामेटिक्स की विधिवत् शिक्षा प्राप्त की है और कुछ सालों तक बैंकॉक प्रवास के बाद इन दिनों जयपुर में रहती हैं। इनके दो कथा-संग्रह 'अलगोज़े की धुन पर' और 'सगबग मन' प्रकाशित हैं। पहले कथा-संकलन की पांडुलिपि को 'मुम्बई लिट-ओ-फेस्ट 2017' के मैन्युस्क्रिप्ट कॉन्टेस्ट के लिए चुना गया और प्रकाशन के बाद इसे 2019 का 'स्पन्दन कृति सम्मान' मिला। दूसरे कथा-संकलन 'सगबग मन' को 2020 का 'कृष्ण प्रताप कथा-सम्मान' मिला। इन दिनों स्वतंत्र लेखन के साथ-साथ वायस ओवर आर्टिस्ट का काम करती हैं।

तीन एकान्त : अलख जगाती लड़की की निर्वस्त्र आत्मा

बात 2014 की है। हम थाईलैंड से भारत लौट आए थे। इतने दिनों की, महीनों की या कहें कि वर्षों की साध पूरी हुई थी। थाईलैंड में जीवन सरल और सुन्दर होने पर भी इतने समय से भारत लौट आने की इच्छा बलवती होती रही थी। अपने देश के आकर्षण के आगे वहाँ की सारी बातें फीकी लगती थीं। बहुत सोच-विचार के बाद अन्त में मैं और रोशन लौट आए प्रीत और रायना के साथ। किन्तु कहानी यहाँ ख़त्म नहीं हुई थी बल्कि यहाँ से शुरू हुई। जीवन का एक नया अध्याय जिसकी मैंने अब तक सिर्फ़ कल्पना ही की थी।

यह लौटना सिर्फ़ मेरा लौटना नहीं था, इसके साथ ही लौट आई थी मंच पर स्वयं को देखने की इच्छा। किशोरावस्था में चोरी-छिपे कालिदास, जयशंकर प्रसाद के नाटकों को पढ़ नायिका होने की इच्छा ने करवट ली थी। चोरी-छिपे इसलिए कि विज्ञान के छात्रों से अपेक्षा की जाती है कि वे पूरी तरह स्वयं को पढ़ाई में झोंक दें। पढ़ाई से इतर कुछ करने के लिए अधिक समय नहीं बचता था। लेकिन मन रमा रहता था किताबों के उस कमरे में जहाँ हिन्दी साहित्य की किताबें बुलाती थीं और मैं ललचाई हुई जब-तब वहाँ पहुँच जाती थी।

उसी कमरे में जब पहली दफ़ा कालिदास का 'अभिज्ञानशाकुन्तलम्' पढ़ा तो दुष्यंत-शकुंतला के प्रेम, शकुंतला की विरह-पीड़ा और अन्त में दोनों के मेल के इस आख्यान ने मन मोह लिया था। वही दिन थे जब मैंने अपनी छोटी बहन के साथ मिलकर नाटक खेलने शुरू किये। जेठ की लम्बी-तपती दुपहरों में जब सारा मोहल्ला सोया रहता था, तब हम दोनों दबे पाँव निकलकर बाहर बरामदे में पहुँच

जाते। उसे एक पार्ट देकर, एक किरदार मैं अदा करती। हमारे पास दर्शक नहीं होते थे लेकिन दर्शकों की इच्छा तो अवश्य मन में रहती थी इसलिए संवाद ख़ूब ज़ोर से चिल्ला-चिल्लाकर बोले जाते। लेकिन उस नई बसी कॉलोनी में जहाँ घर दूर-दूर थे, भला दर्शक कहाँ से मिलते! दर्शक तो हमें नहीं मिले अलबत्ता एक दिन शिकायत ज़रूर हो गई कि दोनों बिटिया धूप में खेलती हैं। उस दिन से वह भी बन्द हो गया। डरते-डरते घर पर नाटक करने की इच्छा ज़ाहिर की। वहाँ से वही प्रतिक्रिया मिली जिसका अनुमान था—पहले पढ़ाई-लिखाई में ध्यान दो। यह सब बाद में करना। यह 'बाद में' आया कई सालों बाद जब स्वयं की गोद में बच्चे आ गए थे।

जयपुर पहुँचने के पहले हफ़्ते में ही जवाहर कला केन्द्र पहुँच गई। तब तक यही मालूम था कि यहाँ नाटक खेले जाते हैं। वहाँ पहुँचने पर सलाह मिली कि पहले नाटक देखो फिर नाटक करने के बारे में विचारना। बात ठीक थी लेकिन मुश्किल यह कि गोद के बच्चों को लेकर नाटक देखने कैसे जाएँ? अव्वल तो कई नाटकों में छोटे बच्चों को ले जाने की अनुमति ही नहीं होती; दूसरा, उन्हें वहाँ ले जाने से नाटक करने वालों की एकाग्रता में ख़लल पड़ता है। फिर अब इतना सब्र बचा भी नहीं था। इस पर किसी ने कहा था, "नाटक करना ज़रूरी क्यों है? बाद में कभी कर लेना।" अब इसका उत्तर मैं उसे कैसे समझाती कि यह क्यों आवश्यक हो चला था। अधूरी इच्छा की पीड़ा सिर्फ़ वही जान सकता है जो इससे गुज़रा हो। फिर इच्छा भी कैसी, जिसे पूरा करना हमारे हाथ में हो।

वहाँ उस दिन किसी ने राजीव आचार्य जी का नम्बर दिया। मैं अगली शाम ही उनके पास पहुँच गई। वहाँ चार छोटे नाटकों का रिहर्सल चल रहा था। शो निकट था। लेकिन मैं वहाँ जाने लगी क्योंकि उन्हें बच्चों के आने से परेशानी नहीं थी। उन्होंने उदारतापूर्वक कहा था कि बच्चों को लेकर आओ। बाक़ी लोगों ने भी कोई आपत्ति नहीं की। मैं और बच्चे हर रोज़ वहाँ जाने लगे। हम तीनों एक कोने में बैठकर टुकुर-टुकुर उस नई दुनिया को देखते, एक व्यक्ति को किसी अन्य व्यक्ति में परिवर्तित होते देखते। समूह में नाटक कैसे खेले जाते हैं, यह देखने का पहला अवसर था। नाटकों के नियम धीरे-धीरे मेरे सामने खुलने लगे। इतने वर्षों से जैसे आँखों के आगे कोई पर्दा था, वहाँ उस समय रिहर्सल देखते समय वह झीना आवरण हट गया। उस दुनिया ने जल्द ही अपनी गिरफ़्त में ले लिया था। मेरे साथ-साथ बच्चों को भी। दुनिया, जो मेरी होते हुए भी अनजान थी। बच्चे भी वहाँ जाने का अवसर चूकना नहीं चाहते थे। शाम होते ही मेरे साथ-साथ उन्हें भी उत्सुकता हो आती। हम बिना ऊबे हर रोज़ नाटकों का अभ्यास देखते रहे।

एक रोज़ एक लड़की अचानक बीमार पड़ गई। सर ने वह किरदार मुझे दे दिया। और मैं? मुझे जैसे यक़ीन ही नहीं आया। एक नई लड़की को नाटक के तीन दिन पहले कैसे मंच पर भेजा जा सकता है! ख़ुशी भी थी और घबराहट भी। अगले तीन दिनों तक मैं उस छोटे-से किरदार का अभ्यास बार-बार करती रही। चार पंक्तियाँ तब तक दोहराती रही जब तक वे मेरे अवचेतन में दर्ज नहीं हो गईं। मंच पर जाने से पूर्व मैं भयभीत थी। घर के सभी लोग वहाँ उपस्थित थे। मैंने किसी प्रकार स्वयं को मंच पर धकेला। पूर्व निश्चित स्थान से कुछ पहले मेरे पैर में लम्बा, घेरदार परिधान अटका और मेरा आगे बढ़ना असम्भव हो गया। ख़ैर, मैंने वहीं खड़े होकर संवाद बोले और किसी प्रकार लौट आई।

किसी ने मुझे कुछ नहीं कहा। अपितु सबने प्रशंसा कर मेरा मनोबल ही बढ़ाया था, पर उस पूरी रात मैं नहीं सो पाई थी। मैं जानती थी कि मैं असफल थी। इसलिए नहीं कि जो निर्धारित किया गया था, वह नहीं हुआ बल्कि इसलिए कि मेरे साथ एक भय निरन्तर चलता रहा था। क्षण भर को भी मैंने उससे छुटकारा नहीं पाया था। अपने आस-पास के वातावरण से, लोगों से मैं क्षण भर को भी विलग नहीं हुई थी। उस किरदार को आत्मसात् नहीं कर पाई थी। राजीव सर ने कुछ नहीं कहा। अगले दिन निर्मल वर्मा के 'तीन एकान्त' पकड़ा दिये। कहा, "इन्हें पढ़ो और इनमें से एक नाटक चुन लो। अगला नाटक यही करना है तुम्हें।"

एक बार फिर मेरी चकित होने की बारी थी। मैंने पूछा भी था, "मैं क्यों?"

उन्होंने कहा, "क्योंकि यह तुम ही कर सकती हो।"

जो बात हम स्वयं नहीं देख पाते, गुरुजन चीन्ह लेते हैं। किताब जिस दिन लाई, उसी दिन पढ़ गई। एक बार नहीं, बार-बार पढ़ती चली गई। निर्मल वर्मा को पढ़ना अपने मन की वे बातें पढ़ना है जिनसे हम ख़ुद भी वाक़िफ़ नहीं होते। प्रकट में दिखती हुई ख़ुशी के बरअक्स वे हमारी गोपन उदासियों को मन के बाहर निकाल हमारे सम्मुख रख देते हैं। विरेचन-सी इस क्रिया के पश्चात् मन धुला और निर्मल हो जाता है। हम सब इसीलिए बार-बार उनके पास लौटते हैं। उनका अक्स उनके लिखे हर हर्फ़ में महसूस होता है और उन्हें निजी तौर पर जानने की इच्छा बार-बार सिर उठाती है। उन्हें पढ़ते हुए उन्हें और उनके किरदारों को महसूस करना लाज़िमी है पर उनका लिखा हुआ क़िरदार हो जाना लम्बे समय तक साथ रहने वाला अनुभव है।

अब मुझे 'तीन एकान्त' के दो स्त्री मोनोलॉग में से एक चुनना था और मैंने वीकेंड चुना। वीकेंड ने मुझे चमत्कृत कर दिया था। प्रेम में होते हुए हमारे लिए संसार प्रेममयी हो जाता है। प्रेम से उपजी पीड़ा में संसार भर की पीड़ा में हम अपना अक्स खोजने लगते हैं। प्रेम का अभाव हमें प्रेम से भर देता है, वहीं प्रेम की

उपस्थिति में हम और अधिक प्रेमिल हो उठते हैं। प्रेम हमें एकान्त की ओर धकेलता है, एकान्त हमें आनन्दित करता है, प्रेम का न होना उस एकान्त को उजाड़ देता है, एकान्त का आनन्द निर्जनता में बदल जाता है।

महीने भर की रिहर्सल में मैं बार-बार उनके लिखे हुए शब्दों के निकट पहुँचती परन्तु वे दूर होते चले जाते। अक्सर झुँझलाकर स्क्रिप्ट रख देती। फिर-फिर स्क्रिप्ट उठाती और उतनी ही बार उसे परे खिसकाती। फिर धीरे-धीरे मुझे उस लड़की के भीतर के अन्तराल आवाज़ देने लगे..., लड़की की पीड़ा से परे धकेलती चेताती-सी, पर उतनी ही आकर्षक आवाज़। मैं खिंचने लगी..., मैं लड़की हो जाने के ख़्वाब देखने लगी। पर क्या उस लड़की जितनी पीड़ा जुटाना सरल था? प्रेम को वीकेंड्ज़ के खाँचे में बँटे हुए देखना और अपने मन को उन टुकड़ों से सींचना। मन रेगिस्तान हुआ जाता..., पानी की बूँद को तरसता। मैंने यह कहानी उन दिनों एक दोस्त को सुनाई थी। वह रोने लगा था। उसने लड़की में अपने अधूरे-प्रेम का अक्स देखा था। उसका रोना सुन मैं हतप्रभ थी। मृत्यु में से जीवन खोज लेने वाला प्रेम कैसे मस्तिष्क को परजीवी-सा कर देता है...प्रेम पर आश्रित। प्रेम किस तरह मस्तिष्क को चेतना शून्य करता चला जाता है...किसी प्रबल औषधि की तरह।

लड़की एक बच्ची के एकल पिता के संग प्रेम में थी। लड़की निर्णय चाहती थी मगर उस पर दबाव डालने से डर जाती थी। जैसे उस आदमी की पत्नी ने उसे खो दिया, वह उसे खोना नहीं चाहती थी। वो गहरे प्रेम में थी। वीकेंड वाले प्रेम में। चोरी-छिपे किये जाने वाले प्रेम में...पास के शहर के किसी कमरे में किये जा सकने वाले प्रेम में। वह इतने गहरे प्रेम में थी कि अपने हिस्से के प्रेम को कैसे भी बचाए रखना चाहती थी। उद्विग्नता में आदमी के सामने क्षणिक विद्रोह प्रेम के आगे विफल हो जाता। यह सचेत क्षण आहिस्ता-आहिस्ता ऊँघने लगता और उन दोनों का प्रेम कई घाटियाँ पार करता हुआ शीर्ष पर जा पहुँचता। मुझे उस प्रेम को जीना था। लड़की की तेज़ अधीर साँसों के नृत्य को सबसे ऊँची चोटी पर जा थमना था...उसकी थकन को वाष्पित होते प्रेम को पकड़े रख उसके नीचे ठहरना था।

उसको जीते हुए मेरी साँस रुकने लगती। उदासी का एक घेरा होता जिसमें मैं प्रवेश कर जाती और देर तक बाहर निकलने को तड़फड़ाती रहती। मगर लड़की में धैर्य था...साहस था। वह अपने अकेलेपन में दम नहीं घोंट देती थी। उसमें वीकेंड्ज़ को पड़ाव की तरह स्वीकारने का साहस था। अपने एकान्त-से प्रेम की मिठास तक पहुँचने का धैर्य था। मैं जलती-बुझती रोशनियों की तरह अवसाद की रेखाओं के बीच हाथ-पाँव मारती। इस अवशता के बीच मैं उस लड़की का आह्वान करती।

वो नहीं आती। मैं वहीं मर जाती। वो लड़की कान में आकर कुछ फुसफुसाती। अपने रहस्य कहती। प्रेमी के स्पर्श दिखाती...मन के ज़ख़्म ज़ाहिर करती। मैं फिर जी जाती मगर मैं वहीं रह जाती।

मैं टाइल्ज़ पर होती...मैं छत को भेदकर पार्क का आसमान देखती। बिना जली सिगरेट से धुआँ उठता...। उस धुएँ में लड़की का प्रेमी दीख पड़ता। उसकी बच्ची दिखती। बच्ची की चीख़ें...बच्ची की आँखें...और बच्ची के मौन प्रश्न दिखाई देते। मैं पवेलियन की सीढ़ियाँ चढ़तीं और सबसे ऊपर पहुँचकर लड़की को आवाज़ देती। दिन भागते हुए आता और सब धुँधला जाता। मैं लड़की की बाँह पर सिर रखे आदमी और बच्ची को खेलते देखती। मैं लड़की की आँखें देखती...वह उन्हें मूँद लेती। मैं उसकी पीड़ा टटोलना चाहती...लड़की चमक में खो जाती। मैं आदमी को देखती...मेरी आँखें एक्स-रे हो जातीं...पर मुझे उसके भीतर कुछ नहीं दिखाई देता। उसके बंधनों के बीच प्रसन्नता झाँकती। लड़की की ईर्ष्या मुझे छूकर गुज़र जाती। दिन घिरने लगता। मैं परछाइयाँ बुनतीं। उनसे प्रेम बरसता...लड़की का प्रेम अनंत था। लड़की की आत्मा निर्वस्त्र हो मेरे सामने अलख जगाती। उसका विश्वास मुझे चकाचौंध करता। उसका प्रेमी बिस्तर पर बैठ मेरे बाल सहलाता। मुझे सुगबुगाते अँधेरे दिखाई देते...बिस्तर की सिलवटें नज़र आतीं। मुझे निर्णय-अनिर्णय के बीच झूलती लड़की दिखाई देती। लड़की चिनार के पत्ते देखती, गरमियों के दिन गिनती। मैं लड़की के छूट गए हिस्से बटोरती। लड़की स्वीकार करती कि हर रोज़ किसी के साथ सोए हुए बिस्तर पर उठना उसकी नियति नहीं है...उसके ठंडेपन को झकझोर कर मैं देखती, कहीं वो अपने प्रेमी की दुर्बलता को ढकने का प्रयत्न तो नहीं कर रही।

नियत दिन मैं मंच पर थी। घुप्प अँधेरे में ख़ुद के ही ट्राली बैग से मेरा पैर चोटिल हो गया था। मेरा नाख़ून कोने से उखड़कर ख़ून से भीग रहा था। मैंने दूसरे पाँव से उस जगह को ज़ोर से भींच लिया। दस सेकेंड के अन्दर पीले आलोक के वृत्त में मैं होनेवाली थी। निर्लिप्त अँधेरे में मेरा वॉयस ओवर गूँजा और प्रकाश के केन्द्र में मैं थी...ख़ुद की आवाज़ सुनते हुए। अब मुझे दर्द नहीं हो रहा था। ख़ून का बहना ठहर गया था। लड़की के छिपे हुए स्थानों से मैं अवगत थी। मैं उन स्थानों को लाँघते हुए ख़ुद को उत्सुकता से देख रही थी। मौसम मेरे आगे ठिठककर खड़े थे। रेलों की सीटियाँ सुरंग से गुज़रते हुए अपने निशान छोड़ रही थीं। उजड्ड जंगल मेरे भीतर उग रहे थे। मैं बेतरतीब उनके बीच पगडंडियाँ तलाश रही थी। साँसें मेरे आगे करवट बदल रही थीं। शुरू में मैं चौकन्नी थी...धीरे-धीरे बहने लगी। फिर वो क्षण आया जो मुझे कभी नहीं भूलता। मुझे निर्णय लेना था। ठीक उस क्षण...उसी क्षण मैं ब्लैंक हो गई थी। नहीं...मैं कुछ भूली नहीं थी। पर मैं शून्य में थी...लड़की

के भीतर उतर रही थी। लड़की जा रही थी। मैं क्या सचमुच चली जाऊँगी? मैं ठहर गई थी। पॉज़ का अन्तराल बढ़ गया था। मैं नहीं जाना चाहती थी। लड़की जाना चाहते हुए भी अगले वीकेंड के इंतज़ार में थी। उस एक पल के लिए मैं लड़की थी। मंच पर लैम्प पोस्ट उतर रहे थे—कंदीलों की तरह। मैं उन्हें वहीं उसी वक़्त बुझा देना चाहती थी। दीवारें पारदर्शी हो गई थीं। मुझे कमरे के भीतर की गंध बुला रही थी—अलसायी-सी कुनमुनाती गंध। लड़की को पलटना था, मगर मैं सिर्फ़ ठिठकी थी।...मैं पीछे देखना चाहती थी, पर मैंने बग़ैर पीछे देखे ही कमरा और उसमें ठहरे क्षण देख लिये थे। मैंने एक गहरी साँस भरी...और स्वयं के पूर्ण होने की प्रतीक्षा लिये मैं लौट आई थी।

तालियाँ बजी थीं, मेरे लिए या लड़की के लिए। सब बहुत ख़ुश थे। किसी काम को सफलतापूर्वक पूरा कर लेने के संतोष ने मुझे जकड़ लिया था। बचपन का वह स्वप्न मेरे आगे खड़ा हो मुस्कुरा रहा था। मैं उसे धीरे से छू भर दिया।

पैर का ज़ख़्म भरने में महीनों लगे थे। लड़की से अलग होने पर मन यूँ रीता था कि फिर हर दफ़ा भरते-भरते रह जाता। अक्सर सोचती, लड़की का क्या हुआ होगा? मैं सचमुच नहीं समझ पाई थी। उसका लौटना सदा के लिए था अथवा अस्थायी? यह एक कड़ी उलझी रह गई थी। दो बरस बाद मैं शिमला के इंडियन इंस्टिट्यूट ऑफ़ एडवांस्ड स्टडीज़ के भीतर खड़ी थी। निर्मल वर्मा की धूप में नहाई अनदेखी उजली तस्वीर उनके समकालीन लेखकों के साथ वहाँ एक दीवार पर थी। मैंने उनकी आँखों में झाँककर देखा। उनके जन्मस्थल पर उनकी आँखें अधिक मुखर थीं। मुझे उत्तर मिल गया था।

अनीता शब्दीश

अनीता शब्दीश को देश के सुविख्यात रंगकर्मी गुरुशरण सिंह के सान्निध्य में रंगकर्म करने का सौभाग्य मिला है। पंजाब के दूरस्थ ग्रामीण इलाक़ों में जाकर नाटकों का मंचन करते हुए व्यापक दर्शक वर्ग से सीधे जुड़ने के दुर्लभ अवसर ने इनके रंगकर्म को जनपक्षधर सोच और अभिनय की नई युक्तियों से समृद्ध किया। इन्होंने सुचेतक रंगमंच की स्थापना की और ऐसे नाटकों का मंचन किया, जो जनता के सवालों से सीधे जुड़ते हैं। एक अभिनेत्री के रूप में अनीता शब्दीश की यात्रा बेहद सफल और आकर्षक रही है। 'मिट्टी ना होवे मतरेई', 'उस नूँ कहीं', 'मैं ता इक सारंगी हाँ', 'लोहा कुट्ट' और 'नटी बिनोदिनी' में इनके अभिनय को रेखांकित किया गया है। अनीता को अभिनय के लिए संगीत नाटक अकादमी का 'बिस्मिल्लाह ख़ाँ पुरस्कार' मिल चुका है। इन्होंने कई नाटकों का निर्देशन भी किया है और इन दिनों चंडीगढ़-मोहाली में रंगकर्म कर रही हैं।

नटी बिनोदिनी : मेरे भीतर बस गईं बिनोदिनी

सन् 1993 की बात है। पंजाब कला भवन में गुरुशरण सिंह 'नवाँ जनम' नाटक करने जा रहे थे। वही गुरुशरण सिंह, जिनके नाटक हम बचपन से देखते आ रहे थे। मुझे आज भी याद है, मेरे पिता हम सभी बहनों-भाइयों को साइकिल पर बिठाकर नाटक दिखाने ले जाया करते थे। कविता लिखनेवाले मेरे मज़दूर पिता नाटक देखने के लिए अपने काम से छुट्टी तक ले लिया करते थे। जहाँ वे काम करते थे, वहाँ भी होते थे गुरुशरण सिंह के नाटक। हम सभी बहन-भाई घर आते और देखे हुए नाटक के संवाद बोलते रहते। हम सब उन्हीं गुरुशरण सिंह का 'नवाँ जनम' नाटक देखने जा रहे थे। इस बार भी पिताजी साथ थे। नाटक ख़त्म होते ही भाअजी ने पूछा, "बेटी, मेरे साथ नाटक करेगी?"

"क्यों नहीं!" पिताजी ने झट से कह दिया था।...और मैंने तो 'हाँ!' कह ही देनी थी। मैं वहाँ दर्शक की हैसियत से थी, पर तब तक आतमजीत के साथ स्टेज नाटक कर चुकी थी। उनके साथ जुड़ने की अपनी कहानी है।...तब तक देखे हुए नाटकों की नक़ल करते-करते भाई उनकी नाटक मंडली से जुड़ गए थे। भाई बीमार पड़े तो आतमजीत ख़बरसार के लिए घर आए। कहने लगे, "तू नाटक क्यों नहीं करती?"

इस सवाल का जवाब बना, उनकी नाटक मंडली में होनेवाले नाटक में छोटी-सी भूमिका अदा करना। फिर एक नई बनी टीम में भाई निर्देशक बने, तो उसका हिस्सा बन गई। अब तो एकदम नई भूमिका में आने जा रही थी। 'नवाँ जनम' की अगली पेशकारी में मेरा नया जनम हो गया था। तब से वही जीवन जीए जा रही हूँ—एक अभिनेत्री का जीवन। फिर मैंने पीछे मुड़कर नहीं देखा। चलती रही लगातार—बिना थके, बिना रुके। गुरुशरण सिंह के साथ चलते-चलते थियेटर ही मेरा मक़सद बन गया। वे बलराज साहनी यादगार प्रकाशन भी चला रहे थे। हम गाँव-गाँव नाटक करते हुए सस्ते दामों में किताबें भी बेचा करते थे। रास्ते में उन किताबों में से पढ़ते

जाना भी शौक़ बन गया था। इस सिलसिले में ही 'नटी बिनोदिनी' नाटक मिला था। इसे पढ़ा। फिर पढ़ते-पढ़ते यह नाटक मेरे मन में बस गया। एक अभिनेत्री को नटी बिनोदिनी मिली, तो उस किरदार को जीना उसका सपना बन गया। तब तक अपनी टीम बनाने का कोई इरादा नहीं था। एक ही टेक थी—केवल धालीवाल।...लेकिन साल-दर-साल आते रहे, जाते रहे। पर बात, बस, बात तक ही रही।

अपनी टीम बनी तो 'इन्ना की आवाज़' नाटक उठा लिया। यह नाटक आसान न था, लेकिन सफल रहा। हमसे बीस वर्ष पहले गुरुशरण सिंह यह नाटक कर चुके थे। वे एक पंजाबी अख़बार में कॉलम लिखा करते थे। अच्छी समीक्षा आई। फिर भी 'नटी बिनोदिनी' के लिए निर्देशक की तलाश जारी रही। कई बड़े निर्देशकों से बात हुई, पर बात आगे नहीं बढ़ पाई। तक़रीबन पन्द्रह साल तक इस नाटक को सँभाले बैठी रही। सहेजे रखा इसे अपने मन के अन्दर। जब कोई नहीं मिला, तो भूमिका यानी अभिनय के साथ निर्देशन का कार्यभार भी उठा लिया।

जब नाटक करने की बात चली तो बंगला रंगमंच के हिसाब से लिखे गए नाटक के आलेख को पंजाबी नाट्य जगत की प्रकृति में ढालने की ज़रूरत थी। इस ज़रूरत को शब्दीश ने पूरा किया। अब चितरंजन घोष का आलेख बहुत पीछे छूट गया और एक नया नाटक बनकर सामने आ गया। एकदम पंजाबी नाटक। तब तक बिनोदिनी की आत्मकथा के हिन्दी में छपे अंश भी मिल गए। फिर गूगल महाराज का नया अवतार भी तो जन्म ले चुका था। ढेर सारी जानकारियाँ वहाँ से भी मिलीं।

सन् 2012 में विदेश जाने का मौक़ा मिला तो नाटक की स्क्रिप्ट भी साथ ले गई और फ़ोटो कॉपी शब्दीश के हवाले। वहाँ इस नाटक को बार-बार पढ़ा ताकि वापस पहुँचकर इसे मंचित करना सहज हो जाए। मैं भीतर ही भीतर नटी बिनोदिनी को इस विदेश प्रवास में भी जीती रही। इधर नई स्क्रिप्ट की शक्ल में नाटक अपना रूप ले रहा था। ई-मेल और फ़ोन के सिलसिले चलते रहे। शब्दीश थियेटर के सिवा अंग्रेज़ी हुकूमत के दौर में भारतीय मन में पैदा होनेवाली हलचलों को आज की सच्चाई के साथ जोड़ते जा रहे थे। मैंने जब शब्दीश से पूछा, तो उनका जवाब था, "हम नाटक क्यों करने जा रहे हैं, इसका जवाब नाटक को ही देना होगा न!"

भारत आते ही इस नाटक पर काम शुरू कर दिया। जब पहली बार अपनी टीम के साथ इस नाटक का पाठ किया, निराशा हाथ लगी। शब्दीश पढ़ते रहे और सुनने वाले सब सुस्ताते रहे। बात चली तो किसी ने कहा, "क्या यही नाटक मिला आपको?...क्या हम कोई और नाटक नहीं कर सकते?" कोई मन रखने के लिए कह रहा था, "अच्छा है, लेकिन थोड़ा लम्बा है।...सम्पादन से ठीक हो जाएगा।" मन फिर उदास हो गया। इतनी अच्छी स्क्रिप्ट टीम को पसन्द नहीं आई। क्या मर्द साथी भी बिनोदिनी के युग में रह रहे हैं? भरे मन से कहा, "कुछ दिनों बाद दुबारा पढ़ते हैं।"

दरअसल यह नाटक सदियाँ बीत जाने के बाद भी आज के रंगमंच पर चोट कर रहा था। कई लोग तो आस-पास के चेहरे तक पहचान लेने की बात करने लगे थे। इन बातों से लगा, 139 साल बीतने के बाद भी उस औरत के लिए, जो अदाकारा हो, हालात बदले नहीं हैं। इससे यह भी साफ़ हो गया कि हम जो कहना चाह रहे थे, वह नाटक में आ गया है। अब सम्पादन समय-सीमा के लिए होना है। हमारे यहाँ फुल लेंथ प्ले भी अक्सर डेढ़ घंटे की समय-सीमा में ही स्वीकार्य रहता है, हालाँकि हम लोग 'कॉकेशियन चाक सर्किल' पौने तीन घंटे में खेल चुके हैं—वह भी ओपन मंच पर, जहाँ सात हज़ार से ज़्यादा दर्शक नीचे बैठकर एक साथ नाटक देखते हैं। गुरुदेव टैगोर का 'लाल कनेर' जैसा बौद्धिक नाटक भी इतनी बड़ी भीड़ के सम्मुख खेला गया था। गुरुशरण सिंह तब हमारे बीच थे। उन्होंने तब कहा था, "अब मेरे कलाकार बौद्धिक नाटक करने के क़ाबिल होने लगे हैं।"

सम्पादन के बाद 'नटी बिनोदिनी' की रिहर्सलें शुरू हो गईं। किरदार निकलकर आने लगे तो नाटक भी दिलचस्प होता गया। अब तक इतिहास और समकाल का नाता हर किसी की समझ में आने लगा था। मुश्किलें थीं, तो सिर्फ़ मेरी अपनी। इतने सालों से मन-ही-मन जी रही थी जिस किरदार को, उसे अब साकार करना था। एक तरफ़ बिनोदिनी के किरदार को जीने का सपना, तो दूसरी ओर निर्देशन का भार भी। रंगमंच की ख़ातिर क़ुर्बान होनेवाली बिनोदिनी की पेशकारी में कोई कमी रह जाए, यह बर्दाश्त करना भी बहुत मुश्किल था। इन दिनों विदेश में जा बसे भाई की बराबर याद आती रही।

मेरी किसी भगवान में आस्था नहीं है। लेकिन रंगमंच इससे कम नहीं है, जिसकी कमाई को नटी बिनोदिनी पवित्र कमाई मानती थी। रंगमंच पर विश्वास रखनेवाली, रंगमंच से ही निराश हो जाए, यही सवाल बहुत पहले से परेशान कर रहा था और अब इसे मुझे मंच पर साकार करना था। नाटक शुरू कर दिया। रिहर्सल के दौरान जब फ़्लोर पर काम शुरू किया तो मुश्किलें बढ़ती गईं और हल भी होती रहीं। मैं जब भी संवाद बोलती, 'राजा बाबू ताँ गए, मेरा थियेटर ताँ बच जाए...' तो लगता, बिनोदिनी मेरी काया में समा रही है। दिल-ओ-दिमाग़ हिलाकर रख देता है यह संवाद।...थियेटर से इतना लगाव! क्या सचमुच कोई ऐसा कर सकता है? हाँ, कर सकती है कोई बिनोदिनी। इसे बिनोदिनी जैसी बहादुर औरत ही कर सकती है, जिसे रोज़ाना पाखंड के सामने मन मारते हुए संघर्ष करना पड़े। उसके मन की तरजुमानी करता संवाद आता तो लगता कि सदियाँ बीत जाने के बाद ही सही मैं, ज़्यादती का बदला ले रही हूँ—उसके रंगमंच के किसी साथी से नहीं, बल्कि इस समाज से, जो आज तक नहीं बदला। वह संवाद था, "जे किसी जज़्बात की क़दर ही नहीं...कोई विश्वास ही नहीं, तो क्यों करते हो थियेटर?"

इस तरह के कई संवाद थे। ऐसे संवादों पर दर्शक तालियाँ बजाते हुए दाद देते। कई बार तो लगता, दुनिया बदल रही है, पर क्या सच में बदल रही है? जानती हूँ और मानती भी हूँ कि थियेटर भावनाएँ जगा सकता है, समाज बदल देने का संदेश दे सकता है, पर बदल नहीं सकता। फिर भी सोचती हूँ, कम-से-कम थियेटर वालों को ही बदल दे! हमारा खेला 'नटी बिनोदिनी' यही माँग करता है। यह माँग कभी न हो पाती, अगर सन् 1998 में गुरुशरण सिंह के साथ नाटक के लिए जाते हुए चितरंजन घोष का यह नाटक हाथ न लगा होता।

अब कुछ बातें पेशकारी के बारे में। पहला शो 10 जून, 2013 को टैगोर थियेटर चंडीगढ़ में हुआ। मैं सपना साकार होने पर बहुत ख़ुश थी। पर इस ख़ुशी से ज़्यादा डर था मन में कि क्या मैं इंसाफ़ कर सकी हूँ उस किरदार के साथ, जिसे मैं इतने सालों से लेकर बैठी थी? अब तक दस से ज़्यादा शो हो चुके हैं, नाटकों के सुचेत दर्शकों के सम्मुख भी और 'मेला गदरी बाबियाँ दा' जैसे खुले मंच पर भी। 'मेला गदरी बाबियाँ दा' में हर साल रात-भर नाटक होते हैं। इस बार 2014 के मेले में हमारा नाटक नहीं था। इस बार लोगों ने फ़ोन पर पूछा और कहा, हम तो 'नटी' और 'लाल कनेर' जैसे नाटकों का इन्तज़ार कर रहे थे। मैं यह नहीं कह रही हूँ कि अगर हम नहीं थे तो कोई बेहतरीन नाटक नहीं था। मेरे कहने का भाव इतना-सा है या मैं केवल यह कहना चाहती हूँ कि मेरे दर्शक मेरे सपनों के साथ जुड़ाव महसूस करते हैं। किसी कलाकार के लिए इससे बड़ी राहत और क्या हो सकती है!

'नटी बिनोदिनी' नाटक कभी सफल न हो पाता अगर इसमें शब्दीश की स्क्रिप्ट के सिवा लक्खा लहरी का सेट और दिलख़ुश थिंद का संगीत साथ न दे रहा होता। शब्दीश के गीत सलीम अख़्तर व मिन्नी दिलख़ुश की आवाज़ से दर्शकों के दिल में अपना स्थान बना लेते थे। हमारा थीम साँग था :

कथा है बंगाल दे रंगमंच दी महरानी दी
निर्मल नदी दे नीर दी सागर दे खारे पानी दी
नदी जिहड़ी बह गई, सागर दी जूने पै गई
नदी किवें आखी जावागे?
रेत दी मूर्त बना के, उस दे अन्दर साह जगा के
पानीओ बुत बणावाँगे
पानी अन्दर डोलदी ते दोगले दिल फोलदी
सूर्त चों सीरत जाणी दी
कथा है...

'नटी बिनोदिनी' का एक और गीत था, जिसको पंजाब के हर दर्शक ने सराहा। दरअसल गीत हमारी संस्कृति में चली आ रही लोककथा के साथ जुड़ते

हुए अपनी संवेदना को साझा कर लेता है। यह लोककथा 'क़िस्सा पूरन भगत' के रूप में प्रचलित है। इसकी नायिका लूणा को बहुत कम उम्र में राजा सलवान के साथ शादी करनी पड़ती है। नाटक में यह गीत इसी तरह के हालात में आता है। नटी जिस अन्दाज़ में अपनी माँग रखती है, वह मर्द-प्रधान समाज व इसकी परम्परा पर करारी चोट करती है :

मैं लूणा हाँ, मैं लूणा हाँ, मैनूँ सलवान ही देवो
मरियादा दी कलगी लइ राम दी शान ही देवो
मेरा परछावाँ तक के ही बन्दे बन्दियाइ भूल जाँदे
मर्द दी जात परखण लइ मैनूँ भगवान ही देवो

यह संसार, जिसमें हर भाषा और समाज और जीवन-पद्धति में भगवान पुरुष है, हर औरत के लिए क्या मायने रखता है, यह कहने की ज़रूरत नहीं है। इन्हीं औरतों में से कोई नटी बिनोदिनी बनकर आती है और चली जाती है।...पर रह भी जाती है, जैसे मेरे अन्दर...आपके अन्दर।...लेकिन सोचती हूँ मैं कि कब तक यहाँ बनी रहेगी वह?

मोना झा

पिछले पच्चीस सालों से रंगमंच पर बतौर अभिनेत्री और रंगमंच संगठनकर्ता के रूप में सक्रिय मोना झा शास्त्रीय नृत्य शैली कथक की प्रशिक्षित नृत्यांगना भी हैं। ये देश के कई प्रतिष्ठित नाट्य-समारोहों में शामिल हो चुकी हैं। लगभग डेढ़ दशक तक इप्टा की पटना इकाई से सम्बद्ध रहने वाली मोना झा को रंगमंचीय योगदान के लिए बिहार सरकार का 'भिखारी ठाकुर सम्मान' मिल चुका है। इनका एकल अभिनय के क्षेत्र में विशिष्ट योगदान है। 'मुक्तिपर्व', 'महाभोज', 'अंधा युग', 'दूर देश की कथा', 'साग मीट', 'कबिरा खड़ा बज़ार में', 'न्यायप्रिय', 'अर्थदोष', 'अक्करमाशी' आदि नाटकों में अपने सशक्त अभिनय से इन्होंने अपनी विशिष्ट पहचान बनाई है। मोना झा पटना में रंगकर्म करती हैं।

अकेली औरत : मैं और मेरी अकेली औरत

मैं मूलत: अभिनेत्री हूँ और अभिनय ही मेरी भाषा है। अपने को व्यक्त करने का यही माध्यम मेरे लिए सहज है। लिखना मेरे लिए एक कठिन काम है। यह एक दूसरी तरह का अनुशासन है। इसके बारे में मेरा अनुभव बिलकुल नहीं है। मेरे लिए हर किरदार बहुत महत्त्वपूर्ण रहा है और मैंने हर नाटक में बेहतर करने की कोशिश की है। अभी के समय में नाटक करना ही सबसे मुश्किल काम है। 'अकेली औरत' और 'साग मीट', दोनों ही मेरी एकल प्रस्तुतियाँ हैं। काफ़ी सोचने के बाद मैंने तय किया कि 'अकेली औरत' पर मुझे लिखना चाहिए क्योंकि इसकी रचना-प्रक्रिया काफ़ी लम्बी थी और मेरे लिए यह नाटक बहुत ही जटिल था। इस किरदार को करने के लिए मुझको बहुत मेहनत करनी पड़ी। 'अकेली औरत' अभी तक किये नाटकों में सबसे अलग है। यह नाटक इतालवी नाटककार 'दारियो फो' और उनकी पत्नी 'प्रेफंका रैमे' का लिखा हुआ नाटक है। अंग्रेज़ी में यह आलेख हमारे पास था। इसका पाठ भी 'नटमंडप' में कई बार किया गया था। मैं इसको करना चाहती थी लेकिन एक समस्या थी कि इसका नाट्य-रूपान्तरण हमारे पास नहीं था। वरिष्ठ अभिनेता और नाटककार जावेद अख़्तर ख़ान अपने सहकर्मी अंग्रेज़ी के प्राध्यापक डॉ. छोटे लाल खत्री के साथ मिलकर इस काम में जुट गए। निर्देशक परवेज़ अख़्तर का कहना था कि नाट्य-रूपान्तरण में इस बात का पूरा ख़याल रखा जाए कि उसका पूरा परिवेश और पात्रों की भाषा बिहार के क़रीब हो। जावेद अख़्तर और छोटे लाल खत्री ने इस बात का ध्यान रखा और बीस-पच्चीस दिनों की मेहनत के बाद 'अकेली औरत' इस रूप में आया। इस नाटक को दो भागों में बाँटा गया : पहला भाग 'सवेरा' और दूसरा भाग 'अकेली औरत'। पहली बार बिलकुल औपचारिक तरीक़े से संस्था के सदस्यों और कुछ मित्रों के सामने इसका पाठ किया गया। जावेद अख़्तर ने इसका पाठ किया। पाठ काफ़ी प्रभावशाली तरीक़े से किया गया। पाठ के बाद बिलकुल सन्नाटा-सा पसर गया। कोई कुछ भी बोल

नहीं रहा था। सभी साथी चुप थे। नाटक का बहुत ही गहरा प्रभाव पड़ा। थोड़ी देर बाद बातचीत की शुरुआत निर्देशक परवेज़ अख़्तर ने की। उन्होंने कहा कि यह नाटक ज़रूर होना चाहिए, बहुत ही ज़रूरी नाटक है। नाटक में कई दृश्यों को किया कैसे जाए, इस पर लम्बी चर्चा हुई। 'अकेली औरत' के पहले भाग 'सवेरा' के लिए शाइस्ता रशीद से बातचीत की गई और उसे तैयार किया गया। दूसरा भाग 'अकेली औरत' मैं कर रही थी। पूरा नाटक डेढ़ घंटे का था। पहला भाग बीस मिनट का और दूसरा भाग एक घंटा दस मिनट का। मैंने इसके पहले भी एकल अभिनय किया था। यह मेरा दूसरा एकल अभिनय था। मैं निर्देशक के साथ अपनी तैयारी में जुट गई। मंच पर एक घंटा दस मिनट तक बिना किसी विराम के अभिनय करना मेरे लिए आसान नहीं था।

एकल अभिनय कई मायने में समूह नाटक से अलग होता है। समूह नाटक करना मेरे लिए थोड़ा आसान रहा है। वहाँ मंच पर कई किरदार होते हैं। हर किरदार एक दूसरे को सपोर्ट करता है। हरेक की ज़िम्मेदारी होती है कि नाटक अपने पूरेपन के साथ दर्शकों के सामने प्रस्तुत हो। लेकिन एकल नाटक में आप मंच पर बिलकुल अकेले होते हैं। गति को बनाए रखने की, संवाद के सारे सिरों को याद रखने की ज़िम्मेदारी भी ख़ुद पर है। पूरी एकाग्रता और ऊर्जा के साथ मंच के हरेक कोने को जीवंत रखना है। अगर संवाद भूल गए तो मदद करने वाला भी कोई नहीं है। इसे सँभालना भी ख़ुद है। यह सबकुछ लम्बे अभ्यास के बिना सम्भव नहीं है।

सबसे पहले मैंने अपनी भाषा पर काम करना शुरू किया। वैसे तो यह नाटक बिहार की भाषा के क़रीब था लेकिन था तो खड़ी बोली हिन्दी में। बिहार के अभिनेता और अभिनेत्रियों के सामने यह एक बड़ी समस्या है क्योंकि हम सब किसी न किसी क्षेत्रीय भाषा से गहरे रूप से जुड़े हुए हैं। मैं ख़ुद मिथिलांचल की हूँ और मैथिली ही बोलती हूँ लेकिन जब हम नाटक करते हैं, वह खड़ी बोली हिन्दी में होता है। हर भाषा का अपना लहज़ा होता है, अपनी लय होती है। नाटक करनेवाले हरेक व्यक्ति को भाषा की लय और लहज़े की अच्छी समझ होनी चाहिए। मेरे साथ शुरू में थोड़ी-सी परेशानी आई, जैसे मैथिली में चटाई को चटाय, अट्ठाईस को अठ्ठाइस, कई को कइ, दवा को दवाय कहा जाता है। इसी तरह से कई शब्द हैं जिनका प्रयोग हिन्दी में करते समय सचेत रहना चाहिए। उसी तरह से उर्दू या फ़ारसी शब्दों का प्रयोग करते समय भी लहज़े का ध्यान रखना बहुत ज़रूरी है, साथ ही साथ इसके फ़र्क़ को समझना भी ज़रूरी है। शब्दों के साथ खेलना भी अभिनय का एक महत्त्वपूर्ण हिस्सा है, यह मैंने फ़िल्मों और रंगमंच के बड़े अभिनेताओं और अभिनेत्रियों को देखकर सीखा है।

मुझे याद है, ब.व. कारंत एक बार मेरे घर आए थे। बातचीत के दौरान उन्होंने कहा कि अभिनेता को संवाद इस तरह से बोलना चाहिए कि लगे, वह गाना गा

रहा है और गायक को गाना इस तरह गाना चाहिए कि लगे, वह संवाद बोल रहा है। उनकी बातें मुझे हमेशा याद रहती हैं।

निर्देशक परवेज़ अख़्तर भी कहते हैं कि आप मंच पर जो कुछ भी बोलते हैं या करते हैं, उसको दर्शकों तक संप्रेषित होना चाहिए, तभी आप दर्शकों के साथ सम्बन्ध बना पाते हैं। पूर्वाभ्यास के दौरान मैं हमेशा सचेत रहती थी कि किसी भी शब्द को उसके सही रूप में बोलूँ। कई बार मेरे साथ हुआ है कि जहाँ 'ज़' बोलना चाहिए, आदतन 'ज' निकल जाता है। इसको लेकर मैं लगातार कई वर्षों से काम करती रही हूँ, इसका बहुत फ़ायदा मुझे हुआ है।

'अकेली औरत' एक ऐसी औरत की दास्तान है जो हमारे आस-पास कहीं भी मिल जाएगी—हमारे मध्यवर्गीय समाज और संभ्रांत समाज में भी। कहा जाता है कि इक्कीसवीं सदी में महिलाओं ने काफ़ी विकास किया है। औरतों को आज़ादी मिली है। वे सशक्त हुई हैं और अपना निर्णय ख़ुद कर पा रही हैं, लेकिन अगर थोड़ा हटकर और ग़ौर से अपने आस-पास को देखें तो सबकुछ ऊपर से बड़ा ठीक-ठाक लगता है, लेकिन ज़रा-सी परत उधेड़ो तो भरभराकर सबकुछ सामने आ जाता है। इस नाटक में एक ऐसी औरत की कहानी है, जो अपनी आज़ादी, अपने अस्तित्व के लिए संघर्ष करती है। वह खुली हवा में साँस लेना चाहती है। अपनी देह पर अपना अधिकार चाहती है, बराबरी का सम्मान चाहती है। इस नाटक में एक औरत को कमरे में बन्द करके रखा जाता है। उसके बच्चे को उससे छीन लिया जाता है, उसे शारीरिक यातना दी जाती है। उसके साथ ज़बरदस्ती शारीरिक सम्बन्ध बनाया जाता है।

ये सारी घटनाएँ घट चुकी हैं। औरत कमरे में अकेली है और उससे बात करनेवाला कोई नहीं है। बाहर से दरवाज़ा बन्द है। उसे बार-बार एहसास होता है कि उसके दरवाज़े पर कोई है। उसे भ्रम होता है। वह लगातार भ्रम और यथार्थ में जीती है। इसी किरदार को मुझे निभाना था। मैंने अपने आस-पास इस तरह की हिंसा को देखा है।

परवेज़ अख़्तर बार-बार कहते थे कि तुम लगातार उस औरत के बारे में सोचो—वह अकेले में क्या-क्या करती होगी, कैसे गाना गाती होगी, अपने बच्चे को कैसे याद करती होगी, वह चलती कैसे होगी कमरे में! मैंने विस्तार से इस पर सोचना और काम करना शुरू किया। कई घरेलू हिंसा से पीड़ित महिलाओं के दस्तावेज़ों को पढ़ा, उनका इंटरव्यू देखा, फ़िल्में देखीं। इस नाटक के कई दृश्यों में गालियों का बहुत प्रयोग है। गालियों को लेकर मेरी अपनी धारणा बनी हुई थी। हमारे घर में कभी भी गाली नहीं दी जाती थी। मैं गालियों को लेकर सहज नहीं थी। वैसे तो सभी गालियों से परिचित थी लेकिन उसको धाराप्रवाह बोलना कठिन था। जब यह दृश्य ब्लॉक हो रहा था तो मैं बहुत अटपटा महसूस कर रही थी। इस बात को हमारे निर्देशक समझ रहे थे। बार-बार मुझे एहसास हो रहा था कि कहीं

अश्लीलता न आ जाए। निर्देशक ने दृश्य ब्लॉक करना छोड़ दिया और मुझे कहा कि बैठ जाओ, फिर वे गालियों को लेकर सभी साथियों से सहज तरीक़े से बातचीत करने लगे—गालियों के निर्माण के बारे में, इसका समाज के साथ कितना गहरा सम्बन्ध है। गालियों में भी लैंगिक पूर्वग्रह है। परवेज़ जी ने कहा कि तुम आराम से गाली दो, अगर अटपटा लगेगा तो मैं यहाँ बैठा हूँ, बताने के लिए।

गालियों का मैंने अलग से अभ्यास किया। इस नाटक में यौन-अंगों और यौन-सम्बन्धों को लेकर कई संवाद हैं। मेरे सामने यह समस्या आई कि इसको अपनी आंगिक भाषा में कैसे दिखाया जाए। रचना में लिखना दूसरी बात है लेकिन मंच पर अपने शरीर के माध्यम से, अभिनय के माध्यम से दिखाना बहुत ही जटिल है। बहुत बारीक़ फ़र्क़ होता है श्लील और अश्लील में। मेरे मन में बार-बार शंका भी उठ रही थी कि कहीं चीज़ें नकारात्मक न हो जाएँ। वह औरत हँसी की पात्र न हो जाए। अपनी शंका मैंने निर्देशक के सामने रखी। उन्होंने कहा कि अगर मंच पर अभिनेता या अभिनेत्री गम्भीर हैं और पूरी गम्भीरता से बिना मज़ाक़ बनाए हुए दर्शकों के सामने अभिनय करते हैं तो दर्शक भी उसे उसी गहराई और संवेदनशीलता के साथ ग्रहण करता है।

मुझे 'बैंडिट क्वीन' का वह दृश्य याद आ गया, जब फूलन देवी पूरी तरह से नग्न है।...उसे ठाकुरों के सामने से होकर गुज़रना है और कुएँ से पानी खींचना है। सिनेमा हॉल में गहरा सन्नाटा छा गया था और किसी भी दर्शक के मुँह से कोई आवाज़ नहीं निकल रही थी। सब स्तब्ध थे।

परवेज़ जी ने कहा कि यौन-अंगों का ज़िक्र करते समय इसे बिलकुल स्पष्ट रूप से व्यक्त करना है। एक दृश्य में मुझे पुरुष के लिंग को दर्शाना था, उसे मैंने केहुनी तक हाथ उठाकर दर्शाया था। उसी तरह एक दृश्य में संभोग के बारे में बताना था, उसे मैंने पैर फैलाकर दिखाया था। शुरू के पूर्वाभ्यास में इन दृश्यों को करने में मुझे परेशानी हो रही थी क्योंकि हम अपने आम जीवन में यौन-अंगों और सेक्स को बिलकुल छिपाकर रखते हैं, उस पर कोई चर्चा भी नहीं करना चाहते हैं। धीरे-धीरे मैं सहज होती गई। मेरे लिए अब केन्द्र में सिर्फ़ वह 'अकेली औरत' थी—उसका संघर्ष, उसका अकेलापन, उसकी यातना और उसका विद्रोह।

परवेज़ जी इस नाटक की वेशभूषा और सेट भी कर रहे थे। उन्होंने मुझे पुरुष की पैंट और शर्ट दी पहनने को। उनका तर्क था कि वह औरत कमरे में अकेली है, उसे बाहर से बन्द कर दिया गया है। उसका सब कुछ छीन लिया गया। उसके पास पहनने के लिए उसका अपना कपड़ा भी नहीं है।

ढाई महीने के कठिन पूर्वाभ्यास के बाद यह नाटक तैयार हो गया। शाइस्ता रशीद 'अकेली औरत' का पहला भाग 'सवेरा' कर रही थी। उसने भी काफ़ी मेहनत की। अन्ततः वह दिन आ गया, पूरी टीम ने बहुत मेहनत की।

मैं और शाइस्ता मेकअप करके तैयार हो गई। शो के पहले आधे घंटे तक हम दोनों ने एक्सरसाइज किया और थककर लेट गए। चुपचाप अपने-अपने किरदार के बारे में सोचने लगे। पहली घंटी बजी और हमारे निर्देशक परवेज़ अख़्तर ग्रीनरूम में आए, मेरा और शाइस्ता का हौसला बढ़ाया, कहा कि पूरी ऊर्जा से करना। तुम लोगों ने इतनी मेहनत की है, शो ज़रूर बहुत अच्छा होगा। टीम के सारे सदस्यों ने हौसला बढ़ाया।

शाइस्ता की प्रस्तुति पहली थी, वह विंग्स में खड़ी हो गई। जावेद अख़्तर ख़ान एनाउंसमेंट कर रहे थे, तो लीजिए, प्रस्तुत है नाटक 'अकेली औरत' का पहला भाग 'सवेरा'...। शाइस्ता का शो बीस मिनट का था, उसके तीस सेकेंड बाद मेरी प्रस्तुति थी। मेरा दिल ज़ोर-ज़ोर से धड़क रहा था कि अचानक तालियों की गड़गड़ाहट सुनाई दी। शाइस्ता विंग्स की तरफ़ आ रही थी। तीस सेकेंड बाद मेरी इंट्री थी। म्यूज़िक शुरू हुआ और मैंने अपने अन्दर 'अकेली औरत' को महसूस किया। मुझे अपने भीतर से आती उसकी आवाज़ सुनाई दी और मैं मंच की तरफ़ चली गई।

प्रीति तिवारी

प्रीति तिवारी को सन् 2018 में अभिनय के लिए संगीत नाटक अकादमी का 'बिस्मिल्लाह ख़ाँ पुरस्कार' मिल चुका है। मैथिली नाटकों से रंगमंच पर अभिनय की शुरुआत करनेवाली प्रीति श्रीराम सेंटर और राष्ट्रीय नाट्य विद्यालय के रंगमंडल में बतौर अभिनेत्री लम्बे समय तक जुड़ी रही हैं और अब तक सौ से ज़्यादा नाटकों में काम किया है। इन्होंने 'घासीराम कोतवाल', 'आइंस्टाइन', 'उसका बचपन', 'बटोही', 'एक वायलिन समन्दर किनारे', 'ताजमहल का टेंडर', 'बाणभट्ट की आत्मकथा', 'अनामदास का पोथा', 'तर्पण', 'वासांसि जीर्णानि', 'बाबूजी', 'आषाढ़ का एक दिन' आदि कई नाटकों में अविस्मरणीय अभिनय से अपनी ख़ास पहचान बनाई है और साथ ही 'ये आदमी, ये चूहे', 'सीमा पार', 'अंगुलिमाल', 'बोधायन', 'निर्वाण' आदि नाटकों को निर्देशित कर अपनी निर्देशकीय क्षमता प्रदर्शित की है। इन दिनों भोपाल में रंगकर्म कर रही हैं।

महाब्राह्मण : सिद्धेश्वर और चन्द्रहास का जाना

नाटक 'महाब्राह्मण' (लेखक प्रेमानन्द गज्वी, निर्देशक चन्द्रहास तिवारी) मेरे रंग-जीवन की अविस्मरणीय यात्रा का महत्त्वपूर्ण पड़ाव है। महत्त्वपूर्ण पड़ाव इसलिए कहा कि नाटक की तैयारी, उसके प्रदर्शनों के बाद आज भी मैं नाटक के चरित्र रेवती के साथ स्वयं का जब आकलन करती हूँ तो हम दोनों एक-सा न होते हुए भी कई बार एक-से लगते हैं। इसमें मुख्य भूमिका (सिद्धेश्वर) चन्द्रहास ने निभाई और सिद्धेश्वर की पत्नी (रेवती) की भूमिका निभाने की ज़िम्मेदारी मुझे मिली। यह किरदार मेरे लिए कई मायनों में ख़ास है, जैसे मेरे और इस किरदार के जीवन में कुछ समानताएँ। पूरे नाटक की रचना-प्रक्रिया के साथ एक विशिष्ट बात यह भी है कि चन्द्रहास नाटक में मुख्य किरदार के रूप में जुड़े थे।

जब चन्द्रहास ने यह निश्चय किया कि वह इस नाटक में मुख्य किरदार निभाएँगे तब मेरा एक मन यह हुआ कि मैं इस नाटक को दर्शक दीर्घा में बैठकर देखूँगी और वहीं से चन्द्रहास के अभिनय का लुत्फ़ उठाऊँगी। और साथ ही साथ नाटक के रिहर्सल में भी उनके किरदार को धीरे-धीरे पुष्पित होते हुए देख सकूँगी। यह मेरे लिए बतौर अभिनेता, दर्शक और क्रिटिक एक सुनहरा अवसर था! मैंने यहाँ क्रिटिक इसलिए कहा कि मैं चन्द्रहास के लिए और वह मेरे लिए एक आईने की तरह थे। हम दोनों एक-दूसरे के अभिनय के गुण-दोष हमेशा साझा करते रहे हैं—एक अच्छे दोस्त की तरह। इस नाटक को लेकर एक मन यह भी कह रहा था कि मुझे इस नाटक में अभिनय करना चाहिए, क्योंकि चन्द्रहास के साथ अभिनय करना मुझे हमेशा से अच्छा लगता था। अपने मन का यह द्वन्द्व जब मैंने चन्द्रहास को बताया तो उन्होंने कहा कि मुझे नाटक में अभिनय करना ही चाहिए। और इसके पीछे उन्होंने अपने मन की बात कही। उनका मत यह था कि इस नाटक में कई प्रमुख किरदार हैं (सिद्धेश्वर और रेवती के अलावा) जैसे—ढबू पंडित, दिगम्बर शास्त्री, वसुदेव, वेदांत शास्त्री और कुछ छोटे किरदार जैसे—गणू, तात्या,

केशवरावा। यह सब भी एक कुशल अभिनेता की माँग करते हैं। कुल मिलाकर यह कि यह पूरा नाटक 'महाब्राह्मण' एक अभिनय प्रधान नाटक है। और इसमें किसी निर्देशक की जो प्राथमिक और महत्त्वपूर्ण रचना-प्रक्रिया है, वह यही है कि वह कितने दक्ष अभिनेताओं का इस नाटक में संयोजन कर सकता है। जितने ज़्यादा कुशल अभिनेता, उतनी इस नाटक की सफलता की गारंटी है। यह तो लगभग हर नाटक की कहानी है, पर इस नाटक की यही पहली शर्त भी है। प्रसंगवश मैं चन्द्रहास की एक विशेषता को यहाँ उल्लेखित करना चाहूँगी कि चन्द्रहास ने कभी पात्रों के चयन को लेकर कोई समझौता नहीं किया। उनके द्वारा की गई कास्टिंग हमेशा पात्रों के अनुरूप ही होती थी। उनके अनुसार इस तरह से यदि दो स्थापित अभिनेता (मैं और चन्द्रहास) यदि रिहर्सल के पहले से ही इस नाटक से जुड़ जाएँ तो यह नाटक की प्रस्तुति के लिए बहुत अच्छा है। और यह भी कि हम पति-पत्नी यदि नाटक में भी पति-पत्नी का किरदार निभाएँ तो एक अच्छा और यादगार अनुभव हो सकता है। इस तरह से चन्द्रहास ने मुझे कनविन्स कर दिया था। और रिहर्सल शुरू होते-होते मेरे मन में नाटक में अपनी उपस्थिति को लेकर कोई संशय नहीं था।

एक और ज़रूरी बात, जिसके बिना इस नाटक, किरदार और मेरे बीच का तानाबाना अधूरा रह सकता है। हम अभिनेताओं के जीवन में कम-से-कम एक पात्र ऐसा होता ही है जो अभिनेता से अपना रिश्ता सिर्फ़ मंच तक ही नहीं रखता वरन् अपनी सीमा लाँघकर कहीं हमारे मन के भीतर गहरे में रच-बस जाता है। बस, ऐसा ही कुछ रिश्ता है मेरा इस किरदार के साथ—एक आत्मीय सम्बन्ध, अपनापन। यह भी एक बड़ी वजह है कि यह किरदार मेरे लिए ख़ास है।

इस तरह चन्द्रहास ने दो कास्ट तय कर ली थी—अपनी और मेरी और बाक़ी के किरदारों के लिए हमारी संस्था में कुछ होनहार और ज़िम्मेदार युवा अभिनेता थे परन्तु वे काफ़ी नहीं थे। इसलिए संस्था के बाहर से भी अभिनेताओं को आमंत्रित किया। यहाँ भोपाल रंगमंच की एक विशेषता का ज़िक्र करना चाहूँगी कि हमारी दुनिया 12-15 किलोमीटर की परिधि में बसी हुई है। और किसी नये कलाकार को एक-दो बार भी मंच पर देख लिया तो उससे पहचान बन जाती है। इस अर्थ में हमारे भोपाल रंगमंच की छोटी-सी दुनिया में कई कलाकार एक-दूसरे से जुड़े हुए हैं और हमारे बीच संवाद की एक बाधारहित, प्रवाहमयी धारा बहती रहती है—सीनियर और जूनियर से इतर। इस तरह से फ्रीलांस अभिनय का भोपाल रंगमंच में स्कोप नज़र आता है।

इस तरह से नाटक में पात्रों के अनुरूप जो भी कलाकार उपयुक्त लगे (संस्था के भी और फ्री लांसर भी), उनके साथ स्क्रिप्ट की रीडिंग की जाने लगी। और फिर कुछ फेर-बदल हुए, रीडिंग के दौरान और कुछ ऑन फ़्लोर भी, जैसाकि अमूमन सभी रिहर्सलों में होता है। धीरे-धीरे हमारी फ़ाइनल कास्ट तैयार हो गई। इस पूरी प्रस्तुति प्रक्रिया में दो महीने का समय लग गया।

मेरा किरदार रेवती, महाब्राह्मण की रेवती, सिद्धेश्वर की पत्नी, एक बच्चे की माँ और गुस्सैल देवर की भाभी। रेवती जो चिन्तित रहती है। ब्राह्मण होते हुए भी ब्राह्मणों द्वारा ही उनसे अछूतों जैसा व्यवहार किया जाता है, इस बारे में दुखी रहती है। अपने बच्चे के भविष्य के बारे में चिन्तित रहती है। अपने लाड़ले देवर को लेकर भी वह बहुत चिन्तित रहती है और इन्हीं सबके बीच किसी नारी की अपनी इच्छाएँ, ये कुछ बातें हैं जो रेवती के चरित्र से सम्बन्ध रखती हैं।

मैंने अपने किरदार की तैयारी करने से पूर्व अपने में और उसमें क्या समानताएँ हैं और क्या असमानताएँ हैं, उनका निर्धारण कर लिया। रेवती और मुझमें समानताएँ यही हैं कि वह मेरी तरह विवाहित है। वह ग्रामीण परिवेश की है और गाँव का परिवेश मुझसे भी अछूता नहीं है। वह एक निम्न मध्यवर्ग परिवार की है। मैं भी मध्यवर्ग से ही आती हूँ। और असमानता यह कि मेरी ओर से मेरे पति को लेकर मेरे जो विचार हैं, उनसे बिलकुल भिन्न विचार रेवती के उसके पति को लेकर। वह इन मायनों में कि रेवती बार-बार अपने पति से कहती है कि महाब्राह्मण का काम छोड़ दो, इस गाँव को छोड़ दो। अपने बच्चे के भविष्य के बारे में सोचो और वह बताती है कि गाँव की ब्राह्मण औरतों का व्यवहार उसके प्रति कैसा है। आर्थिक तंगी के चलते वह बार-बार चाहती है कि इस गाँव से पलायन कर शहर चल दिया जाए। किन्तु सिद्धेश्वर हमेशा अपने पुरखों के कर्म पर और धर्म पर अडिग है।

...और दूसरी तरफ़ मैं और चन्द्रहास एक-दूसरे को अपने कर्म और धर्म-रंगमंच के लिए प्रोत्साहित करते हैं। मैंने कभी सपने में भी नहीं सोचा कि मैं चन्द्रहास को नाटक करने, सीरियल करने या टीचिंग करने के लिए मना करूँ क्योंकि हम दोनों की मुलाक़ात ही रंगमंच के माध्यम से हुई थी। श्रीराम सेंटर रंगमंडल दिल्ली में हम दोनों बतौर अभिनेता काम करते थे और कुछ साल बाद चन्द्रहास एफ.टी.आई.आई. चले गए और मैं राष्ट्रीय नाट्य विद्यालय रंगमंडल दिल्ली में बतौर अभिनेत्री जुड़ गई। तो इस तरह से यह मुझमें और रेवती के किरदार में मूलभूत अन्तर है जो कि बड़ा अन्तर है।

समानता और असमानता पृथक् करने के बाद मैंने अपने किरदार को दो भागों में बाँट लिया। एक तो उसका बाहरी ढाँचा जिसमें उसकी चाल-ढाल, शारीरिक अभिव्यंजनाएँ, उसकी क़द-काठी और उसकी वेशभूषा; दूसरे भाग में उसका अन्त:करण। इस तरह से रीडिंग के दौरान जो क़रीब 25 दिनों तक चली, उसमें मैंने किरदार के अन्त:करण को समझने की कोशिश की और फ़्लोर पर आने के बाद उसके बहारी ढाँचे पर काम कराना शुरू किया। चन्द्रहास से अपने सम्बन्ध के बारे में पहले ही बता चुकी हूँ। रिहर्सल से लौटकर आने के बाद हम लोग नाटक के बारे में, चरित्र के बारे में, नाटक के सभी पहलुओं पर बातचीत करते। दिन-भर साथ रहकर डायलॉग याद करना, डायलॉग की बार-बार रिहर्सल करना मेरे लिए

बहुत ज़रूरी होता है। बतौर अभिनेत्री मेरी संवाद को बार-बार पढ़ने की आदत है। मैं चरित्र को बार-बार पढ़ा करती हूँ और लेखक के शब्दों के भीतर झाँकने की कोशिश करती हूँ। इस दौरान यदि कोई दरवाज़ा या कोई खिड़की नहीं खुल पाती तो निश्चित रूप से मैं निर्देशक से बात करती हूँ। और तब निर्देशक मुझे वह चरित्र दिखाता है अपनी आँखों से। इसी से जुड़ा एक क़िस्सा है। हमारे नाटक के रिहर्सल को फ़्लोर पर आए 10 दिन हो चुके होंगे कि एक दिन मुझे चन्द्रहास ने टोका कि प्रीति, तुमने किरदार का टेम्परामेंट सही पकड़ा है। भाषा भी बिलकुल सही है लेकिन तुम्हारा मैनेरिज़्म काफ़ी आभिजात्य है। तुम एक अच्छी-ख़ासी पढ़ी-लिखी महिला मालूम हो रही हो, जो कि तुम्हें इस किरदार से दूर खड़ा कर रहा है। और मैंने इस बात को ध्यान में रखते हुए जब रिहर्सल शुरू किया तब बात नहीं बनी। उलटे मैं संवाद भी भूलने लगी। पति-पत्नी होने की वजह से हमारे पास बहुत वक़्त होता था कि किरदार पर विस्तार से चर्चा कर सकते थे।

मेरे मैनेरिज़्म को लेकर मेरी और चन्द्रहास की बहुत बात हुई। वाद-विवाद, चर्चा-परिचर्चा—ये सब होते ही रहे। मुझे यह लगता था कि मैं रेवती की मनोदशा को नहीं समझ पा रही हूँ जिसके चलते मैं आभिजात्य लग रही हूँ। लेकिन चन्द्रहास की बात समझ में आ रही थी। उन्होंने मुझे यह एहसास कराया कि मैंने जो भी किरदार का ख़ाका बनाया है, वह टाइम ट्रेवल नहीं कर पा रहा है। मतलब कि मैं उस मनोदशा को देशकाल से नहीं जोड़ पा रही हूँ। और जैसे यह बात मेरे दिमाग़ में आई, मेरे पहले रिहर्सल में ही फ़र्क़ आ गया। और रिहर्सल से लौटते वक़्त चन्द्रहास ने मुझे एप्रीशियेट किया और यह एप्रीशियेशन एक डायरेक्टर का उसके एक्टर को था। और क्योंकि यह एप्रीशियेशन चन्द्रहास की तरफ़ से था, मेरे लिए बहुत मायने रखता था, क्योंकि उन्हीं की वजह से मैं निराश नहीं हुई और अपनी कमी को पहचानकर उसको दूर कर पाई।

अब एक आख़िरी बात, जिसके कारण मैं यह कह सकती हूँ कि क्यों यह किरदार मेरे लिए इतना ख़ास था। दरअसल चन्द्रहास के जाने के बाद रेवती के उस चरित्र के बारे में जब मैं सोचती हूँ, जो कुछ ही महीनों के लिए मेरे जीवन में आई थी, तो लगता है कि मैं प्रीति से दूर और रेवती के निकट पहुँच गई हूँ।

'महाब्राह्मण' नाटक के अन्त में रेवती का पति सिद्धेश्वर मर जाता है और पीछे छोड़ जाता है कई सवाल। यह सब नाटक के अन्त में होता है। रेवती अपने पति को खो देती है और उसका पति अपने पीछे छोड़ जाता है—रेवती का एक देवर और उसका बेटा। और यहाँ मेरे जीवन में चन्द्रहास के जाने के बाद दो जीव हैं मेरे साथ। मेरे अपने मेरी बेटी और मेरा बेटा।

रेवती, सिद्धेश्वर के चले जाने के बाद, कैसा जीवन जी रही है, यह पाठक और दर्शकों के ऊपर है।

राकेश यादव

राकेश यादव ने संगीत समिति, इलाहाबाद से नृत्य में प्रवीण (एम. ए.) और तबला वादन में नेहरू ग्राम भारती विश्वविद्यालय, इलाहाबाद से एम. पी. ए. की शिक्षा प्राप्त की है। लगभग दो दशकों से रंगमंच पर एक अभिनेता के रूप में सक्रिय हैं। देश-विदेश में नृत्य और नाटकों की अनेक उल्लेखनीय प्रस्तुतियों के लिए चर्चित रहे हैं और सम्मानित हुए हैं। सत्यजित राय की कहानी 'असमंजस बाबू' की नाट्य-प्रस्तुति में अपनी विलक्षण अभिनय-क्षमता के कारण इन्हें दर्शकों के बीच व्यापक लोकप्रियता हासिल हुई। इन दिनों इलाहाबाद के नाट्य-समूह 'समानान्तर' के साथ जुड़कर रंगकर्म में संलग्न हैं।

असमंजस बाबू : दोनों तरफ़ से जलती ज़िन्दगी की टॉर्च

बचपन में जब मदारी बन्दर को लेकर खेल दिखाने आता था तो मैं असमंजस में पड़ जाता था। समझ नहीं पाता था कि कलाकार कौन है—बन्दर या मदारी? बन्दर कलाकार है तो मदारी का क्या काम? मदारी कलाकार है तो क्या बन्दर मदारी की आहार्य सामग्री है? लेकिन आज यह प्रश्न निरर्थक लगता है। आज महत्त्वपूर्ण यह लगता है कि हमारा दृष्टिकोण क्या है? आज लगता है कि न मदारी बन्दर को नचा रहा है और न बन्दर मदारी के इशारों पर नाच रहा है। भूख और ज़रूरतें दोनों को नचा रही हैं और हमारी मानसिक भूख हमें मजबूर कर रही है कि इन्हें नाचते-नचाते हुए देखें। मनुष्य इतना असहाय है कि मजबूर हो ही जाता है।...और सच कहें तो भूख और मजबूरी एक दूजे की हमशक्ल होती हैं। यह सब बातें पहले मुझे समझ में नहीं आती थीं। पहले मुझे लगता था कि विचार और व्यवहार में चिरंतन फ़ासला है—उतना ही फ़ासला, जितना हमारी दृष्टि और क्षितिज में होता है। लेकिन जब पहली बार मैं रंगमंच की दुनिया से परिचित हुआ तो लगा कि व्यवहार अगर पृथ्वी है तो विचार गुरुत्वाकर्षण है। विचार ही वह शक्ति है जो व्यवहार की दिशा में हमें खींचकर ले जाती है। और इसी व्यवहार ने मुझे 'असमंजस बाबू' की विचार-प्रक्रिया को समझने में या यूँ कहें कि पूरी साफ़गोई से समझने में मदद की।

जब मैं रंगमंच के क्षेत्र में उतरा तो सबसे पहली मुलाक़ात हुई 'समानान्तर' के भौमिक दादा; श्री अनिल रंजन भौमिक, इलाहाबाद से। उनके साथ जहाँ मैंने इलाहाबाद के रंगकर्म की बारीकियाँ जानीं, वहीं दूसरी तरफ़ भौमिक दादा के सान्निध्य में हिन्दी रंगमंच और विश्व रंगमंच के विषय में भी बहुत कम समय में बहुत ज़्यादा जानने को मिला। साथ ही साथ रंगकर्म के जीवन और जीवन के रंगकर्म

को गूढ़ता से समझने और रंगकर्म के बरअक्स जीवन की विचारधारा को स्वयं के लिए विकसित करने की पगडंडियाँ ढूँढ़ने में मैं व्यस्त हो चला था कि इसी बीच एक ऐसा पड़ाव आया जिसने मुझे झिंझोड़कर रख दिया। वो पड़ाव था 'असमंजस बाबू' कहानी। इससे पहले डॉ. राही मासूम रज़ा की चर्चित कृति 'टोपी शुक्ला', जिसे भौमिक दादा निर्देशित कर रहे थे, उसका एक हिस्सा मैं भी हुआ करता था। इस बीच दादा ने हम कई लोगों से विचार-विमर्श के दौरान यह बात सामने रखी कि उन्हें एक एकल प्रस्तुति तैयार करवानी है। इसके लिए एक सही कृति की तलाश शुरू की गई। कई अतुलनीय कृतियों से गुज़रते हुए हम सत्यजित राय की कहानी 'असमंजस बाबू', जिसे अख़्तर अली द्वारा नाट्यान्तरण किया गया था, पर आकर ठहर गए थे। सह-कलाकारों का ऐसा भी कहना था कि हम और भी खोजबीन कर सकते हैं, लेकिन मुझे इस कहानी को पढ़कर ऐसा लगने लगा था कि यही करना उचित होगा। उधर भौमिक दादा के चेहरे के भाव देखकर भी मुझे एहसास होने लगा था कि उनकी तलाश पूरी हो चुकी है।

असमंजस बाबू का नाम असमंजस था लेकिन वह अपने विचारों में पूर्णतया स्पष्ट थे। 'क्या होता है' से इतर 'क्या होना चाहिए' पर वह इतने अडिग थे कि लोग उनसे कतराने लगे और वह घर-परिवार, समाज से पूरी तरह कट गए। गृहस्थ जीवन के लिए कोई न मिला तो उन्होंने अपना अकेलापन भरने के लिए एक कुत्ता पाला। कुत्ता उनसे भी विलक्षण था क्योंकि वह हँस सकता था लेकिन वाजिब बात पर। ख़बर फैली तो विलक्षण चीज़ों का संग्रहण करनेवाले एक व्यक्ति ने उस कुत्ते के बदले बीस लाख की रक़म देने की पेशकश की और जीवन में पहली बार अडिग असमंजस बाबू का ईमान डिग गया। बहुत कोशिशों के बाद भी ग्राहक के सामने कुत्ता नहीं हँसा। फिर भी ग्राहक ने बीस लाख का चेक असमंजस बाबू को थमाया और अभिभूत असमंजस बाबू चेक को सीने से लगाकर चूमने लगे और कुत्ता हँस पड़ा। तब असमंजस बाबू को समझ में आया कि कुत्ता उनके चारित्रिक पतन को देख हँस पड़ा है और उन्होंने कुत्ता बेचने से इनकार कर दिया।

सुख और ख़ुशी के भेद तथा चारित्रिक पतन और सामाजिक पतन की सीमारेखा को बारीक़ी से समझाने वाली इस कहानी पर अब भौमिक दादा ने काम करने का निश्चय कर लिया था और सौभाग्यवश उन्होंने मुझे और मेरे एक सह-कलाकार नयनीश मिश्रा को 'असमंजस बाबू' के नाट्यान्तरण को कंठस्थ करने को कहा और साथ में यह चुनौती दी कि जो भी इसे अच्छी तरीक़े से तैयार करेगा, वही इसके मंचन का हक़दार होगा। यह वही समय था जब मैं प्रयाग संगीत समिति से कथक नृत्य में प्रभाकर कर रहा था। इस बीच दादा के निर्देशानुसार मैंने श्री देवेन्द्रराज अंकुर द्वारा शुरू की गई 'कहानी के रंगमंच' की परम्परा और उसकी शैली पर काफ़ी अध्ययन किया। हालाँकि अख़्तर अली द्वारा इसका नाट्यान्तरण ही हमारी

प्रस्तुति का आधार होने वाला था लेकिन स्क्रिप्ट में बहुत कुछ ऐसा था जो कहानी के रंगमंच के काफ़ी क़रीब था।

नयनीश और मैंने अब 'असमंजस बाबू' की स्क्रिप्ट को बहुत सधे हुए ढंग से कंठस्थ कर लिया था। जिन्होंने भी रंगमंच की दुनिया से थोड़ा भी वास्ता रखा है, उन्हें पता ही होगा कि पूर्वाभ्यास के शुरुआती दिन कितने ऊब भरे होते हैं, लेकिन मैं ईमानदारी से कहना चाहूँगा कि 'असमंजस बाबू' के पूर्वाभ्यास के शुरुआती दिन ऊब भरे नहीं थे। एक छटपटाहट थी, एक तड़प थी, एक बेचैनी थी, जो लगातार हमें मथ रही थी। मैंने दादा के चेहरे पर ऐसा विचलन इससे पहले कभी नहीं देखा था। ख़ैर, पूर्वाभ्यास धीरे-धीरे गति पकड़ने लगा था। यह वही समय था जब मैंने अपने अन्दर परिवर्तन महसूस करना शुरू कर दिया था।

मुझे आज भी याद है कि मेरे दसवीं कक्षा के इतिहास के अध्यापक जब अतीत में हुई किसी बहुत बड़ी घटना का ज़िक्र करते थे तो उससे पहले एक स्लोगन बोलते थे कि 'परिवर्तन के सिवाय सबकुछ परिवर्तनशील है।' लेकिन उस ख़ास समय में मैं अपने अन्दर हो रहे परिवर्तन को ठीक से इंगित नहीं कर पा रहा था। मेरे रंगमंच के शुरुआती दिनों में एक बार दादा ने बोला था कि अक्सर हम जिस चरित्र को निभा रहे होते हैं, उसकी बहुत सारी अच्छाइयों, बुराइयों और कभी-कभी तो उसकी स्थितियों-परिस्थितियों से ख़ुद भी प्रभावित हो जाते हैं। लेकिन पहली बार मुझे समझ में आया था कि हम जो चरित्र निभा रहे होते हैं, कभी-कभी उसकी विचारधारा को भी अपने अन्दर उतार लेते हैं और वही समय था जब बिलकुल असमंजस बाबू की तरह लोग मुझसे कटने लगे थे क्योंकि मैं अपनी बेतक़ल्लुफ़ बेबाक विचारधारा लोगों के समक्ष रखने लगा था। इससे उनके व्यक्तिगत और सामाजिक जीवन को हानि पहुँचने लगी थी। यहाँ तक कि मुझसे सम्बन्धित ऐसे लोग जो अपनी ग़लत चीज़ों को तर्क के आवरण में सही साबित करते थे, मैं उन्हें सरेआम सच के कठघरे में खड़ा कर देता था। भौमिक दादा भी इस चीज़ को नोटिस कर चुके थे इसीलिए एक दिन पूर्वाभ्यास के समय नयनीश और मुझे उन्होंने समझाते-समझाते एक बात बोली कि असमंजस बाबू के चरित्र को समझना पड़ेगा। व्यावहारिक जीवन में क्या हमें ऐसा हो जाना चाहिए, इस पर भी विमर्श करना होगा। यह भी सोचना होगा कि क्या कुत्ता बेचने का फ़ैसला करने से पहले असमंजस बाबू बिलकुल सही और सटीक थे? घर-परिवार और समाज अगर किसी से कटते जा रहे हैं तो कहीं ऐसा तो नहीं है कि पूरी तरह सही होते हुए भी वह व्यक्ति एक ऐसे पहलू से जुड़ गया है जिससे वह पूरी तरह ग़लत होता जा रहा है? इसके बाद दादा ने फिर से पूर्वाभ्यास करवाना शुरू कर दिया लेकिन यह बात मेरे मन में घर कर गई थी। पूर्वाभ्यास के बाद, सीधे-सीधे तो नहीं, लेकिन घुमा-फिराकर मैंने इस मुद्दे पर नयनीश से विचार-विमर्श किया। अगले दिन जब हम पूर्वाभ्यास स्थल

पर पहुँचे तो दादा ने बात-बात में ही पूछ दिया कि कल मैंने जो बातें कही थीं, उस पर तुम दोनों ने कोई विचार-विमर्श किया है? नयनीश और मैं, दोनों ही इस बात से स्तब्ध रह गए थे कि दादा ने ऐसा क़यास कैसे लगा लिया? हम दोनों ने उन्हें अपने विचार-विमर्श के बारे में बताया तो उन्होंने पूछ लिया कि तुम लोगों ने यह सब बातें सीधे-सीधे क्यों नहीं कीं? इतना घुमा-फिराकर क्यों? हम दोनों कुछ कहते, इससे पहले ही दादा फिर बोल पड़े कि इसी जगह पर असमंजस बाबू ग़लत थे। इस बात से असमंजस बाबू का क्या सम्बन्ध है, यह हम दोनों को नहीं समझ में आया। भौमिक दादा ने अपनी बात थोड़ी और साफ़ करते हुए कहा कि शब्दों के अर्थ से ज़्यादा महत्त्वपूर्ण होता है उनका तात्पर्य। एक वाक्य के शब्दों के बीच जो अनकहा रह जाता है, तात्पर्य वहीं से मिलता है। कहानीकार ने असमंजस बाबू का जो चरित्र विकसित किया है, उसमें साफ़ तौर पर यह बताया है कि असमंजस बाबू हमेशा शब्दों के उस भाग को कहते थे जो सीधे तात्पर्य को सामने रखता था। अर्थ का भाग बीच से नदारद था। बात सीधे-सादे ढंग से कही ज़रूर जाती थी लेकिन लोगों के मन पर सीधे चोट करती थी और लोग उनसे कटे-कटे रहने लगते थे। सपाट लहज़े में कहें तो असमंजस बाबू की बात जितनी सही होती थी, उनके कहने का तरीक़ा उतना ही ग़लत होता था। समाज अपने बने-बनाए ढर्रे को धीरे-धीरे तोड़ता हुआ आगे बढ़ता है जिसे विकास कहते हैं। अगर हमें उसके चरित्र को बख़ूबी दिखाना है तो उसकी विचार-प्रक्रिया से अर्थ को नदारद करके तात्पर्य को सामने रखना होगा लेकिन ऐसा नहीं होना चाहिए कि हमारे जीवन से सम्बन्धित शब्दों और उनके तात्पर्यों के बीच बने हुए अर्थ के पुल टूट जाएँ। अगर पुल टूटेंगे तो सबसे पहले बात कहने वाला ही चोट खाएगा।

दादा की इस बात से मुझे यह पता चला कि एक अभिनेता के लिए चरित्र एक वेशभूषा की तरह होना चाहिए। अगर चरित्र की आत्मा को हम अपनी आत्मा बना लेंगे, तो दुर्घटना होने की पूरी सम्भावना है।

'असमंजस बाबू' का पूर्वाभ्यास लय में आ चुका था। नयनीश ने बेजोड़ मेहनत की थी। इस प्रतिस्पर्धा में मैं भी थोड़ा-बहुत अच्छा करने लग गया था। भौमिक दादा ने हम दोनों के दृश्यबन्धों में कोई भी समानता नहीं रखी थी। मैं और नयनीश, दोनों उनकी इस अदा से लगभग परेशान हो गए थे कि वे दृश्यबन्ध में रोज़ कुछ न कुछ बदलाव क्यों ले आते हैं? एक दिन जब हमने बहुत आग्रहपूर्वक उनसे पूछा कि वे ऐसा क्यों करते हैं तो उन्होंने जो बात हमें बताईं, वे आज भी याद हैं। उन्होंने कहा था, हमारी आँखें एक कैमरे की तरह काम करती हैं और इन आँखों का स्टोरेज बुद्धि होती है लेकिन कैमरे के स्टोरेज की तरह हम इसे किसी को दिखा नहीं सकते। अगर हम इसे किसी को दिखा सकते तो अवश्य कई बार दृश्यबन्ध बदलकर मैं इसे ठीक से देखता-दिखाता और फिर इसके कई मंचन न होते—केवल

एक मंचन काफ़ी था। चूँकि रंगमंच में कोई भी मंचन ठीक पिछले मंचन की तरह नहीं होता है और इनसान की चेतना लगातार विकसित होती है, इसीलिए रंगमंच जीवंत कला है। आज हमारी विचार-प्रक्रिया में जो प्रतिमान बनते हैं, वे कल टूट जाते हैं। उन्होंने कहा कि अगर मैंने कोई दृश्यबन्ध बदला है तो अवश्य ही बीच के दिनों में मेरा कोई प्रतिमान टूटा होगा और परिणामत: मैंने दृश्यबन्ध बदल दिया है। इस बीच उन्होंने मुझसे कहा कि अपनी भाव-भंगिमा में कथक नृत्य का पुट डालो और इससे दृश्य की गहराई बढ़ सके, तो बढ़ा लो। मैंने वैसा ही किया और सचमुच मेरे पूर्वाभ्यास में निखार आ गया। अब मैंने मंच पर हर क़दम ठीक से रखना शुरू कर दिया था। अब लगने लगा था कि कहानी मेरी ताल और थिरकन के साथ अपने-आपको गा रही है। उधर नयनीश ने असमंजस बाबू की ऐसी चाल पकड़ी थी कि कभी-कभी धोखे में टीम के बाक़ी लोग उसे असमंजस बाबू ही कह बैठते थे। हमारा पूर्वाभ्यास रवानगी पकड़ चुका था और लगने लगा था कि नाटक 'असमंजस बाबू' की जवानी अपने शबाब पर है।

सचमुच मुझे और नयनीश को बहुत बाद में दादा की एक गुप्त मंशा का पता चला। वे हम दोनों के काम से काफ़ी हद तक ख़ुश थे और उन्होंने हम दोनों द्वारा अभिनीत 'असमंजस बाबू' के मंचन का फ़ैसला कर लिया था और फिर वह दिन भी आ गया जब उत्तर मध्य क्षेत्र सांस्कृतिक केन्द्र का प्रेक्षागृह 'असमंजस बाबू' के लिए बुक कर दिया गया। रंग-दीपन की रूपरेखा ख़ुद दादा ने पहले से तैयार कर रखी थी। वेशभूषा के लिए जब हमने भौमिक दादा से विचार-विमर्श किया तो पता चला कि उनका इरादा एक अतिसाधारण वेशभूषा का है, तो पहले बड़ी निराशा हुई लेकिन जब उन्होंने बताया कि एकल प्रस्तुति है और साथ ही हमारे नाटक का विचार अति गहन है, इसीलिए एकदम साधारण वेशभूषा ही उचित होगी, तो हमें उनकी बात बिलकुल सही लगी। उनका मानना था कि आहार्य सामग्री या प्रॉपर्टी को कम-से-कम इस्तेमाल किया जाए और भावों-भंगिमाओं से ही दर्शकों तक असली बात पहुँचाई जाए जिससे उनका मोहभंग न हो और कहानी में आई हुई गूढ़ बातों का खुलकर वे आनन्द उठा सकें।

आनन्द से याद आया, कहानी में एक जगह ऐसा भी आया है कि 'आनन्द' शब्दकोश का सबसे रस भरा शब्द। एक ऐसा क्षण, जिसे निर्मित करना होता है। कष्ट के ढेर में आनन्द सबसे नीचे दबा रहता है। तकलीफ़ों की भीड़ में आनन्द सबसे अलग-थलग कोने में दुबका खड़ा रहता है।...'ज़िन्दगी में बहुत बड़ा आनन्द जैसी कोई चीज़ नहीं होती, आनन्द के तो छोटे-मोटे अवसर होते हैं, नन्हे-मुन्ने पल। उन्हें अपनी ज़िन्दगी से मत निकलने दो। यह तुम्हारी ज़िन्दगी को ख़ुशमय बना देंगे।' जब यह बात दादा ने पहली बार समझाई थी तो इसके अर्थ अलग थे और मंचन से पाँच दिन पूर्व जब आख़िरी बार उन्होंने यह बात समझाई थी तो इसके

अर्थ बहुत ज़्यादा बदल चुके थे। पहली बार उन्होंने कहा था : 'इस आनन्द के चक्कर में मत पड़ना। सुनने में यह जितना हल्का लगता है, कभी-कभी इनसान की ज़िन्दगी में उतना ही भारी पड़ जाता है। आनन्द उठाने की बजाय तकलीफ़ उठाओगे तो अवश्य ही कुछ अर्जित करोगे।' और मंचन से पाँच दिन पूर्व जब उन्होंने यह बात बोली तो कहा कि 'स्टेज पर उतरोगे और जैसे ही इस आनन्द की व्याख्या करोगे, लोग इसमें डूब जाएँगे और तुम्हारा काम आसान हो जाएगा। लेकिन अगर तुम भी लोगों के साथ ही इस आनन्द में गोते लगाने लगे तो दर्शक और तुम, दोनों एक साथ बहते रहोगे और शायद रंगकर्म करते हुए मोक्ष ऐसे ही मिलता है।' उस दिन तो लगा था, परिभाषा की भी परिभाषा बदल गई है क्योंकि जीवन का हर क्षण नया होता है जो अपनी परिभाषा ख़ुद गढ़ता है। उसी दिन मुझे पता चल गया था कि अब नाटक को आगे लेकर जाना, उसे लगातार विकसित करते जाना और उसके विकास के नये अर्थ तलाशना हमारी ज़िम्मेदारी बन गई है—ठीक वैसे ही, जैसे कोई दौड़ना सिखा तो सकता है लेकिन दौड़ना ख़ुद ही पड़ता है। नाटक पहले सीधे-सादे ढंग से ही शुरू हो रहा था लेकिन भौमिक दादा ने बाद में कहा कि सबसे आख़िरी भाग से नाटक शुरू करते हैं। हम थोड़ा कन्फ़्यूज़ हो गए थे कि यह क्या बात हुई भला? लेकिन जब उनके बताए हुए तरीक़े से हमने नाटक शुरू किया तो वही ज़्यादा उचित लगने लगा। कुल मिलाकर अब पूरा नाटक फ़्लैश बैक में असमंजस बाबू की ज़ुबानी दर्शकों के सामने आने वाला था।

मंचन का दिन आ चुका था। विचारों का एक पुलिन्दा मन के ऊपर हावी था और व्यावहारिक रूप में दुनिया हमारे सामने थी। दुनिया को आज लेखक से लेकर निर्देशक तक के विचारों से अवगत कराना हमारा काम था। सामने से आनेवाली तालियों और गालियों की गूँज से बेफ़िक्र था, ऐसा कहना जीवन से इतर होकर अपने-आपमें गुम हो जाने जैसी बात होगी। शंका, डर और उत्तेजना एक साथ मेरे ऊपर सवार थी। इसका एक कारण यह भी था कि पहले मुझे ही मंच पर उतरना था। नयनीश का मंचन मेरे बाद होने वाला था और इसी वजह से मेरा रक्तचाप बढ़ता हुआ-सा महसूस हो रहा था। यहाँ मैं थोड़ा स्वार्थी हो रहा हूँ। नयनीश की अनुभूतियों को सच कहूँ तो मैं नहीं जान सकता हूँ। मुझे अपनी अनुभूतियाँ भी धुँधली-सी ही नज़र आ रही थीं क्योंकि सच यही है कि परीक्षा के समय सब केवल अपनी ही उत्तर पुस्तिका में लिखते हैं।

मंचन का समय आ गया। आज भी भौमिक दादा द्वारा मंचन से ठीक पहले पीठ ठोंककर आशीर्वाद देना याद है। मैं अपनी सारी उत्तेजना को दबाकर असमंजस बाबू में ही खो चला था। पहली बेल बजी तो मैं ग्रीन रूम से निकलकर विंग में खड़ा हो गया। आसपास सह-कलाकार थे। नयनीश भी था। मैं उससे ज़ोर से गले मिला और सच कहूँ तो अन्दर ही अन्दर हँस पड़ा था। मुझे याद आया कि

क्या विडम्बना है, एक असमंजस बाबू दूसरे असमंजस बाबू से गले मिल रहा है! दूसरी बेल बजी तो मैं सभी से अलग हुआ और मंच पर क़दम रखने को तैयार हो गया।...और फिर वह समय आ ही गया जब तीसरी बेल बजी। मैं चुपचाप मंच के बीचोबीच जाकर बैठ गया—ठीक वहीं, जहाँ मार्किंग की गई थी। मेरे ऊपर एक स्पॉट लाइट ऑन हुई और मैंने अपनी पूरी ऊर्जा के साथ चिल्लाकर कहा कि 'मैं कुत्ता नहीं बेच सकता' और नाटक शुरू हो गया। तब से लेकर आज तक मैं 'असमंजस बाबू' के मंचन की नहीं बल्कि मंचनों की प्रक्रिया में हूँ।

चक्रेश कुमार

उत्तर प्रदेश के इटावा ज़िले में जन्मे चक्रेश ने चंडीगढ़ में शिक्षा प्राप्त की और वहीं रंगकर्म कर रहे हैं। पंजाब विश्वविद्यालय के भारतीय नाट्य विभाग में शिक्षित होने के बाद नाट्य निर्देशक तथा अभिनेता के रूप में इनका सफ़र शुरू हुआ और इन्होंने चालीस नाटकों का निर्देशन और लगभग इतने ही नाटकों में अभिनय किया। तीन सौ से ज़्यादा नुक्कड़ नाटकों के प्रदर्शन से भी ये जुड़े रहे हैं। इन्हें संगीत नाटक अकादमी का 'बिस्मिल्लाह ख़ाँ सम्मान' मिल चुका है। 'चंडीगढ़ थियेटर के पचास वर्ष' विषय पर एक फ़ेलोशिप के अन्तर्गत इन्होंने शोध भी किया है।

पहला अध्यापक : मैं बना शिष्य

धर्मवीर भारती के नाटक 'अन्धायुग', उदय प्रकाश की कहानी 'रामसजीवन की प्रेमकथा' तथा हरिशंकर परसाई जी के व्यंग्य 'एक लड़की पाँच दीवाने' का मंचन करने के बाद नये नाटक की तलाश चल रही थी। कहानियाँ, उपन्यास और नाटक पढ़े जा रहे थे और लोगों से बातचीत चल रही थी। इसी बीच मेरे एक दोस्त सलाहकार सेम्यूल जॉन ने मुझे एक उपन्यास पढ़ने की सलाह दी जिसका नाम था : 'पहला अध्यापक'।

'पहला अध्यापक' प्रतिष्ठित किरगीज लेखक चंगीज आइत्मातोव का तीसरा उपन्यास है। किताब के पहले पृष्ठ पर एक चित्र बना हुआ था, जिसमें एक आदमी अपने साथ एक लड़की को घोड़े पर बिठाकर पहाड़ों के बीच से गुज़रता हुआ नज़र आ रहा था। उपन्यास का पृष्ठ देखकर मेरी उसे पढ़ने की इच्छा तक नहीं हुई। मुझे लगा, कोई साम्यवादी सोच मेरे ऊपर थोप न दी जाए। इसीलिए उपन्यास को सीधे तौर पर पढ़ने की जगह मैंने अपनी पत्नी मंजू यादव से इसे बोल-बोलकर पढ़ने के लिए कहा ताकि मैं इसे सुन सकूँ। शुरुआत का भाग मुझे बिलकुल पसन्द नहीं आया, लेकिन ज्यों-ज्यों कहानी आगे बढ़ी, कहानी के अध्यापक ने मुझे अपना शिष्य बनाना शुरू कर दिया। दोपहर से शाम हुई, शाम से रात हुई और उपन्यास ख़त्म हुआ। लेकिन पता नहीं क्यों, इस उपन्यास को मैं शुरू में खोलने के पक्ष में नहीं था।

मंजू ने पूछा, "उपन्यास कैसा लगा?"

मैंने कहा, "ठीक है।"

फिर थोड़ी देर की ख़ामोशी के बाद मैंने उनसे पूछा कि आपको यह उपन्यास कैसा लगा? तब वह तक़रीबन आधे घंटे तक बोलती रहीं और अन्त में एक सवाल किया कि क्या इस कहानी को हम खेलेंगे? मैंने कुछ नहीं कहा और गर्दन हिलाते हुए हामी भर दी। फिर भी पता नहीं क्यों, मेरे अन्दर एक द्वन्द्व चल रहा था कि

यह कहानी तो रूस की है। इस उपन्यास में जिन घटनाओं का उल्लेख किया गया है, वे इस शताब्दी के तीसरे दशक में, मध्य एशिया में सोवियत सत्ता के स्थापना-काल में घटी थीं।

कुछ दिनों बाद मैं चार नम्बर कॉलोनी के कुछ बच्चों से मिलने पहुँचा। ये बच्चे मन्दिरों के सामने बसों में, ट्रेनों में ढोलक, हारमोनियम बजाकर, चिटकनी गाकर अपने-अपने घरों को चलाते हैं। बच्चों ने कहा, "सर जी, हमसे पढ़ाई नहीं होती। आप ही बताओ, मैडम ने पहले हमको जोड़ा। हमको लेने के लिए गाड़ियाँ आती थीं। अब 200 बच्चे हो गए हैं, तो इधर कॉलोनी में हमें लेने गाड़ी भी नहीं भेजतीं। बाक़ी बच्चों को साइकिल दिलाई, पर हमें क्यों नहीं?"

और भी कई सवाल थे जो मैं यहाँ नहीं लिख पा रहा हूँ।

कुछ दिनों बाद मैं अपने छोटे भाई नीरेश से मिलने दिल्ली पहुँचा, जो नेशनल स्कूल ड्रामा में पढ़ रहा था। इस कहानी को लेकर बात कर रहा था। चर्चा चल ही रही थी कि रास्ते में एक ग़ज़ब दृश्य देखा। एक छोटे-से पार्क में पाँच-छह बच्चों के साथ एक पचास से पचपन साल के बुज़ुर्ग आदमी दिखे। वह अपने हाथ में किताब लिये बच्चों को कुछ पढ़ा रहे थे। इस दृश्य ने मुझे मजबूर नहीं किया यह नाटक करने को। उस दृश्य को देखकर मुझे एक बात याद आई। मेरा छोटा भाई पी.जी.आई., जो कि चंडीगढ़ का सबसे बड़ा अस्पताल है, उसके सामने नीबू पानी बेचनेवाले एक बारह साल के बच्चे की पढ़ाई जारी करवाने के लिए तीन महीनों तक कोशिश करता रहा। मगर यह हो न सका। यह सब कुछ मेरे भीतर उमड़ता-घुमड़ता रहा।

मेरी पत्नी मंजू और मुझे किसी कारणवश घर से अलग होना पड़ा। घर का सारा काम करना और अपने साथ मुझे सँभालना, मेरी संस्था 'अलंकार थियेटर' में रुचिवश कार्यरत रहना, मंजू की दिनचर्या का हिस्सा बन गया। मंजू की पढ़ने और लिखने की रुचि देखकर इस नाटक को लिखने के लिए मैंने उन पर दबाव डाला। निम्न मध्यवर्गीय किसानी परिवार में पली-बढ़ी मंजू ने जब इस नाटक का पहला ड्राफ़्ट लिखा, उन्हीं दिनों की बात है कि एक दिन खाना बनाते हुए वह बन्ना-बन्नी का गीत गुनगुना रही थीं। मुझे अच्छा लगा, तो मैंने कहा कि कोई नया गाना बनाकर देखते हैं। बातों-बातों में हम दोनों ब्रजभाषा में बात करने लगे। कुछ ऐसा माहौल बना कि रोटी बेलते हुए उन्होंने 'पहला अध्यापक' के सूत्रधार की आरम्भिक पक्तियाँ हँसी-मज़ाक़ में कहीं। मुझे अच्छा लगा तो मैंने उनसे गुज़ारिश की कि खाना खाने के बाद क्या वे मुझे सूत्रधार के शुरुआती संवाद ब्रजभाषा में सुना सकती हैं? बस, फिर क्या था, रात ही रात में यह तय हुआ कि नाटक ब्रजभाषा में खेला जाएगा। फिर भी कलाकारों से मुलाक़ात करने से पहले मुझे अपने-आपमें यह विश्वास नहीं हो रहा था कि इस नाटक को हम खेल पाएँगे या नहीं!

मैंने इसे पूरी तरह से समझने के बाद अपनी संस्था के कलाकारों से इस मुद्दे पर बात की। मेरे ज़्यादातर कलाकार विद्यार्थी हैं, जो रंगमंच में सक्रिय हैं। मैं हमेशा कोशिश करता हूँ कि मेरे कलाकार कुछ पढ़ें, देखें, समझें ताकि मुझे भी उनकी तरफ़ से सुझाव मिले। नाटक की शुरुआत में मेरी विचारधारा उन्हें प्रभावित कर रही थी। सो मैंने उन्हें ख़ुद समझने के लिए बोला।

...पर रंगमंच में सबसे बड़ी दुविधा है कि हर साल नये कलाकार आते हैं और वे एक-दो नाटक करने के बाद माया नगरी की ओर चल देते हैं। तो मेरे पास जब भी नये कलाकार आते हैं, मैं उन्हें सामाजिक दृष्टिकोण से कहानी या उपन्यास समझने के लिए कहता हूँ। अपने साथ-साथ उन्हें भी यह समझाने की कोशिश होती है कि हम यह नाटक क्यों कर रहे हैं! नाटक करने की वजह समझने के बाद हमने तय किया कि इसे किस परिवेश में खेला जाए। इसी बीच अपने ससुराल घूमने का मौक़ा मिला। फिर क्या, टूटी हुई कड़ियाँ जुड़ गईं और इस नाटक का एक ख़ाका मेरे दिमाग़ में उभरा। कलाकारों के साथ पहली मुलाक़ात से ही मेरी कोशिश यह रही कि फ़र्स्ट टीचर को पहले समझें। फिर मंजू यादव के 'पहला अध्यापक' के कलाकारों से विमर्श शुरू हुआ। एक महीने तक उपन्यास और लिखित नाट्य का पाठ, विमर्श और बहसें चलती रहीं। दर्शकों की पीठ की तरफ़ अर्द्धगोलाकार में खड़े नीम, शहतूत के पेड़ और सामने दस बाई दस का खुला मंच।

एक महीने बाद जब कलाकार मंच पर चढ़े, तो मुझे लगा, क्या वाक़ई इन्होंने नाटक के संवाद पढ़े या समझे हैं, क्योंकि उनमें से एक भी ऐसा नहीं था जो सही रूप में भाषा बोलने की कोशिश भी करता हुआ नज़र आ रहा हो! दस मिनट के अन्दर मैंने कलाकारों को नीचे बुला लिया और अगले 20 दिन तक हम सब सुबह-शाम चार-चार घंटे ज़ुबानी कसरत करने में लगे रहे।

अब सुबह शारीरिक कसरत के साथ ज़ुबानी कसरत भी चलने लगी। क्योंकि तब मैं किसी स्थायी नौकरी में नहीं था। मुख्य किरदार संगीता का अभिनय करनेवाली प्रिया राजपूत नेपाल की है। वह एक महीने तक हमारे साथ मेरे घर में रही। मैं सबको लेकर 01 मई को मज़दूर मेले में पहुँचा। किसानों-मज़दूरों को लेकर खेले गए नाटकों को सबने देखा। गाँव के मज़दूरों-किसानों को समझने के लिए शहरी मज़दूरों के साथ भी उठना-बैठना ज़रूरी था। उन्हें जानने के लिए सभी कलाकारों को किसी-न-किसी रूप में उनके साथ काम करने को प्रेरित किया गया। शहरी मज़दूरों के घर जाकर उनसे समाज को, रिश्तों को, धर्म को लेकर बातें हुईं।

लॉर्ड मैकाले से शुरू करते हुए भारतीय शिक्षा व्यवस्था को सरकारी स्कूलों तथा प्राइवेट अध्यापकों के ज़रिये समझने की कोशिश चल पड़ी। महिलाओं

पर अत्याचार को लेकर कई फ़िल्में देखी गईं और किताबें पढ़ी गईं। यह कहानी उत्तर प्रदेश से जोड़ी गई तो कोशिश यह की गई कि उत्तर प्रदेश को समझा जाए, चाहे वह राजनीति हो, शिक्षा व्यवस्था हो या फिर क़ानून हो। क्रान्तिकारियों और क्रान्तिकारी लेखकों की विचारधारा इससे जोड़ी गई। नाटक के सभी गाने मंजू ने लिखे जोकि दृश्य के भाव को बेहतरीन ढंग से उकेरते हैं। आख़िरकार साढ़े चार महीनों बाद यह नाटक मंच पर खेलने के लिए तैयार हुआ।

ममता पंडित

ममता पंडित का जन्म और पालन-पोषण आज़मगढ़ के एक रूढ़िवादी परिवार में हुआ। विवाह के बाद अपने रंगकर्मी पति अभिषेक पंडित के साथ इन्होंने रंगकर्म शुरू किया और अपने जनपदीय नगर के सांस्कृतिक वातावरण को अपनी सक्रियता से नया कलेवर दिया। ममता पंडित ने 'चरणदास चोर', 'अन्धेर नगरी', 'अंधा युग', 'आषाढ़ का एक दिन', 'कसाईबाड़ा', 'तिरिया चरित्तर', 'बटोही', 'बूढ़ी काकी' आदि कई नाटकों में प्रमुख भूमिकाएँ अदा की हैं। इनके नाटकों का देशव्यापी मंचन होता रहा है। 'सात पालों वाली नाव' में इनके एकल अभिनय को ख़ास तौर पर रेखांकित किया गया।

सात पालों वाली नाव : मेरी नाव

मेरा जन्म उत्तर प्रदेश के पूर्वी ज़िले आज़मगढ़ में हुआ। हमारा परिवार एक पारम्परिक रूढ़िवादी परिवार था। मेरे पिता आर्मी की नौकरी छोड़कर, 'कर्मकांड' आदि करके परिवार का भरण-पोषण किया करते थे। मैं छह भाई-बहनों में तीसरे नम्बर की थी। मुझसे बड़ी और दो बहनें थीं। मेरी माता एक गृहिणी थीं। शहर में रहते हुए भी हमारा रहन-सहन ग्रामीण परिवेश का ही था। मेरे मायके की अधिकांश रिश्तेदारियाँ ग्रामीण क्षेत्रों में ही हैं। मेरे पिताजी एक उदासीन अभिभावक थे। बच्चों की देखभाल के नाम पर उन्हें सिर्फ़ एक बात समझ में आती थी, वह थी अनुशासन। अनुशासन क्या, बस, अपने रूढ़िवादी विचारों को जबरन परिवार-घर पर लागू करना, जैसे लड़कियाँ पढ़कर क्या करेंगी!...बारह-चौदह साल में उनकी शादी हो जाए तो अच्छा है और लड़कियों को ज़्यादा घूमना-फिरना नहीं चाहिए, वग़ैरह-वग़ैरह। पिताजी के इन्हीं विचारों के कारण मेरी बड़ी दीदी बहुत कम उम्र में एक गाँव में ब्याह दी गईं और दूसरी दीदी इस अन्याय से इसलिए बच गईं क्योंकि बचपन में हुए मस्तिष्क ज्वर के कारण मानसिक रूप से विकलांग हो गई थीं, सो किसी धार्मिक पुरुष ने उन्हें अपना जीवनसाथी चुनने का पुण्य कार्य नहीं किया। स्कूल में होनेवाले किसी भी सांस्कृतिक कार्यक्रम में भागीदारी मेरे पिता के द्वारा मेरे लिए पूर्णतः प्रतिबन्धित थी। हालाँकि, मैंने उनसे चोरी-छिपे वार्षिकोत्सव के नाटकों में कई छोटी-छोटी भूमिकाएँ कीं। कक्षा छह में दाख़िले के साथ ही मेरे पिता मेरे प्रति अपने एकमात्र कर्तव्य, मेरे विवाह के लिए भागदौड़ शुरू कर चुके थे, लेकिन उन्हें वांछित सफलता नहीं मिल पा रही थी। किसी तरह मैंने आठवीं तक की पढ़ाई पूरी कर ली। फिर एक दिन पिता ने फ़रमान जारी किया कि अब मेरा स्कूल जाना बन्द। लेकिन मेरी ज़िद और पास-पड़ोस के समझाने पर उन्होंने इसकी इजाज़त दे दी। वैसे पढ़ने में मेरा मन लगता नहीं था, लेकिन स्कूल जाने के बहाने घर से बाहर निकलने का अवसर मिल जाता था। मेरे ब्याह का अनवरत प्रयास उन्होंने जारी रखा और मेरे

बारहवीं पास होते ही उन्होंने मेरी शादी अपने एक परिचित के सुपुत्र से तय कर दी। लड़का नाटक करता था और उसके घरवालों को यह डर था कि ब्राह्मण का लड़का नाटक-नौटंकी कर रहा है। जल्दी से इसका ब्याह कर दो। पता नहीं, बाद में इससे कोई अपनी लड़की ब्याहेगा भी कि नहीं!

शादी के बाद मेरे पति अभिषेक ने मुझे अपने परिवार की इच्छा के विरुद्ध नाटकों से जोड़ा। किसी नाट्य दल के साथ मंच पर मेरा पहला अनुभव नाटक 'आला अफ़सर' में सायक्लोरामा के पीछे शैडो सीन में क्राउड आर्टिस्ट का था। इसके अलावा मैंने कई नुक्कड़ नाटक भी किये। हमने वर्ष 2003 में 'सूत्रधार' का गठन किया और उसके बाद से लगातार अभिषेक के निर्देशन में प्रमुख स्त्री पात्रों के अभिनय का मौक़ा मुझे मिला जिनमें मुख्य रूप से 'चरनदास चोर', 'अन्धेर नगरी', आदि नाटक हैं। रंगकर्म में किसी भी प्रकार का प्रशिक्षण न तो मेरे पास था और न ही अभिषेक के पास। लेकिन अभिषेक ने स्वाध्याय व स्थानीय निर्देशकों के सान्निध्य में कार्य करते हुए ख़ुद को परिमार्जित किया। इसलिए रंगकर्म में मेरे पहले गुरु भी वे ही हुए। 'सूत्रधार' के बैनर तले हम लगातार नाट्य-प्रस्तुतियों का मंचन, नाट्य समारोह आदि का आयोजन करने लगे।

इस बीच हमारे जीवन में कई तरह के आर्थिक व सामाजिक परेशानियों के साथ-साथ एक ख़ुशी का क्षण आया। मैंने पहली बार मातृत्व-सुख प्राप्त किया। इसी बीच 2007 में मुझे केन्द्रीय संगीत नाटक अकादमी, नई दिल्ली द्वारा संचालित युवा रंगकर्मी नाट्य कार्यशाला के अन्तर्गत कई नामचीन रंगकर्मियों के सान्निध्य में गहन रंग-प्रशिक्षण का अनुभव प्राप्त हुआ। मुझे दो चरणों में आयोजित इस कार्यशाला में सचिन तिवारी, रतन थियम, के. एन. पणिक्कर, एच. कन्हाईलाल, सावित्री अम्मा, जयदेव तनेजा, एच. वी. शर्मा, संजय उपाध्याय, सलीम आरिफ़, स्व. जयदेव हटंगणी, स्व. पी. गोपीनाथन, स्व. अलखनन्दन, उर्मिल कुमार थपलियाल, जुगुल किशोर, सुमन कुमार आदि ख्यातिलब्ध रंगकर्मियों से नाट्यकला की बारीकियों को सीखने और समझने का अवसर प्राप्त हुआ। जिस पढ़ाई से मैं जी चुराती थी, वही अब सामने आकर खड़ी हो गई। मरता क्या न करता! धीरे-धीरे मैंने नाटक साहित्य व उससे जुड़े अन्य साहित्य को भी पढ़ना व समझना प्रारम्भ किया। इस बीच मुझे दो संतानें हो चुकी थीं। दाम्पत्य जीवन की ज़िम्मेदारियों को निभाते हुए बिना किसी संसाधन के सिर्फ़ और सिर्फ़ रंगकर्म के बूते जीवन-यापन के संघर्ष से जूझते हुए मैंने और अभिषेक ने रंगकर्म जारी रखा। इसके साथ ही मैंने 'गूँगी', 'अन्धेर नगरी', 'टम्टबक-टम्टबक टू' और 'एक था गधा उर्फ़ अलादाद ख़ाँ' नाटक का सफल निर्देशन भी किया।

अकादमी में प्रशिक्षण के दरमियान मैंने कई महिला रंगकर्मियों की एकल प्रस्तुतियों की चर्चा सुनी, लेकिन उनकी प्रस्तुति देखने का अवसर नहीं मिल पाया।

मन में एक उत्सुकता रहती थी कि मंच पर अकेले अभिनय कैसे किया जाता है! मैंने मन-ही-मन ठान लिया कि मैं भी एकल नाटक तैयार करूँगी, जिससे कि मेरी पहचान एक सशक्त अभिनेत्री के रूप में बन सके। मैंने कहानियाँ पढ़नी शुरू कर दीं। अपने प्रिय सखा भारतेन्दु कश्यप, जो भारतेन्दु नाट्य अकादमी से प्रशिक्षित हैं, से भी अपनी इस इच्छा को ज़ाहिर किया। भारतेन्दु के निर्देशन में मैं पहले भी शिवमूर्ति-कृत 'तिरिया-चरित्तर' में विमली की भूमिका कर चुकी थी। बातचीत के दौरान भारतेन्दु ने मुझे दीपक श्रीवास्तव की कहानी 'सत्ताईस साल की साँवली लड़की' पढ़ने की सलाह दी। कहानी पढ़ने के पश्चात् इसके कथानक ने मुझे बहुत आकर्षित किया क्योंकि, इस कहानी की नायिका की तरह ही मेरी ख़ुद की शादी भी कई बार तय होते-होते रह गई थी। इसके अलावा मेरे आस-पास और मुझसे जुड़ी कई लड़कियों के जीवन में घटी इस तरह की घटना मेरे ज़ेहन में उभर आई, जहाँ लड़कियों की शादी सिर्फ़ इसलिए नहीं तय हो पाती है कि उनके माँ-बाप के पास लड़के वालों को देने के लिए पर्याप्त दहेज़ नहीं होता या फिर उनके नाक-नक़्श, क़द-काठी या त्वचा का रंग रुपहले पर्दे या पत्र-पत्रिकाओं के रंगीन पन्नों पर छपने वाली तारिकाओं व मॉडलों की तरह नहीं होते। भले ही उनकी क़ाबिलियत उच्च श्रेणी की हो या कम-से-कम उस लड़के के समकक्ष तो हो ही, जिससे शादी तय की जा रही हो।

यहाँ ग़ौर करनेवाली बात यह है कि कई बार तो लड़के के घर से जुड़ी महिलाओं में भी उपरोक्त वांछित गुणों का सर्वथा अभाव दिख जाता है, जिसकी वे लड़की में माँग करते हैं। बहरहाल मैं कहानी को बार-बार, कई बार पढ़कर भारतेन्दु से इस पर चर्चा-परिचर्चा करती रही। फिर हमने तय किया कि इस कहानी के साथ कवि आलोक धन्वा की कविता 'भागी हुई लड़कियाँ' को जोड़ते हुए एक नाट्य कोलाज़ तैयार किया जाए ताकि हमारा 'कंटेंट' और भी मज़बूत हो सके। नाटक का निर्देशन भारतेन्दु ने करना स्वीकार किया। इस प्रकार मेरा पहला और बहुचर्चित एकल नाटक 'सात पालों वाली नाव' तैयार हो गया। रिहर्सल के दौरान एक सीन से दूसरे सीन में जाने और कई-कई चरित्रों में बदलकर संवाद बोलने में काफ़ी दिक़्क़त हुई। लेकिन अभ्यास व भारतेन्दु के निर्देशों का पालन करते हुए मैंने उन परेशानियों को भी दूर कर लिया।

इस नाटक की अब तक कुल 22 प्रस्तुतियाँ आज़मगढ़, बलिया, बनारस, लखनऊ, जबलपुर, इन्दौर, भोपाल, सीधी, पटना, गया, कोलकाता आदि शहरों में की जा चुकी हैं। इस नाटक को करने का परिणाम यह हुआ कि मेरे भीतर छिपा हुआ डर, कमज़ोरी, आत्मविश्वास की कमी दूर हो गई। विभिन्न शहरों में हुई प्रस्तुतियों से मिली वाहवाही ने मेरे मनोबल को बढ़ाया और रंगमंच पर मुझे एक अच्छी अभिनेत्री के रूप में पुख़्ता पहचान दी।

'सात पालों वाली नाव' की शुरुआत आलोक धन्वा की कविता 'भागी हुई लड़कियाँ' के कुछ अंशों से होती है, जिसके साथ जुड़कर सहज ही कहानी 'सत्ताईस साल की साँवली लड़की' शुरू हो जाती है। फिर बीच-बीच में कविता व कहानी के अंश जुड़ते चले जाते हैं। यह नाटक अपनी प्रस्तुति के दौरान लड़कियों के भीतरी मर्म एवं लिंग-भेद, सामाजिक व्यवस्था, परिधान और स्त्री की स्वतंत्रता पर प्रतिबन्ध, उनके रंग व गुणों की अवहेलना को बड़ी ही मज़बूती के साथ उकेरता है और अन्त में नायिका द्वारा विवाह न कर अपनी क़ाबिलियत के बूते प्राप्त उच्च नौकरी के सहारे जीवन निर्वाह करने का फ़ैसला दर्शकों को सोचने पर मजबूर कर देता है। विभिन्न शहरों में प्रस्तुति के बाद मुझसे मिलने वाले, बधाइयाँ देनेवाले दर्शकों में कई-कई ऐसी लड़कियाँ व औरतें भी होती हैं, जो मुझे बताती हैं कि यह नाटक उनके ख़ुद के जीवन पर आधारित है। उनमें से अधिकांश परिस्थितियों से समझौता कर लेने के अपने निर्णय पर दुखी भी होती हैं। तब मुझे ऐसा लगता है कि मेरा यह काम कितना सार्थक है!

समाज में सदियों से जारी इस भेदभाव को दूर करना तो दूर, ईमानदारी से इस पर सोचने का प्रयास भी लोग नहीं करते। लेकिन जब भेदभाव मंच पर कविता, कहानी व अभिनय के माध्यम से लोगों के सामने बिलकुल सजीव हो उठता है, तो क्षण भर के लिए ही सही, लोग इस पर सोचने पर मजबूर हो जाते हैं। दरअसल इस तरह की कहानी हर घर-परिवार में घटती रहती है। लेकिन इन घटनाओं को मंच पर प्रस्तुत करना अपने-आपमें चुनौतीपूर्ण कार्य है। इस नाटक ने मेरे भीतर काफ़ी परिवर्तन किया। मुझमें कहीं न कहीं आत्मविश्वास की कमी थी, जो अब नहीं रही। इस नाटक से मुझे राष्ट्रीय स्तर पर पहचान मिली और मैं 'सात पालों वाली नाव' से जानी जाती हूँ।

गीतांजलि गीत

प्रदर्शनकारी कलाओं (नाटक) में स्नातकोत्तर गीतांजलि गीत ने देश के ख्यात नाट्य निर्देशक अलखनन्दन के नाट्य-समूह में काम करते हुए राष्ट्रीय नाट्य विद्यालय और संगीत नाटक अकादमी की कार्यशालाओं में रंग-प्रशिक्षण प्राप्त किया। लगभग बीस सालों से रंगकर्म कर रही हैं। इन्होंने वीमेंस थियेटर क्लब की ग्वालियर में स्थापना की और विशेषत: स्त्रियों के जीवन पर केन्द्रित नाटकों को मंचित किया। इनकी सक्रियता में स्त्रियों और बच्चों का जीवन ख़ास तौर पर शामिल रहा है। इन्होंने कई नाटकों में अभिनय और कुछ नाटकों का निर्देशन किया है। इस महामारी के दौर में, जब रंगमंचीय गतिविधियाँ मृतप्राय रही हैं, ये रंगमंचीय विषयों पर साढ़े तीन सौ से ज़्यादा वेबिनार और साक्षात्कार आयोजित कर चुकी हैं।

आषाढ़ का एक दिन : अम्बिका के भीतर बसी मल्लिका

अम्बिका!—एक ऐसा किरदार, जो पूरी तरह से व्यक्त नहीं हो सका। वह व्यक्त होकर भी अव्यक्त-सा लगता है। अम्बिका के पात्र को लेकर ज़्यादा कुछ लिखा नहीं गया है। मुझे लगता है, उसे स्टेज पर निभाना एक कुशल कलाकार के लिए भी हमेशा से चुनौती भरा रहा होगा। वैसे 'आषाढ़ का एक दिन' नाटक ही अपने-आपमें एक चुनौती है, तो उसके पात्र को अर्थ सहित दर्शकों तक पहुँचाना और भी ज़्यादा चुनौतीपूर्ण रहा है। रंगमंच जगत में 'आषाढ़ का एक दिन' नाटक मील का पत्थर है, जिसे हर कलाकार करने के लिए बेताब रहता है। इस नाटक में मुझे अम्बिका के पात्र को निभाने का मौक़ा मिला था। अम्बिका के किरदार को देखें तो पाएँगे कि अधिकतर कलाकारों ने उसे एक चिड़चिड़ी व क्रोधित स्त्री के रूप में चित्रित किया है—एक ऐसी माँ, जो अपनी बेटी के प्रेमी से चिढ़ती है।

अम्बिका का अपना भूतकाल था, जो शायद सुखद कम, दुखद ज़्यादा जान पड़ता है। कालिदास को लेकर उसकी नफ़रत सिर्फ़ कालिदास को लेकर ही नहीं है, उसके पीछे छुपा है उसका अपना कटु अनुभव और छिपा है एक माँ का दर्द और अपनी बेटी के भविष्य की चिन्ता।

अम्बिका शुरू से ही जानती थी कि कालिदास उसकी बेटी मल्लिका को कभी नहीं अपनाएगा, कालिदास की महत्त्वाकांक्षा मल्लिका की भावनाओं पर भारी पड़ेगी। वह भविष्य में अपनी बेटी की कोमल भावनाओं के आहत होने की आहट से दुखी हो रही थी।

'आषाढ़ का एक दिन' मोहन राकेश की एक उत्कृष्ट व कालजयी रचना मानी जाती है। यह कृति कालिदास की प्रेमिका मल्लिका के निःस्वार्थ प्रेम को प्रदर्शित करती है। कालिदास के दुःख में दुखी मल्लिका दर्शकों को अन्दर तक भिगो देती

है। इसके साथ अम्बिका के चेहरे पर उभरी चिन्ताएँ नाटक के बढ़ने के साथ-साथ और गहरी होती चली जाती हैं। मल्लिका का वर्षा में भीगकर आना, सांकेतिक रूप से कालिदास के प्रति प्रेम व समर्पण को दर्शाता है। दर्शक शुरू से ही मल्लिका के प्रेम व अम्बिका की खीज को भाँप लेते हैं।

इस नाटक में दो स्त्री पात्र—अम्बिका और मल्लिका—ऐसे हैं, जो कई जगह एक फ्रेम में दिखाई देते हैं। मल्लिका के अन्तर्द्वन्द्व के साथ-साथ अम्बिका का अन्तर्द्वन्द्व भी दर्शकों को विचलित करते रहता है। मुझे लगता है कि अम्बिका के किरदार पर उस तरह से काम नहीं किया गया है, जैसाकि मल्लिका के किरदार के साथ किया है। अम्बिका का पात्र भी उतना ही महत्त्वपूर्ण व सशक्त है, जितना कालिदास, मल्लिका, विलोम या मातुल का है।

अम्बिका भरसक कोशिश करती है मल्लिका को कालिदास से दूर रखने की, पर मल्लिका के मन में गहरे पैठा कालिदास का प्रेम अम्बिका के प्रयास को विफल करता जाता है। मल्लिका के लिए कालिदास एक ऐसा स्वप्न है जो साकार होकर भी नहीं हो पाता है। नियति के आगे मजबूर दोनों प्रेमी बिछड़ जाते हैं। मल्लिका कालिदास से नि:स्वार्थ प्रेम करती है और उसे एक महान कवि व उच्च पद पर आसीन होते देखना चाहती है और इसके लिए वह अपने प्रेम का भी त्याग कर देती है। फलस्वरूप वह अकेली रह जाती है। वह अपने एकान्त में कालिदास के साथ बिताए पलों के सहारे जीती है—कालिदास की प्रतीक्षा करते हुए, उसकी रचनाओं को पढ़ते हुए। वह कालिदास को महसूस करती है। मल्लिका के पात्र में दर्शकों को एक विशुद्ध नि:स्वार्थ प्रेम के दर्शन होते हैं। मल्लिका के एकान्त व दु:ख को मल्लिका की माँ अम्बिका ने शुरुआती दिनों में महसूस कर लिया था।

सम्भवत: अम्बिका के पात्र को मंच पर निभाना हर कलाकार के लिए चुनौती भरा हो सकता है। कलाकार हमेशा इस पसोपेश में रहता होगा कि आख़िर अम्बिका को किस तरह से पेश किया जाए—एक भावनाविहिन माँ, जो अपनी बेटी को प्रेम करने से रोकती है?...या अपनी बेटी के भविष्य के लिए चिन्तित माँ?...या एक क्रोधित व चिड़चिड़ी माँ, जो हर बार कालिदास की उपस्थिति से विचलित हो जाती है या एक डरी हुई माँ जो अपनी बेटी को नियति के क्रूर हाथों सौंपना नहीं चाहती थी?

मल्लिका को देखकर अम्बिका को अपना समय अवश्य याद आया होगा इसलिए वह पूरा प्रयास करती है कि उसका वर्तमान कहीं मल्लिका का भविष्य न बन जाए! अम्बिका हमेशा अपनी बेटी के भविष्य की चिन्ता में घुलती रहती है और इन्हीं चिन्ताओं के साथ मंच से लोप हो जाती है।

मेरे लिए अम्बिका के पात्र को निभाना बेहद चुनौतीपूर्ण रहा था। मैं शुरुआती समय में अम्बिका के किरदार को लेकर एकदम शून्य थी। समझ ही नहीं आ रहा था कि अम्बिका को कैसे मंच पर प्रस्तुत करूँ! इस नाटक के निर्देशक

अयाज़ ख़ान हैं। जब हम सभी कलाकार नाटक का पाठ करते थे तो मैं शून्य होकर संवाद पढ़ती चली जाती थी। मेरे लिए बहुत मुश्किल हो रहा था अम्बिका को समझना। जैसे-जैसे पाठ आगे बढ़ता गया, मैंने महसूस किया कि मेरे अन्दर कहीं न कहीं धीरे-धीरे अम्बिका का किरदार आकार ले रहा है। यह शुरुआती दिनों की बात थी। पूरे समय मेरे मन-मस्तिष्क में अम्बिका के संवाद गूँजते रहते थे—सोते समय, खाते समय, गाड़ी चलाते समय, यहाँ तक कि खाना बनाते समय भी! इतने के बाद भी अम्बिका को मैं स्पष्ट नहीं देख पा रही थी। मैंने कई बार अलग-अलग आयाम से अम्बिका को देखना और समझना चाहा, उसे जीने की भरसक कोशिश की। अपने से यह सवाल भी किया कि कालिदास को लेकर अम्बिका की चिढ़ क्या है? उसको समझने की कोशिश की। मेरे अन्दर कई भाव आए और चले गए। संवाद अदायगी के समय कुछ भाव धीरे-धीरे गहरे उतरने लगे। मैं उस दर्द को समझने लगी। यदि कालिदास मल्लिका के लिए उसके व्यक्तित्व में एकाकार होते स्वप्न की भाँति है तो मल्लिका भी कालिदास की एकमात्र प्रेरणा है और अम्बिका के जीने का एकमात्र सहारा।

रिश्तों के इस ताने-बाने ने मुझे अम्बिका को जानने व समझने का मौक़ा दिया। जब हम 'आषाढ़ का एक दिन' नाटक की बात करते हैं तो यह सम्भव ही नहीं है कि हम एक ही पात्र पर केन्द्रित होकर रह सकें। सारे पात्र एक-दूसरे से प्रत्यक्ष या अप्रत्यक्ष रूप से जुड़े हैं और एक-दूसरे को प्रभावित करते हैं।

फिर से कहना चाहूँगी कि अम्बिका के पात्र को निभाना मेरे लिए कठिन-सा प्रतीत हो रहा था। कठिन इसलिए कि उसकी मन:स्थिति को समझने में मुझे बहुत समय लगा। निरन्तर उसके ऊपर मनन व चिन्तन से मैं उसके क़रीब पहुँचने में थोड़ा बहुत सफल हो सकी। उसका चिड़चिड़ापन व क्रोध करना ऊपरी लगा। वास्तव में अम्बिका अत्यन्त कोमल हृदय व यथार्थ की ज़मीन पर खड़ी एक ऐसी माँ थी जो अपनी बेटी की समस्या के कारण कटु होती चली गई। मल्लिका से अत्यधिक प्रेम अम्बिका को कालिदास से दूर करता चला गया। कालिदास की महत्त्वाकांक्षा के काले बादल मल्लिका के भविष्य पर मँडराते हुए अम्बिका स्पष्ट रूप से देख रही थी। मल्लिका के भविष्य को लेकर उसकी चिन्ता स्वाभाविक आम भारतीय माँ की ही तरह थी, जो बेटी का विवाह कर, उसे अपने घर में सुखी देखकर सुख प्राप्त करना चाह रही थी।

अम्बिका के लाख समझाने के बाद भी मल्लिका कालिदास से प्रेम करना छोड़ नहीं सकी। अम्बिका चाहती थी कि उज्जैन जाने से पूर्व कालिदास मल्लिका से विवाह रचा ले, पर मल्लिका को यह मंज़ूर नहीं था। वह कालिदास को किसी भी शर्त में बाँधना नहीं चाहती थी। कालिदास के उज्जैन चले जाने और राजकवि बन जाने के बाद अम्बिका की बची-खुची आशा भी ख़त्म हो जाती है। अम्बिका, मल्लिका

को अन्दर ही अन्दर पल-पल मरते हुए देखने के लिए मजबूर थी। अम्बिका को बार-बार मल्लिका के भविष्य की चिन्ता सताए जा रही थी कि उसके बाद मल्लिका का क्या होगा? यह चिन्ता अम्बिका को दिन-ब-दिन कमज़ोर करती जा रही थी। अम्बिका मल्लिका के दर्द को अपने अन्दर महसूस कर रही थी।

कई वर्षों के बाद जब कालिदास उसके ग्राम से गुज़रता है, तो अम्बिका क्षणिक चेतती है, परन्तु कालिदास की पत्नी के रूप में प्रियंगुमंजरी को देखकर वह स्तब्ध हो जाती है। प्रियंगुमंजरी के परोपकारी शब्दों से अम्बिका स्वयं को और मल्लिका की भावनाओं को अपमानित होता देखकर खंड-खंड हो जाती है। वह अपनी दयनीयता पर चीत्कार उठती है। वहाँ उसका दर्द, उसका दु:ख, अकेलापन, बेचारगी, कालिदास का मौक़ापरस्त होना अम्बिका को तोड़ देता है। मल्लिका का त्याग और उसकी तपस्या का व्यर्थ हो जाना अम्बिका को अन्दर तक झिंझोड़ देता है। अम्बिका टूट जाती है और सारा दर्द उसकी आँखों से बह निकलता है, जब वह कहती है, "लो, मेघदूत की पंक्तियाँ पढ़ो। इन्हीं में न कहती थी कि उसके अन्दर की कोमलता साकार हो उठी है।"

एक कलाकार के रूप में यह संवाद मुझे अन्दर तक द्रवित कर देता है। मेरे लिए इस पल के संवाद बहुत कष्टकारी थे। इसमें अम्बिका की बेबसी और दर्द झलक आता है।

अम्बिका का यह संवाद कि 'आज वह तुम्हें तुम्हारी भावना का मूल्य देना चाहता है'—मल्लिका व अम्बिका के अब तक के दर्द को बख़ूबी रेखांकित करता है। उसकी सारी संवेदनाओं की विफलता को दर्शाते इस संवाद को बहुत गहरे मैंने अपने अन्दर महसूस किया। प्रेम की पराकाष्ठा और ऊर्जा को महसूस किया। इन पंक्तियों को बोलने में हृदय में कष्ट अनुभव हो रहा था और लग रहा था, जैसे कुछ है, जो टूट गया है। कुछ है, जो सदा के लिए छूट गया और मेरी आँखें उस दर्द को महसूस कर 'झर-झर' बहने लगी थीं। यहाँ आकर अम्बिका एक माँ की भूमिका में न्याय करती नज़र आती है। वह अपनी बेटी के दर्द को महसूस कर तड़प जाती है और रुदन, करुणा, याचना, वितृष्णा, नफ़रत और लाचारी की मिली-जुली अनुभूति को ओढ़े मंच पर एक माँ खड़ी दिखाई देती है। अम्बिका ने शुरू से मल्लिका का चाहे जितना भी विरोध किया हो, पर अन्त में मल्लिका व उसका दु:ख एकाकार हो जाता है। वह मल्लिका के दु:ख की अदृश्य सहभागी होती चली जाती है। प्रियंगुमंजरी के जाने के बाद विलोम का प्रवेश स्थिति को और दारुण कर देता है। मल्लिका के लिए अम्बिका याचना की मुद्रा तक में आ जाती है।

अम्बिका का किरदार मेरे लिए बहुत महत्त्वपूर्ण है। वह पूरे नाटक को आधार देता है। मल्लिका व कालिदास के प्रेम के बीच एक ऐसा किरदार खड़ा होता है, जो अपने प्रश्नों से दर्शकों को यथार्थ से रू-ब-रू करवाता है।

दु:ख के अतिरेक से जब माँ-बेटी एक दूसरे को ढाढ़स देती हैं और गले लगकर रोती हैं, तो दर्शक की संवेदनाएँ चरम पर होती हैं।

मेरे हिसाब से अम्बिका का किरदार एक सशक्त किरदार है। मैंने उसे मंच पर पूरी ईमानदारी से निभाने का प्रयास किया है और संवादों को स्वाभाविक ठहराव के साथ बोलने की कोशिश की है, जिससे उसमें निहित अर्थों को दर्शकों तक पहुँचाया जा सके।

भरतमुनि ने 'नाट्यशास्त्र' में सात्त्विक अभिनय में परकाया प्रवेश की प्रक्रिया के बारे में बताया है। सात्त्विक अभिनय में कलाकार परकाया प्रवेश करता है और यही दर्शकों को बाँध रखने में कामयाब होता है। परकाया प्रवेश एक जटिल प्रक्रिया है, पर मैंने मंच पर कई जगह स्वयं किरदार और कलाकार को एकाकार होते हुए महसूस किया है। शायद यह सब उसके दु:ख को अपने में सहेजने के कारण हुआ होगा, और इसी कारण स्वयं मेरी आँखों से अश्रुधारा बह निकली थी। रात-दिन, सुबह-शाम—बस, अम्बिका को लेकर ही सोचती रहती थी। हर स्थिति में उसकी मन:स्थिति को समझने की कोशिश करती थी। इसलिए हो सकता है कि कुछ समय के लिए अम्बिका को मेरे अन्दर प्रवेश करने का मौक़ा मिला हो या यह मेरा भ्रम हो! प्रत्येक कलाकार का यह स्वप्न होता है कि वह पात्र को इतने जीवन्त तरीक़े से मंच पर पेश करे कि कलाकार का लोप होकर किरदार ज़िन्दा हो जाए। मैंने भी इसका भरसक प्रयास किया था। अन्त में दर्शकों की तालियों के रूप में, प्रोत्साहन में मुझे अपना पुरस्कार मिला।

सम्पूर्ण नाटक में मल्लिका का संघर्ष नज़र आता है और नज़र आता है अम्बिका का सहज सरल रूप से मल्लिका के दु:ख के साथ खड़े होना। मल्लिका के सुख में अपना सुख व उसके दु:ख में अपना दु:ख देखने का एक भारतीय माँ का दृष्टिकोण। मल्लिका का दु:ख ही अम्बिका के दु:ख के साथ एकाकार होकर नाटक में निरन्तर प्रवाहित होते रहता है। अम्बिका के भीतर भी एक मल्लिका बसती है।

आशीष पाठक

अपनी प्रस्तुतियों में दर्शकों को विरल रंगानुभव सौंपने के लिए मनोविज्ञान, सामाजिक सरोकारों और रंगमंचीय सौन्दर्य-बोध का युक्ति की तरह सशक्त उपयोग करनेवाले आशीष पाठक की शिक्षा-दीक्षा मध्य प्रदेश की सांस्कृतिक राजधानी जबलपुर में हुई। तटस्थ वर्णनात्मकता और विडम्बनाओं को उकेरते व्यंग्य के ताना-बाना से आशीष अपनी प्रस्तुतियों को रचते हैं। नाट्य निर्देशन के साथ-साथ आशीष पाठक ने नाटकों की रचना भी की है और 'अगरबत्ती' जैसा नाटक लिखकर जातीय हिंसा और स्त्रियों के जीवन के संघर्षपूर्ण प्रसंगों को सफलता के साथ अभिव्यक्त किया है। 'रेड फ्रॉक' और 'पॉपकार्न' इनके अन्य प्रसिद्ध नाटक हैं। देश के कई नाट्य शिक्षण संस्थानों में रंग-प्रशिक्षक के रूप में प्रशिक्षण देनेवाले आशीष पाठक जबलपुर में रंगकर्म करते हैं।

अगरबत्ती : वर्ग, वर्ण और जेंडर से मुक्त सुलगती औरतें

आलेख लिखने की प्रक्रिया में ख़ुद को ही जानने की कोशिश कर रहा हूँ। स्वेटर की तरह ख़ुद को खोलकर बैठ गया हूँ। इस प्रक्रिया में मैं इस नये 'आशीष पाठक' को पहचान सकूँ, यही मेरे लिए बड़ी उपलब्धि होगी। ख़ुद के वर्तमान स्वरूप को जानने-समझने के लिए अपने नवीनतम 'कला रूप' की आत्मकथ्यात्मक विवेचना एक प्रभावशाली, पर कठिन प्रक्रिया है, क्योंकि मनुष्य एक बदलती हुई संरचना है और उसकी कला उसका प्रतिबिम्ब है। इनके क्रमवार विवरण से आप स्वयं को ही सुलझाते हैं। समय के सापेक्ष 'अगरबत्ती' इसके लिए बाक़ी नाटकों, ख़ास कर 'रेड फ्रॉक' से ज़्यादा मुफ़ीद लगता है मुझे, क्योंकि इसके पहले और अन्तिम ड्राफ़्ट में दस साल का फ़र्क़ है। यह मेरे भीतर भ्रूण की तरह सबसे लम्बे समय तक रहा है। इसकी निर्माण-प्रक्रिया को आत्मकथ्यात्मक तरीक़े से समझना अपनी ज़िन्दगी के पन्ने उलटना भी है। ख़ुद को जानने से मेरा मतलब दुनिया को जानने से भी है।...दोनों बातें मुझे इस क़दर जुड़ी लगती हैं, जैसे :

कितनों पर असर है मेरा...
कितनों का असर हैं मुझ पर

'अगरबत्ती' का पहला ड्राफ़्ट लगभग दस साल पहले लिखा और आख़िरी अभी पिछले साल 2008 या 2009 की बात है। उस समय मैं एक दवाई की बहुराष्ट्रीय कम्पनी में एम.आर. था। अच्छी तनख़्वाह थी, लेकिन मुझे पता था, यह काम मैं ज़्यादा दिन नहीं कर पाऊँगा। उसी वक़्त मैंने शेखर कपूर की फ़िल्म 'बैंडिट क्वीन' देखी थी, जिसने मुझे विचलित कर दिया था। उस समय मैं 'युवा-उत्सव' के लिए एकांकी लिखकर उसे किसी महाविद्यालय को सिखाता भी था, उस नौकरी के साथ

इतना ही सम्भव था। फ़िल्म ख़त्म हुई। उन अत्याचारी-बलात्कारियों का चिता में जल जाना मुझे कमतर सज़ा लगी। एक कविता की शक्ल में कुछ लाइनें लिखीं, जिसकी अन्तिम लाइन थी : 'इन्हें तो जलना चाहिए—रोज़...थोड़ा-थोड़ा ..तिल-तिल कर... सुलगना चाहिए बहुत दिन...कुछ-कुछ अगरबत्ती-सा..हाँ! अगरबत्ती-सा।'...मेरे पास कहने के लिए बात थी और युवा-उत्सव क़रीब आ रहा था और एक महिला कॉलेज को नाटक सिखाना था। अगला सवाल था—यह बात कहेगा कौन? चूँकि महिला महाविद्यालय में करना था तो मैंने सोचा, मारे गए पुरुषों/ठाकुरों की विधवाओं का इस बात को कहना व्यावहारिक और तर्कसंगत एवं प्रभावशाली होगा क्योंकि बात भी तो उन्हीं से जुड़ी हुई है। इनको इकट्ठा करने, रोज़ मिलने के लिए अगरबत्ती के कारख़ाने की कल्पना की, पुनर्वास के लिए धरने का प्लान किया। उस वक़्त मैं नहीं जानता था कि ऐसी कोई विधवा-यात्रा निकली भी है या मैजिक रियलिज़्म क्या होता है या मार्ख़ेज़ कौन था? पहला ड्राफ़्ट हिन्दी में था। मुझे इस बात की कम समझ थी कि चरित्र की अपनी भाषा होती है संवेदना के स्तर पर। वे बोलते सही थे, लेकिन मेरी भाषा में, न कि बुंदेली में। जबकि बुंदेली मेरी मातृभाषा है। शायद युवा-उत्सव इतना गम्भीर मामला होता भी नहीं। चूँकि मेरे पास किसी ड्रामा स्कूल या रंगमंडल का विकल्प नहीं था, सो वही मेरे लिए इकलौता और गम्भीर लेकिन सीमित माध्यम था। युवा-उत्सव के नाटक भी आधे घंटे से अधिक के नहीं होते थे। ख़ैर, नाटक हुआ।...जीता प्रतियोगिता और दिल दोनों ही। ..इतना प्रशंसित हुआ कि राष्ट्रीय युवा-उत्सव के अलावा कई जगह मंचन हुआ और 'इंडिया टुडे' में शिवकेश जी ने 'बेहमई का : अस्थिभस्म अगरबत्ती में' शीर्षक से पहली बार इसे रेखांकित करते हुए लिखा था : 'पाठक पर नज़र रखनी चाहिए' और यह बात मुझे लम्बे समय याद रही।

पात्र-संख्या पहले से तय थी। चूँकि युवा-उत्सव में आठ प्रतिभागी ही हिस्सा ले सकते थे, सो अपनी बात कहने के लिए मुझे आठ महिला पात्र गढ़ने थे। उनका नामकरण करना था। उनके चरित्र-चित्रण करना था। फ़िल्म में गोविन्द नामदेव के चरित्र का नाम था 'लाला राम ठाकुर', हालाँकि उस पात्र को गोली नहीं मारी गई थी लेकिन क्रूरतम पात्र मुझे वही लगा था। उस पात्र की काल्पनिक विधवा 'लाला राम ठकुराइन' का जन्म हुआ। ऐसी औरत जो अपने पति के अस्थिभस्म का मटका हमेशा पास रखती है। जेल में बन्द फूलन देवी को बम से उड़ा देने की योजना उसके सिर पर सदैव सवार रहती है ताकि लाला राम ठाकुर का सही तर्पण हो सके। वह मानती है कि चंबल का पानी ठंडा नहीं हुआ और सिर्फ़ नदी में बहा देने को विसर्जन नहीं कहते। बेहमई हत्याकांड के बाद विधवा हुई कल्ली अब बाग़ी हो गई है और बीहड़ में भटकती है ताकि किसी तरह बम बना सके या प्राप्त कर सके और वह भी फूलन देवी के जेल से निकलने के पहले। पारबती

कृष्ण की भक्ति में डूबी है। नियति को मानती है। लज्जो हँसी-ठिठोली में जीवन जीने की ताक़त खोज लेती है। सुमन ख़ूबसूरत है लेकिन बाँझ का ठप्पा ढोती है। कौसल्या लाला राम ठकुराइन की भरोसेमंद साथी है। हमेशा साथ रहती है। दमयंती जो नई ब्याहकर आई थी, पैर का महावर भी नहीं सूखा और विधवा हो गई। पिता वैद्य थे, सो थोड़े बेहतर परिवेश से थी और इसलिए सवाल बहुत करती थी। सच और साहस उसे बिरसे में मिला था। दमयंती के इसी सवाल करते रहने की आदत का इस्तेमाल मैंने ऐसी नाटकीय घटनाओं के निर्माण के लिए किया जहाँ हर पात्र बेहद संवेदनशील होकर आत्मालोचन की मन:स्थिति में आ जाए और इस दुर्लभ सत्य तक पहुँच सके कि 'पापी नातेदार हो तो भी वह पापी होता है'। इन नाटकीय घटनाओं को क्रमवार रचने में मेरे अभिनय, निर्देशन और रंगमंच के प्रति दीवानेपन ने बड़ी मदद की। सभी चरित्रों का धीरे-धीरे विश्वसनीय तरीक़े से बदलना और अन्त में लाला राम ठाकुर के अस्थिभस्म को अगरबत्ती के मसाले में मिला देना ताकि वह जले तिल-तिल कर—रोज़...थोड़ा-थोड़ा...'अगरबत्ती' की तरह। बात यहीं ख़त्म हो सकती थी। मुझे पता था कि इस पटकथा को मैंने सन्तुष्टि के स्तर तक नहीं लिखा है। ज्ञानात्मक संवेदना के विकास के लिए मुझे बहुत पढ़ना होगा और संवेदनात्मक ज्ञान के लिए अभी बहुत घिसना होगा जीवन की चक्की में। साथ ही रंगमंच के सभी पक्षों और उनके अन्तर्सम्बन्धों को जानने के लिए कविता, संगीत, चित्रकला और अभिनय को सीखना होगा।

मुझे नहीं पता था, मेरे चाहे-अनचाहे यह सब जीवन में घटने वाला है। ट्रेड यूनियन से जुड़ा था तो प्रगतिशील लोगों के सम्पर्क में पहले से ही था। नाटक करना कभी नहीं छोड़ा। मुख्यधारा के रंगमंच की शुरुआत 'पॉपकॉर्न' से हुई। इसे मैंने 'अगरबत्ती' के बाद लिखा और इसके बाद 'रेड फ्रॉक', जिसने मुझे समझ दी कि मुझे जानना क्या है और कैसे जानना है। इन दोनों नाटकों के सैकड़ों सफल मंचन देश भर में हुए। दवा कम्पनी और दोहरे मापदंडों से भरी ज़िन्दगी से मैं उकता चुका था। बहुत सारा सीखने की बेचैनी जानलेवा स्तर तक पहुँच चुकी थी। इसके बाद मैंने वह किया जिसे पागलपन या आत्महत्या माना गया था। मैं सबकुछ छोड़कर नाटक करने निकल पड़ा। परिवार के लिए कुछ आर्थिक व्यवस्थाएँ कर दी थीं। इससे अधिक फ़िलहाल मैं उनके लिए कुछ कर भी नहीं सकता था। मेरी बेचैनी जानलेवा थी और ज़िन्दा रहकर कुछ तो कर पाऊँगा ही, सो निकल पड़ा बिना कुछ सोचे-समझे। सौभाग्य से मुझे थोड़ा-बहुत समझने वाले लोग परसाई भवन में मिल गए। मेरे लिए सिर छिपाने की जगह हुई और चौबीस घंटे काम करने की भी। यहाँ विद्वानों का जमघट था। बेशुमार किताबें, बहसें, आन्दोलन और थियेटर भी। शुरू में सबकुछ बड़ा रोमांचक लगा। कुछ महीनों में समझ आया कि घर छोड़ चुके व्यक्ति को लोग संदिग्ध मानते हैं। मैं पूरी तरह अकेला पड़ चुका

था। यहाँ तक कि मेरे पुराने थियेटर के साथी भी मुझे छोड़ चुके थे। सबके कारण अलग-अलग थे लेकिन शिकायत सबकी कॉमन थी कि 'तुम्हें घर नहीं छोड़ना था'। सामाजिक रूप से बहिष्कृत। ऐसा लगता था, जैसे परसाई भवन मानव समुद्र के बीच एक निर्जन टापू है, जिस पर शाम को कुछ लोग आते हैं, लेकिन सिर्फ़ मैं हूँ जो कहीं जा नहीं सकता। यह बात इसलिए बता रहा हूँ कि जिस दलित विमर्श का नाटक 'अगरबत्ती' मैंने लिखा था, उसकी पीड़ा को मैं जानता ही नहीं था। चूँकि मैं एक ब्राह्मण परिवार में पैदा हुआ था, लेकिन अब समझ पा रहा था, सामाजिक तिरस्कार क्या होता है। दूसरी बात भी कुछ महीनों में ही समझ गया था कि अब मैं ग़रीब हूँ—बेहद ग़रीब। मल्टीनेशनल की नौकरी करते हुए ट्रेड यूनियन आन्दोलन में हज़ारों बार वर्ग-संघर्ष और वर्ग-चरित्र पर ढेरों बातें साथियों से हुई थीं लेकिन जब ख़ुद मध्यवर्ग से निम्न आर्थिक वर्ग का हुआ, तो यह कहावत चरितार्थ हुई : 'जाके पैर न फटी बिवाई वो क्या जाने पीर पराई'।

अपने लिखे पहले ड्राफ़्ट पर हँसी भी आने लगी थी, लेकिन वह भी सीखने की प्रक्रिया ही तो थी। वर्ग-चेतना का संवेदनात्मक ज्ञान भरपूर मिला।...स्त्री मन को जानने-समझने को मिला।...और यह भी कि दिल टूटने का दर्द कैसा होता है। ...इससे भी महत्त्वपूर्ण कि पितृसत्ता मेरे कितने भीतर जाकर बैठी थी! लेकिन एक पल के लिए भी मैंने अपना काम बन्द नहीं किया। ढेरों किताबें पढ़ीं। फ़िल्में देखीं। 'पॉपकॉर्न', 'रेड फ्रॉक', 'सुदामा के चावल', 'रावण', 'सराय', 'बिरजिस क़दर का कुनबा', 'एक संवाद की यात्रा' आदि नाटक बनाए। देश भर में इनके मंचन किये। कवियों, चित्रकारों, संगीतकारों और अभिनेताओं से लम्बी बातचीत की। कलाओं के अन्तर्सम्बन्ध के साथ-साथ वर्ग, वर्ण और सबसे मुश्किल जेंडर के विमर्श को निजी जीवन में भोगता भी चला आ रहा था। 2017 तक आते-आते वर्ग, वर्ण और जेंडर की ज्ञानात्मक संवेदना और संवेदनात्मक ज्ञान में आश्चर्यजनक बढ़ोतरी हो चली थी—बहुत कुछ चाहते और बहुत कुछ न चाहते हुए भी...।

मेरा सबसे प्यारा दोस्त और कटु आलोचक सत्यम इस समय को मेरे वैचारिक उत्कर्ष का दशक मानता है। उधर रा.ना.वि. से स्वाति ने इस नाटक को फुल लेंथ/पूर्णकालिक नाटक में बदलने का प्रस्ताव दिया। वह इसे अपने डिप्लोमा प्रोडक्शन में करना चाहती थी। ऐसा उसने पहले भी कहा था लेकिन मैंने इसकी कोई तैयारी नहीं की थी। समय कम था।...मैं लिखने से भाग रहा था।...मैंने हर सम्भव प्रयास किया कि मैं पिछले ड्राफ़्ट में थोड़ा विस्तार करके इस दुःख भरी प्रक्रिया से बच सकूँ लेकिन स्वाति को मुझसे डील करने आता है। उसने हज़ार सवाल खड़े कर दिये पटकथा पर, जो बिलकुल जायज़ भी थे। चरित्र-चित्रण, घटनाओं की विश्वसनीयता, भाषा और संवाद की तीव्रता, हर एक्शन के मोटिवेशन, ठकुराइनों के पतियों के चरित्र-चित्रण...और न जाने क्या-क्या! नाटक के प्लाट के अलावा उसे कुछ भी

पसन्द नहीं था, पर शायद वह जान चुकी थी कि वह मुझसे एक अच्छी पटकथा लिखवा लेगी। दलित विधवा नन्ही बाई, दमयंती का प्रेमी हीरा, पति सुरजन सिंह जैसे पात्रों की गम्भीर आवश्यकता की तरफ़ उसने ध्यान दिलाया। हम दोनों बुंदेली परिवारों से हैं, हालाँकि मैं सागर से हूँ और वह टीकमगढ़ से।...फिर भी उसने टीकमगढ़ जाकर लोक परम्परा के तत्त्व ही नहीं जुटाए बल्कि महत्त्वपूर्ण दृश्यों के लिए वह गीत भी, जिन्होंने मुझे एक नये नाटक लिखने के लिए बाध्य कर दिया। मैंने तीन दिन पूरी तन्मयता से इस काम को किया। नाटक अब बुंदेली में था। काफ़ी कुछ दुरुस्त हो गया था। फ़ाइनल ड्राफ़्ट को लेकर स्वाति ने सैकड़ों सवाल खड़े कर दिये। तमाम बहसों के बाद वह उसके बाद वाले ड्राफ़्ट पर सन्तुष्ट हो गई। नन्ही बाई, सोहन सिंह, हीरा के बिना आज इस नाटक की कल्पना भी नहीं की जा सकती। इसके मंचन और रिहर्सल की प्रक्रिया के दौरान भी मैंने बहुत कुछ सीखा। चरित्र-चित्रण जब बहुत गहरा और विश्वसनीय होता है तो चरित्र कथ्य के अनुकूल तो चलते हैं, लेकिन रास्ता, भाषा और यहाँ तक कि घटनाएँ भी वे स्वयं तय करने लगते हैं। लेखक के लिए यह स्थिति सुखद होती है। पटकथा का विकास स्वतःस्फूर्त होने लगता है।

फूलन देवी और बेहमई हत्याकांड ने विश्व मीडिया का ध्यान एक पल में यूँ ही नहीं खींच लिया था। यह घटना दुनिया के लिए केवल एक सबक ही नहीं बल्कि एक सवाल की तरह सामने आई। सवाल आज भी अनुत्तरित हैं। सामंतवाद, पितृसत्ता और जातिगत शोषण का फोड़ा फूट गया था। गोलियों की आवाज़ के साथ, फूलन ने आत्मसमर्पण किया और जेल गई। विधवा रथ-यात्रा को लेकर गम्भीर मतांतर पैदा हो गए और लगभग सभी बेहद स्वार्थपरक थे। राजनीति ने इस घटना और जातीय समीकरणों को अपने पक्ष में साधना शुरू कर दिया। तीव्र भावुकता भारतीय राजनीति का वह उपकरण है जो सत्ता के शीर्ष तक पल में पहुँचा सकता है। इसका गम्भीर विमर्श से कुछ भी लेना-देना नहीं होता। 'अगरबत्ती' इसी गम्भीर विमर्श को दोबारा पैदा करने का प्रयास है। चूँकि फूलन देवी ग़रीब, औरत और दलित—तीनों थी। वर्ग, जेंडर और वर्ण के सवाल अनुत्तरित हैं तभी तो सांसद होते हुए फूलनदेवी की अशोक रोड, दिल्ली पर जातीय प्रेरणा से हत्या हुई। नाटक की ज़मीन वही क़ब्र है जहाँ फूलन की कथा को दफ़नाया गया। उसी वास्तविक घटना और भूगोल के धरातल से नाटक के नौ पात्र निकलकर आते हैं और आपसी उठा-पटक, संघर्ष के साथ दुर्लभ सत्य तक पहुँच जाते हैं। यही नाटक का अन्त है। वर्ग, जेंडर और वर्ण को नाटक में कहीं भी अलग-अलग करके नहीं देखा जा सकता। हज़ारों साल के बुर्जुआ अभ्यास से उपजे जीवन में ये तीनों शब्द इतने घुल-मिल गए हैं कि भारतीय समाज और दिमाग़ों में इन्हें अलग नहीं कर सकते। जीवन एक सम्पूर्ण मसला है... कहने का तात्पर्य यह है कि यह एक घाव है, जिसमें जमा काला ख़ून, मवाद और

दर्द, तीनों इसी एक घाव का ही हिस्सा है और यही नाटक की विषयवस्तु है। मेरी कोशिश घाव के सीधे इलाज को सुझाना नहीं है लेकिन उसकी तात्कालिक ज़रूरत को महसूस कराना ज़रूर है। नाटक में कुछ इशारे हैं—जैसे ठकुराइन का संवाद : "रो मत सुमन, ठाकुरन खौ मारो है, ठकरास नहीं मरी अबै।" या फिर दमयंती का संवाद : "मल्लाहों की लुगाइयाँ स्त्रियाँ नहीं होतीं क्या?" इन मामलों में तटस्थ कैसे रहा जा सकता है? उदाहरण के लिए जब ठकुराइन पूछती है : "लाला ठाकुर तो बूढ़ो हतो, फिर काए मारो बा ने लाला ठाकुर खौ?" उसके बाद नन्ही बाई का संवाद : "उनके बोले बग़ैर सात गाँव में कछु नहीं होत बहुरानी...ऊतई हुक्का पियत देख रहे थे...ऊ दिना, जो कछु भओ, एईसे।" इन इशारों के साथ तीव्र निदान की आवश्यकता की अन्तर्ध्वनि ज़रूर सुनाई दे सकती है जैसे, ठकुराइन का संवाद : "जब तक कह रहे गऊ माता सो गऊ माता, नातर बैला की लुगाई।"

पाश की एक कविता है—

क्रांति कोई दावत नहीं, नुमाइश नहीं
मैदान में बहता दरिया नहीं
वर्गों का, रुचियों का दरिन्दाना भिड़ना है
मरना है...मारना है...
और मौत को ख़त्म करना है

'अगरबत्ती' के पात्र इसी दरिंदगी से भिड़ते हैं। वे मरने-मारने को पहले से उतारू हैं और उनमें वर्गों और रुचियों का गम्भीर मतभेद है। वे नुमाइश करनेवाली नहीं, भिड़ जानेवाली औरतें हैं, क्योंकि उनके पास भी खोने के लिए कुछ नहीं बचा था। तभी दमयंती एक बहस को जन्म देती है : "मारे गए सभी पुरुष ही क्यों थे? कोई बच्चा, औरत और बूढ़े क्यों नहीं?" या "फूलन को नंगा घुमाई थी का पंचैत?" और "चमारटोला कीने जलाओ?" या "मल्लाहों की लुगाइयाँ...जौन की छातियाँ, रघु ठाकुर को आम को खेत लगत थी।" लाला राम ठकुराइन के संगठन में छेद होने लगते हैं। घटनाओं, बहसों, टूटन और भरम चटकने का सिलसिला इस दुर्लभ सत्य तक पहुँचता है कि "पापी नातेदार हो तो भी पापी ही होता है।" लाला राम ठकुराइन इस बहस में अकेली पड़ जाती है और अन्ततः बचपन में ख़ुद के साथ घटी क्रूरता को याद कर सिर्फ़ एक औरत रह जाती है। अन्य आठ औरतों के साथ अपने पति के अस्थिभस्म को अगरबत्ती के मसाले में मिला देती है। प्राकृतिक न्याय के सिद्धान्त की तरह बेहमई का अस्थिभस्म मिल जाता है—'अगरबत्ती' में। शेष बच जाती हैं औरतें।... सिर्फ़ नौ औरतें—वर्ग, वर्ण और जेंडर से मुक्त...सुलगती औरतें...और अगरबत्ती।

मैंने कोशिश की कि इस आलेख में मैं और मेरा नाटक बराबरी और ईमानदारी से हों। जीवन से बड़ा कोई स्कूल नहीं है। किताब में पढ़ी गई बातों के साथ आपके

द्वारा भोगे गए यथार्थ की समझ और उसके भाव की समझ न हो तो कला केवल क्राफ़्ट बनकर रह जाती है। मेरा स्कूल मेरा जीवन ही है। 'अगरबत्ती' के लिए परसाई भवन, मेरी ज़िन्दगी में आई हर एक स्त्री... ख़ासकर स्वाति और मेरी अपनी मूर्खताओं को सलाम, जिन्होंने मुझे इस पटकथा को लिखने के लायक बनाया। यह सब आज भी जारी है। मुक्तिबोध कहते हैं : "स्वानुभूत जीवन की कल्पना द्वारा पुनर्रचना ही कला है।" सो इस प्रक्रिया से मैं समझ पाया कि 'अगरबत्ती' नाटक में कितनी कल्पना है और कितना मेरा जीवन और यह सब आया कहाँ से।... विज्ञानव्रत की कविता के साथ :

तपेगा जो, गलेगा वो,
गलेगा जो, बनेगा वो,
बनेगा जो, मिटेगा वो,
मिटेगा जो, रहेगा वो...

रणधीर कुमार

राष्ट्रीय नाट्य विद्यालय, दिल्ली और रॉयल एकेडमी ऑफ़ ड्रामेटिक ऑर्ट्स, लंदन से प्रशिक्षित रणधीर कुमार प्रशिक्षण के बाद अपने गृहनगर पटना लौटे और वहीं निरन्तरता में रंगकर्म कर रहे हैं। इन्होंने एक फ़ेलोशिप के अन्तर्गत बिहार के रंगमंचीय प्रेक्षागृहों पर शोध भी किया। रणधीर कुमार ने 'मालविकाग्निमित्रम्', 'अक्करमाशी', 'मालगुड़ी डेज', 'नटमेठिया', 'बेबी', 'डाकघर', 'जहाज़ी', 'नवान्न' और गुलाब बाई के जीवन पर केन्द्रित नाटक 'गुलाब बाई' जैसे कई नाटकों का सफल निर्देशन किया है। प्रकाश परिकल्पना के क्षेत्र में भी अपनी विशिष्ट शैली के लिए इन्हें जाना जाता है। चीन, पाकिस्तान और बांग्लादेश की रंग-यात्रा करनेवाले रणधीर कुमार को संगीत नाटक अकादमी का 'बिस्मिल्लाह ख़ाँ सम्मान' मिल चुका है।

अक्करमाशी : हमारा दुःख, हमें ही बताते रहे

पटना एक अलग मिज़ाज का शहर है। इसलिए नहीं कह रहा क्योंकि मैं इसी शहर का हूँ, बल्कि इसलिए कह रहा कि पूरी हिन्दी पट्टी पटना को उत्तर भारत का एक महत्त्वपूर्ण सांस्कृतिक केन्द्र मानती है। हर दिन, शहर में कुछ न कुछ होता रहता है। सांस्कृतिक हलचल बनी रहती है। मैंने जो सीखा, पाया; सब यहीं रहकर। 1995 से आज 2014 लगभग 18-19 वर्ष बीत गए नाटक करते-करते। कई पड़ाव आए, कई बार तय किया कि नाटक नहीं करूँगा, पर आज भी करता जा रहा हूँ। 2005 में राष्ट्रीय नाट्य विद्यालय में दाख़िले के साथ ही मेरे जीवन का रास्ता तय हो गया कि आगे क्या करना है।

ओह, हम पटना की बात कर रहे थे। एक बात तो तय है, मैं दूसरे शहरों के सांस्कृतिक गतिविधियों के बारे में तो पूरे यक़ीन के साथ नहीं कह सकता, पर पटना के बारे में कह सकता हूँ कि अगर आप इस शहर में रहकर रंगकर्म कर रहे हैं, तो गोष्ठियों और आन्दोलनों से अलग नहीं रह सकते। यही कारण है कि मेरे अन्दर जो भी संस्कृतिकर्म और साहित्य को लेकर रुचि पनपी, वह सब इसी शहर की वजह से। बहरहाल मेरा दाख़िला 2005 में राष्ट्रीय नाट्य विद्यालय में हो गया और प्रशिक्षण के लिए दिल्ली चला गया। तीन वर्ष राष्ट्रीय नाट्य विद्यालय में रहते हुए मुझे देश और दुनिया के नाटककार, साहित्यकार, नाट्य निर्देशक और कई अलग-अलग विधाओं के लोगों से मिलने और उनके काम को देखने-समझने का मौक़ा मिला। यहीं मेरा परिचय विभिन्न देशी-विदेशी साहित्य से होना शुरू हुआ। विद्यालय में रहते हुए मेरा झुकाव निबन्ध, लेख और जीवनियों की ओर हुआ। उसके पीछे भी अपने कारण थे। मैंने अपने लिए पहले ही तय किया हुआ था कि मुझे राष्ट्रीय नाट्य विद्यालय से लौटने के बाद पटना में ही रहकर रंगकर्म करना है, पर मेरे रंगकर्म की दिशा क्या होगी, इसकी पड़ताल मैं राष्ट्रीय नाट्य विद्यालय में रहते हुए कर रहा था।

मुझे हमेशा से ही अपनी प्रस्तुति के लिए समसामयिक विषय आकर्षित करते रहे हैं इसलिए मुझे आलेख, निबन्ध और जीवनी अच्छी लगती है। अगर मैं आपसे अपने निर्देशित नाटकों के बारे में थोड़ी चर्चा करूँ तो शायद आप मेरी बातों को समझ पाएँगे। यूँ तो मैंने अपनी 18-19 वर्ष की रंग-यात्रा में कई नाटक निर्देशित किये हैं, पर मैं जो अपने लिए महत्त्वपूर्ण मानता हूँ, वह है—'नेटुआ' (2003)। लौंडा नाच। यह बिहार में एक प्रचलित नृत्य है, जो अब लुप्तप्राय है। इसी नाच के पेशे से जुड़े लोक कलाकारों की कहानी 'वॉयस ऑफ़ लाइफ़' (2006), नांदीग्राम की घटना पर आधारित लेखों, साक्षात्कारों और कविताओं पर केन्द्रित प्रस्तुति। 'गुलाब बाई' (2008) नौटंकी शैली की मशहूर अदाकारा, जिन्हें नौटंकी की महारानी भी कहा जाता था, उन्हीं के जीवन पर। यह राष्ट्रीय नाट्य विद्यालय में मेरी छात्र प्रस्तुति थी। 'अक्करमाशी' (2009) शरण कुमार लिम्बाले की आत्मकथा। 'जहाज़ी' (2012) विकास और विस्थापन के मॉडल पर।...और अभी 'नटमेठिया' (2014) भिखारी ठाकुर जी के ऊपर एक जीवनीपरक नाटक। शायद आप अब समझ रहे होंगे कि मैं क्या कहना चाह रहा हूँ। ख़ैर, राष्ट्रीय नाट्य विद्यालय में रहते हुए भी यह तलाश अनवरत चलती रही कि मेरा थियेटर कैसा हो। उसी खोजबीन की कड़ी के रूप में 'वॉयस ऑफ़ लाइफ़' और 'गुलाब बाई' नाटक को देखता हूँ। मेरे तीन वर्ष विद्यालय में पूरे हो रहे थे और आख़िरी मौखिक परीक्षा के बाद विद्यालय से निकलना था। मौखिक परीक्षा में विद्यालय की निदेशक, जो उस वक़्त डॉ. अनुराधा कपूर जी थीं, ने पूछा, "अब आगे क्या करना है?"

मैंने कहा, "पटना जाऊँगा।"

उन्होंने कहा, "वहाँ थियेटर कर पाओगे?"

मैंने कहा, "हाँ।"

उन्होंने फिर पूछा, "कैसे?"

मैंने कहा, "वह शहर मेरा है। वहीं से मैं यहाँ आया हूँ। वहाँ अपने लोग हैं, जो मदद करेंगे और अगर मैं पटना में थियेटर नहीं कर पाया तो कहीं नहीं कर पाऊँगा।"

...और राष्ट्रीय नाट्य विद्यालय में तीन वर्ष पूरे हो गए। मैं पटना चला आया। कुछ दिन आराम के बाद सोचा कि अब अपना नाटक किया जाए। चुनौती थी कि मैं राष्ट्रीय नाट्य विद्यालय से स्नातक होकर आया हूँ इसलिए लोगों की अपेक्षाएँ होंगी। जब आप प्रशिक्षित हों, आपने नाट्य विधा की पढ़ाई की हो, तो अपेक्षाएँ बढ़ ही जाती हैं। क्या करना है, इसकी पड़ताल शुरू की। कई सारे नाटक पढ़े, मज़ा नहीं आया। फिर याद आया, राष्ट्रीय नाट्य विद्यालय में रहते हुए मैंने दिल्ली के साहित्य अकादेमी पुस्तकालय में 'अक्करमाशी' पढ़ा था और वहीं से उस किताब की छायाप्रति करवाकर रख ली थी। सोचा, एक बार पुनः पढ़कर देखता हूँ। पढ़ते समय कई प्रश्न

मन में उठते रहे कि क्या वाक़ई हम इक्कीसवीं सदी में जी रहे हैं? आज भी हमारे देश में दलितों की स्थिति क्या है? उनकी सामाजिक, धार्मिक, राजनीतिक, शैक्षणिक और आर्थिक हैसियत क्या है? आज भी हमारे देश में ऐसे लोगों की भरमार क्यों है जो ग़रीबी, भुखमरी, बेकारी, अशिक्षा तथा अंधविश्वास में जीये जा रहे हैं? इनके सामंती क्रूरता, शोषण और धार्मिक भेदभाव के शिकार होने के क्या कारण हैं?—ऐसे कई सारे प्रश्न यह आत्मकथा हमारे सामने लाकर रख देती है। यह आत्मकथा भोगे हुए जीवन का यथार्थ है, यानी जीये हुए अनुभवों की पुनर्रचना।

'अक्करमाशी' की नाट्य-प्रस्तुति को लेकर कई मित्रों से बात हुई। उनका मानना था कि हमारे राज्य और महाराष्ट्र की स्थितियों में अन्तर है। हमारे यहाँ दलितों की स्थिति बिलकुल अलग है। महाराष्ट्र में जो दलितों की स्थिति रही है, वह स्थिति दूसरे प्रदेशों में नहीं है। लोग इस आत्मकथा से अपने-आपको जोड़ नहीं पाएँगे। इसके बाद रंगमंच के बारे में और कई सारी बातें, जैसे—हमारा रंगमंच स्थानीय होना चाहिए, वग़ैरह-वग़ैरह।...पर मुझे हमेशा लगता रहा कि हो सकता है, दोनों जगह की स्थितियाँ अलग-अलग हों, प्रत्येक व्यक्ति का जीवन सन्दर्भ भिन्न-भिन्न हो, पर व्यथा, यातना और पीड़ा की छटपटाहट तो समान ही है। यह आत्मकथा सिर्फ़ एक व्यक्ति की नहीं है, बल्कि हमारी सम्पूर्ण परम्परा, धर्म, जाति, नैतिक मान-सम्मान और व्यवस्था की क्रूरता की है। मुझे बार-बार यही लग रहा था कि यह आत्मकथा किसी दया और करुणा की अपेक्षा नहीं रखती बल्कि आपके मन में व्यवस्था के प्रति चिढ़ और प्रतिकार उत्पन्न करती है। आख़िरकार मैंने निश्चय कर लिया कि 'अक्करमाशी' ही मंचित करूँगा।...पर करूँगा कैसे, यह मुझे समझ में नहीं आ रहा था। पर हाँ, जो एक बात मैंने तय किया, वह था, इसका कोई नाट्यांतरण नहीं करना है। अगर मैं प्रचलित तरीक़े में जाता हूँ तो शायद इस आत्मकथा की आत्मा ही न नष्ट हो जाए! क्योंकि प्रस्तुति के लिए क्रमबद्धता और तारतम्यता मेरे लिए महत्त्वपूर्ण नहीं थी, महत्त्वपूर्ण थीं परिस्थितियाँ, घटनाएँ और वे सारे प्रसंग, जिन्होंने जीवन को रौरव नर्क में बदल दिया था।

मैंने सोचा, जब 'अक्करमाशी' करने का निश्चय कर ही लिया है तो आगे बढ़ने से पहले शरण कुमार लिम्बाले जी से अनुमति ले लूँ।...पर बात कैसे हो? मेरे पास तो उनका न ही पता है और न फ़ोन नम्बर! पता करना शुरू किया, इसी पड़ताल के क्रम में मुसाफ़िर भाई (मुसाफ़िर बैठा), जो एक कवि हैं और कई मंचों पर वह लिम्बाले जी से मिल चुके थे, उनसे मुझे फ़ोन नम्बर मिला। मैंने डरते-डरते उनको फ़ोन किया और अक्करमाशी पर नाटक करने की अपनी योजना के बारे में बताया। मैं असमंजस में था कि पता नहीं, वह कैसे रियेक्ट करेंगे?...पर उन्होंने मुझसे बड़ी ही आत्मीयता से बात की, साथ ही भरपूर सहयोग करने का भरोसा भी दिया और कहा, "रणधीर जी, इस आत्मकथा में जो है, वह मैं जीकर आया हूँ। वह जीवन

निस्सन्देह भयावह है। मैंने कैसे जीया, मुझे भी पता नहीं, पर आप अगर इसे मंच पर प्रस्तुत करते हैं तो ज़रूर इस प्रस्तुति को सामाजिक अत्याचार की घटना के रूप में प्रस्तुत करें। लिम्बाले जी ने जो बातें कहीं, वे मेरे लिए मूल मंत्र की तरह थीं। बार-बार आत्मकथा की कई बातें मस्तिष्क में कौंध रही थीं : '...कोढ़ी जैसे अपने कोढ़ को छिपाकर रखता है, वैसे ही मैं भी अपने जीवन को छिपाकर रखूँ—ऐसी इच्छा होती है। मैं अपने इतिहास को अपनी माँ तक ही बता सकता हूँ और अधिक से अधिक माँ की माँ तक। हमारा गाँव महाराष्ट्र और कर्नाटक के सीमा-विवाद में फँसा हुआ है। हमारी तहसील में हमेशा सीमा विवाद चलता रहता है। हम महाराष्ट्र के हैं या कर्नाटक के? हमारी भाषा की भी यही स्थिति है। आस-पास में कन्नड़ बोली जाती है और स्कूलों में मराठी पढ़ाई जाती है। इसी कारण प्रश्न है कि हमारी सही भाषा कौन-सी है? मेरी माँ अछूत और पिता सवर्ण। माँ झोंपड़ी में और पिता कोठी में। पिता ज़मींदार, माँ भूमिहीन और मैं?...अक्करमाशी।"

'अक्करमाशी' पढ़ते हुए हर वक़्त लिम्बाले जी की कही बातें मस्तिष्क में घूमती रहतीं। प्रस्तुति के लिए घटना का चुनाव कैसे हो? क्योंकि लिम्बाले जी ने जिस साहस के साथ जीवन के विद्रूपताओं को इस आत्मकथा में प्रस्तुत किया है, वे हमारी भारतीय समाज-व्यवस्था और संस्कृति की महानता के सारे दावे को खोखला साबित करते हैं और हमारी संस्कृति पर भी प्रश्नचिह्न लगाते हैं। मुझे लगा, थोड़ी और रिसर्च की आवश्यकता है मराठी जीवन, परिवेश और उसकी संस्कृति को समझने के लिए। सो मैंने और कई सारी आत्मकथाएँ और कविताएँ पढ़ीं, जिनमें लक्ष्मण गायकवाड़, दया पवार, नामदेव ढसाल, डॉ. वाहरू सोनवणे एवं बाबू राव बागुल आदि की रचनाएँ शामिल थीं। अब बात आई कि कथाक्रम क्या हो और प्रस्तुति आलेख कैसे तैयार किया जाए! समझ में नहीं आ रहा था। फिर लगा कि हृषीकेश सुलभ, जो कि प्रतिष्ठित नाटककार हैं, उनसे मदद ली जाए। उनके पास गया और अपने नये नाटक के बारे में बताया तो वह भी बहुत उत्साहित हुए, पर उनके मन में कई सवाल थे—कैसे करोगे? आत्मकथा है।

मैंने कहा, "नाट्य रूपान्तरण नहीं करेंगे। बस, घटनाओं का एक ताना-बाना बुनेंगे, क्योंकि मुझे इसमें शब्द हमेशा गौण दिखते हैं और उन शब्दों में निहित वेदना महत्त्वपूर्ण लगती है। मुझे अक्करमाशी कभी एक साहित्यिक कलाकृति नहीं लगी है। यह एक दस्तावेज़ है—हमारे वर्तमान समय का दस्तावेज़, जो लोगों के सामने आना ही चाहिए।"

शायद मेरी बातें सुनकर सुलभ भैया भी आश्वस्त हुए और कहा, पुस्तक दे जाओ, "मैं फिर से इसे पढ़ता हूँ। फिर देखते हैं कि मन में क्या बनता है।"

मैंने कहा, "आप तब तक इसको पढ़ें और मैं अभिनेताओं के साथ काम शुरू करता हूँ।"

अब बात आई अभिनेता और अभिनेत्री कौन होंगे? मैंने अपने रंगकर्मी मित्र अजीत, बुल्लू, रविकांत, जयप्रकाश, नीरज और सुशील आदि से बात की और पूर्वाभ्यास शुरू किया। पूर्वाभ्यास के दौरान महिला पात्र की आवश्यकता पड़ी और सवाल उठा कि कौन करेगा? क्योंकि ऐसी अभिनेत्री चाहिए जिसके पास लम्बा रंगमंचीय अनुभव हो। लगा, मोना झा से बात की जाए। पटना रंगमंच की इस वरिष्ठ अभिनेत्री, जिनका रंगमंच से लगभग दो दशकों का जुड़ाव रहा है, को मैंने अपने नाटक के बारे में बताया तो वह भी उत्साहित हुईं और अभिनय करने के लिए तैयार हो गईं। अब हमारा दल सम्पूर्ण हो गया था। अब हम रोज़ दिन के दो बजे मिलते और नाटक की रूपरेखा क्या हो, कौन-कौन सी घटनाएँ और प्रसंग रखे जाएँ, इस पर विचार के साथ-साथ इम्प्रोवाइज़ेशन भी करते। कई बार हम घंटों बहस करते और कई बार हम झगड़ते भी। फिर लगभग तीस दिनों की मेहनत के बाद हम सबने मिलकर नाटक क्या होगा, इसका प्रारूप तैयार कर लिया था। लगा, अब फिर सुलभ भैया से बात की जाए।

सुलभ भैया ने हमारे प्रारूप को बड़े ही ध्यान से सुना और कई सारे सुझाव दिये। मसलन—हम नाटक को कैसे शुरू कर सकते हैं। आत्मकथा को करने में कौन-कौन सी बातों का ध्यान रखना चाहिए, इत्यादि। उन्हीं का सुझाव था कि नाटक की शुरुआत इस प्रसंग से करना चाहिए : "...आरम्भ में भगवान ने आदमी को पेट दिया..."

और मुझे भी लगा, यह शुरुआत ही इस प्रस्तुति के लिए सबसे उपयुक्त है क्योंकि लिम्बाले जी जो बातें पूरी आत्मकथा में कहते हैं, कहीं न कहीं से यह प्रसंग उन सभी बातों का सार है। अब हमारा नाट्यक्रम पूरी तरह से तैयार हो गया था और पूर्वाभ्यास भी तेज़ गति के साथ चलना शुरू हो गया। अब बात आई कि इसका दृश्यबंध कैसा हो? बतौर निर्देशक मैंने तय किया, बाहरी आवरण और साज-सज्जा का कम-से-कम उपयोग हो। इसकी दृश्य-रचना के केन्द्र में सिर्फ़ और सिर्फ़ अभिनेता हों और अभिनेताओं की शरीर की गति एवं मुद्राओं के माध्यम से ही स्थितियों और घटनाओं को मंच पर प्रस्तुत किया जाए। मंच पर कम-से-कम वस्तुओं का उपयोग और सादगी भरे दृश्यबंध बनाए जाएँ। नाटक में कोई एक व्यक्ति शरण कुमार लिम्बाले का चरित्र न करे। अलग-अलग अभिनेता, अलग-अलग घटनाओं के लिए हो। क्योंकि मैंने जैसाकि पहले ही कहा, हम आत्मकथा के सीधे रूपान्तरण की बजाय उसकी आन्तरिक भंगिमाओं का प्रयोग करेंगे और कथा के लिम्बाले तथा अन्य चरित्रों को विभिन्न आवाज़ों में बाँटकर प्रस्तुत करेंगे। दृश्यबंध लगभग पूरा हो गया था, पर मुझे यहाँ बार-बार लग रहा था कि हमने दृश्यबंध में छोटी-छोटी घटनाओं और स्थितियों को लिया है। इनको सम्प्रेषित करने के लिए कविताओं और दूसरे माध्यम यानी संगीत का सहारा लिया जाना चाहिए।

एक बार पुनः मुसाफ़िर भाई का आभारी हूँ कि उन्होंने मुझे कई सारी कविताएँ दीं जो हमारी प्रस्तुति में सहायक सिद्ध हुईं। अनीश अंकुर (सांस्कृतिक कर्मी) ने मुझे अदम गोंडवी की कविता—'आइए महसूस करिए ज़िन्दगी की ताप को'—उपलब्ध करवाई जो बाद में प्रस्तुति का एक मुख्य अंग बनी। पूर्वाभ्यास अपने आख़िरी चरण में था। अब बात आई कि इसकी वेशभूषा कैसी हो, क्योंकि नाटक मराठी है और हम मराठी परिवेश में ही इसको करना चाह रहे थे।

एक बार फिर मैं सुलभ भैया के पास गया और अपनी समस्या बताई। उन्होंने कहा, "परवेज़ अख़्तर जी (सुपरिचित राष्ट्रीय स्तर के नाट्य निर्देशक) से बात क्यों नहीं करते?"

मैंने परवेज़ अख़्तर जी से आग्रह किया। उन्होंने बिना लाग-लपेट के मेरे अनुरोध को मान लिया। मुझे लगा, पटना में ऐसे कपड़े कैसे बनेंगे? नवाड़ी-साड़ी चाहिए पर परवेज़ जी ने कहा कि परेशान मत हो, सब हो जाएगा। और मैं निश्चिन्त होकर पूर्वाभ्यास में लग गया।

पूर्वाभ्यास के बीच-बीच में सुलभ जी और परवेज़ अख़्तर जी आते और हमारी सहायता करते। संगीत की ज़िम्मेदारी स्व. शशिभूषण ने सँभाल रखी थी। शशि एक विलक्षण प्रतिभा का धनी व्यक्ति था। वह अभिनेता, निर्देशक और ऐसा संगीतज्ञ था जो हर तरह के वाद्ययंत्र बजाने में माहिर था। अब शशि हमारे बीच नहीं है। राष्ट्रीय नाट्य विद्यालय में पढ़ाई के दौरान बीमारी की वजह से वह हमारे बीच नहीं रहा। शशि के रूप में पटना रंगमंच की ऐसी क्षति हुई है जिसकी भरपाई नामुमकिन है। संगीत हमारी प्रस्तुति का एक महत्त्वपूर्ण पक्ष था जो शशि के बग़ैर सम्भव नहीं था। साथ ही साथ हमने रिकॉर्डेड मराठी संगीत का भी उपयोग किया ताकि हम प्रस्तुति के लिए मराठी वातावरण का निर्माण कर सकें। पार्श्व-ध्वनि की ज़िम्मेदारी हमारे संगठन के वरिष्ठ सदस्य भूपेन्द्र कुमार ने सँभाली और प्रकाश संयोजन विजेन्द्र टॉक ने।

पूर्वाभ्यास लगभग मुकम्मल हो गया था और हम प्रदर्शन तिथि के नज़दीक पहुँच गए। इन साठ दिनों के पूर्वाभ्यास में कई अवसर ऐसे भी आए जब लगा, यह प्रस्तुति नहीं हो पाएगी। हमारे साथी कलाकार रविकांत के छोटे भाई का दुखद निधन प्रस्तुति से ठीक तीन दिन पहले हो गया। लगा, अब ऐसी स्थिति में रवि का अभिनय करना सम्भव नहीं है। प्रदर्शन की तिथि बढ़ाने के लिए सोचना भी मुश्किल था क्योंकि सारी तैयारियाँ पूरी हो चुकी थीं। हम सबने निश्चय किया कि प्रस्तुति होगी। चूँकि नाटक में कोई भी चरित्र एक के लिए निर्धारित नहीं है और सब बारी-बारी से लिम्बाले का चरित्र करते हैं तो क्यों न हम आपस में ही उसके चरित्रों को बाँट दें ताकि किसी एक पर ज़्यादा बोझ भी न पड़े और समस्या का हल भी निकल जाए! पर यहाँ एक निर्णय

जो महत्त्वपूर्ण था, हम रवि का हिस्सा करेंगे, पर अगर रवि किसी प्रदर्शन में करना चाहे तो वह भी करे।

अब हम प्रदर्शन स्थल पर थे। हमने दस दिन के लिए प्रेक्षागृह लिया हुआ था, जिसमें छह दिन पूर्वाभ्यास और नेपथ्य कार्य के लिए और बाक़ी चार दिन प्रदर्शन के लिए। दो महीने की यात्रा के बाद प्रस्तुति के पहले मंचन की तारीख़ आ गई थी। ये दो महीने कैसे बीते, किसी को मालूम नहीं। इन दो महीनों में न जाने हमने क्या-क्या न किया—बहसें, झगड़े, रूठना-मनाना, दुर्घटना और न जाने कितनी बातें।...पर संतोष यह था कि चलो, कम-से-कम हम मंज़िल तक तो पहुँचे। बस अब दर्शकों के समक्ष प्रदर्शन होना रह गया था। मन बेचैन था, क्या होगा? क्योंकि 'अक्करमाशी' एक चर्चित आत्मकथात्मक कृति है, जो साहित्य के क्षेत्र में पाठकों और समीक्षकों द्वारा सराही जा चुकी है; जिसने दलित आन्दोलन को मज़बूत करने में महत्त्वपूर्ण भूमिका निभाई है। पर यह तो नाट्य-प्रस्तुति है। पता नहीं दर्शक इसको किस रूप में लेंगे? पर मैंने अपने-आपको सांत्वना दिया कि किसी भी नाट्य प्रदर्शन के लिए कई पड़ाव आते हैं और हम सब कई पड़ावों को पार कर आज यहाँ तक पहुँचे हैं।

तभी तीसरी घंटी बजी और नाटक शुरू हो गया।

हम स्टेज पर गए ही नहीं
और हमें बुलाया भी नहीं
उँगली के इशारे से
हमारी जगह
हमें दिखाई गई
हम वहीं बैठे
हमें शाबाशी मिली
और 'वे' स्टेज पर खड़े हो
हमारा दुःख
हमें ही बताते रहे।

[डॉ. वाहरू सोनवणे की कविता से]

सुमन वैद्य

नैनीताल में युगमंच नाट्य समूह के साथ लगभग बीस नाटकों में अभिनय करने के बाद सुमन वैद्य राष्ट्रीय नाट्य विद्यालय से अभिनय में विशेषज्ञता के साथ स्नातक प्रशिक्षित हुए। प्रशिक्षण के बाद विद्यालय के रंगमंडल से वरीय अभिनेता के रूप में कुछ सालों तक जुड़े रहे। लगभग सौ नाटकों में अभिनय और दस से ज़्यादा नाटकों का इन्होंने निर्देशन भी किया है। अभिनय के शिक्षक के रूप में सक्रिय हैं और साथ ही राष्ट्रीय नाट्य विद्यालय के समारोह-प्रभाग में समन्वयक के रूप में काम कर रहे हैं।

बटोही : अपने भीतर के भिखारी ठाकुर की खोज

सन् 2006 के मई का महीना। राष्ट्रीय नाट्य विद्यालय के रंगमंडल में अपने साथी कलाकारों के साथ मैं कई नाटकों एवं चरित्रों के साथ अपनी रंगमंचीय दुनिया में व्यस्त था। उन्हीं दिनों राष्ट्रीय नाट्य विद्यालय रंगमंडल ने निर्णय लिया कि भिखारी ठाकुर के ऊपर एक नाटक करना है, जिसे 'बटोही' के नाम से प्रस्तुत किया जाएगा, जिसे निर्देशित करेंगे राष्ट्रीय नाट्य विद्यालय के निर्देशक श्री देवेन्द्र राज अंकुर और जिसे लिखा है जाने-माने नाट्य-लेखक श्री हृषीकेश सुलभ ने।

एक कलाकार के तौर पर मेरा मन उत्साह से भर गया था क्योंकि भिखारी ठाकुर के बारे में बहुत कुछ जानकारियाँ पहले से थीं उनसे सम्बन्धित यानी उनके नाटकों की कई अलग-अलग तरह की प्रस्तुतियाँ मैं देख चुका था। मुझे बार-बार ऐसा लगता था कि भिखारी ठाकुर का चरित्र मिले, तो निरपवाद रूप से मेरी कला-साधना को सम्पूर्णता की ओर ले जा सकता है। इसे आप एक अभिनेता का लालच भी कह सकते हैं या कुतूहल भी। इसी लालच के तहत मैंने पहले ही तय कर लिया कि चाहे जितनी भी मेहनत करनी पड़े, भिखारी ठाकुर का चरित्र तो मैं लेकर ही रहूँगा। बहरहाल, यह तो सिर्फ़ रंगमंडल के एक कलाकार 'सुमन वैद्य' की सोच थी। मैं नहीं जानता था कि बाक़ी साथी कलाकारों के मन के विचार क्या थे और निर्देशक की सोच क्या थी, लेकिन एक कलाकार के तौर पर मैंने तो अपने अन्दर एक अबोध भूख की रचना कर डाली थी। इस नाटक की तैयारी के लिए लगभग 20 दिन का ही समय रखा गया।

नाटक की स्क्रिप्ट आई। निर्देशक आए, जो मेरे गुरु भी थे।...और साथ में आए एक सज्जन। हल्की सी दाढ़ी, आँखों पर चश्मा...कुर्ता-पाजामा और काली चप्पल पहने, जिनसे हम लगभग 20 कलाकारों का परिचय कराया गया। हृषीकेश सुलभ जी से यह पहला परिचय था मेरा।

नाटक पढ़ा गया। एक-एक पन्ना पलटने पर नाटक भी परत-दर-परत खुलता चला गया और भिखारी ठाकुर की ज़िन्दगी के कई ऐसे हिस्से हम सभी के सामने

उजागर होते गए जिनके बारे में कभी सुना ही नहीं था। इस स्क्रिप्ट में भिखारी ठाकुर दूसरों के दुःख-दर्द को महसूस करते हैं, सामाजिक कुरीतियों के ख़िलाफ़ खड़े होते हैं एवं परिस्थितियाँ चाहे उनकी हों या उनके आसपास के लोगों की, हमेशा उन परिस्थितियों से अवगत और प्रभावित रहते हैं और घुटन होने पर एक स्थान से दूसरे स्थान पर जाने को विवश भी होते हैं। अच्छा काम और जिज्ञासा उन्हें एक स्थान से दूसरे स्थान पर जाने की प्रेरणा भी देती है।...इसी तरह भिखारी ठाकुर की ज़िन्दगी के और भी कई पहलू इस स्क्रिप्ट में समाये हुए थे जिनके बारे में जानकर भिखारी ठाकुर के चरित्र को पाने की लालसा और बढ़ गई। निर्देशक और लेखक के सामने जब नाट्य पाठ चल रहा था तो मैं बड़े ही ध्यान से नाटक के चरित्रों का पाठ करता था। मन तो भिखारी ठाकुर के साथ हो लिया था परन्तु कोई भी पात्र मुझसे पढ़वाया जाता था तो मैं बस, भिखारी ठाकुर को ही ध्यान में रखते हुए उस पात्र को पढ़ता था। इसे कई लोग बेईमानी कह सकते हैं लेकिन मैं इसे तड़प या उत्कट इच्छा ही कहूँगा जो मुझसे कलाकार के तौर पर ये सब करवा रही थी। मैं दावे के साथ कह सकता हूँ कि यदि अभिनेता में चरित्र को करने की तड़प या उत्कट इच्छा नहीं होगी तो फिर वह अभिनेता उस चरित्र के साथ न्याय करने में असमर्थ ही रहेगा।

भिखारी ठाकुर का चरित्र मुझे मिला और मेरी प्रक्रिया शुरू हुई बटोही बनने की, जिसमें मेरा भरपूर साथ दिया निर्देशक श्री देवेन्द्र राज अंकुर और रंगमंडल के अधिकतर साथी कलाकारों ने। नाटक के लेखक हृषीकेश सुलभ जी पहले दिन से प्रस्तुति के दिन तक मुझे भिखारी ठाकुर से सम्बन्धित अधिक से अधिक महत्त्वपूर्ण जानकारी उपलब्ध करवाने में हमेशा साथ रहे। कम समय में भिखारी ठाकुर जैसा चरित्र करना मेरे लिए जितना विशिष्ट था, उतना ही कठिन भी। निर्देशक का आदेश मिला पहले 5 दिन में नाटक का पहला प्रारूप तैयार करके दिखाना है कि हम सभी कलाकार स्क्रिप्ट तथा चरित्र को किस स्तर पर समझकर निष्पादित करेंगे। तैयारी शुरू हुई। सब साथी कलाकार (एक-दो को छोड़कर) और मैं मानसिक मतभेदों से जूझते हुए समरसता की ओर बढ़ने लगे, जाने-अनजाने भिखारी ठाकुर के जीवन के धूमिल और प्रदर्शित पहलुओं को छूते हुए। फिर बारी आई अपने जीवन को खँगालने की ताकि भिखारी ठाकुर 'एक कलाकार' के जीवन के कुछ पहलू, सुमन वैद्य 'एक कलाकार' के जीवन के कुछ पहलुओं के साथ एकाकार हो पाएँ; जिससे भिखारी ठाकुर की मनःस्थिति मेरे मानस-पटल पर अंकित हो जाए ताकि मानसिक और शारीरिक चरित्र-चित्रण सहजता से मंच पर प्रदर्शित किया जा सके। इस प्रक्रिया की अद्‌भुत अनुभूति यह हुई कि भोजपुरी के शेक्सपियर, कलाकार, विचारक, नाट्यकार, सामाजिक कार्यकर्ता, गीतकार, गायक और न जाने किन-किन विलक्षण प्रतिभाओं से सुशोभित विख्यात व्यक्ति

भिखारी ठाकुर के जीवन के कुछ विशिष्ट और कष्टदायी हिस्से अब मेरी ज़िन्दगी के हिस्से से मेल खाने लगे।

कलाकार तो कलाकार होता है। सामाजिक और पारिवारिक तिरस्कार, स्वीकृति और फिर प्यार कला-साधना को आगे बढ़ाने के लिए कलाकार को दृढ़ संकल्प और हठीला बनाने में महत्त्वपूर्ण भूमिका अदा करते हैं और जीवन भर कलाकार बने रहने के लिए प्रेरित भी करते हैं। जिस प्रकार यही तिरस्कार, स्वीकृति और फिर प्यार भिखारी ठाकुर की ज़िन्दगी में भी महत्त्वपूर्ण स्थान रखते हैं और उन्हें एक प्रभावशाली हस्ती बनाते हैं, उसी प्रकार मेरी ज़िन्दगी में भी मेरी कला को और प्रभावशाली बनाने में ये सब मेरे भी हिमायती बने रहे।

अब एक कलाकार की ज़िन्दगी के बहुत बड़े पहलू दूसरे कलाकार की ज़िन्दगी के पहलुओं से मेल खाने शुरू हो गए। शरीर मेरा, सोच और परिस्थितियाँ भिखारी ठाकुर की—जो मेरे मानस-पटल से गुज़रती हुई शारीरिक गतिविधियों के माध्यम से भिखारी ठाकुर बन-बनकर निकलने लगीं। सभी कलाकारों की मदद से अत्यधिक कार्य करते हुए नाटक की प्रस्तुति का पहला प्रारूप तैयार हो गया और वह दिन भी आ ही गया जिस दिन निर्देशक को वह प्रारूप दिखाना था। यह प्रारूप थोड़ा अधकचरा ज़रूर था लेकिन हम सभी कलाकारों की दृष्टि में दिलचस्प बन पड़ा था। डर भी था क्योंकि नाटक के संवाद पूर्ण रूप से याद नहीं हुए थे। कई दृश्यों को स्क्रिप्ट हाथ में लेकर खेलना था जिससे लगातार अभिनेता के तौर पर मैं असहज महसूस कर रहा था क्योंकि भाव और क्रिया में लीन होने से संवाद छूटते थे और स्क्रिप्ट हाथ में लेकर संवाद बोलने से चरित्र-चित्रण, भाव एवं क्रिया छूट जाती थी। ख़ैर ! जैसे-तैसे तय किया कि पहला प्रारूप प्रस्तुत तो करें, फिर निर्देशक के निर्देशानुसार आगे बढ़ेंगे।

निर्देशक श्री देवेन्द्र राज अंकुर उपस्थित थे और साथ में लेखक हृषीकेश सुलभ भी उपस्थित थे। सभी कलाकारों ने चरित्र से सम्बन्धित पोशाक की भी व्यवस्था कर ली थी जिससे चरित्र-चित्रण स्पष्ट हो सके तथा नाटक का वातावरण इत्यादि का सही अनुमान हो सके। सभी कलाकार अपने-अपने किरदार के साथ अपने-अपने प्रवेश के लिए तत्पर, निर्देशक की आवाज़ आई : "फर्स्ट बेल, सेकेंड बेल, एंड थर्ड बेल।"

देखने के बाद निर्देशक महोदय और लेखक महोदय ने सभी के कार्य को बहुत-बहुत सराहा और कहा कि हम सभी सही दिशा में काम कर रहे हैं। थोड़ी तसल्ली हुई कि हमारी राह ठीक थी परन्तु तभी निर्देशक महोदय ने कहा कि "अभी तक जो कुछ भी किया है, उसे भूल जाओ और नये सिरे से अगला प्रारूप तैयार करो एवं ध्यान रहे, इस प्रारूप से सम्बन्धित एक भी दृश्य दोहराया न जाए और अगले पाँच दिनों के उपरान्त दूसरा प्रारूप देखा जाएगा।" साथ में कुछ महत्त्वपूर्ण

निर्देश दिये जिससे नाटक और चरित्र को बहुत गहनता से समझने में मदद मिली। इसी प्रकार कुछ ज़रूरी सुझाव लेखक की तरफ़ से भी प्राप्त हुए।

हम सभी कलाकार थोड़े हताश तो ज़रूर हुए कि शायद हमारा पहला प्रारूप बहुत ही ख़राब रहा। बहरहाल निर्देशक और लेखक के सुझावों को लेकर कुछ कलाकार और मैं अगले प्रारूप की तैयारी में जुट गए। यक़ीन जानिए, इस प्रक्रिया से नाटक से जुड़े सभी कलाकारों को अत्यधिक फ़ायदा हुआ क्योंकि इस बात का एहसास भी इस प्रक्रिया में बख़ूबी हो गया कि पहला विचार जो भी आता है, वह बहुत ही साधारण होता है, जो हम पहले प्रारूप में दिखा चुके थे। चूँकि इस प्रक्रिया में निर्देशक की पहली शर्त थी 'पहला प्रारूप न दोहराने की', इसलिए मन-मस्तिष्क और शरीर ने अब कुछ नया सोचना और करना शुरू किया। यहीं से सही मायने में रचनात्मकता की शुरुआत हुई। चरित्र के लिए नये-नये आयाम मिलते चले गए और नाटक भी एक नये रूप में बहुत ही सृजनात्मकता के साथ आकार लेने लगा। इस प्रक्रिया से एक और फ़ायदा हुआ कि नाटक के संवाद बहुत ही अच्छे से ज़ुबान पर चढ़ने लगे, भिखारी ठाकुर का चरित्र भी अब आकार लेने लगा था। जैसाकि रचना-प्रक्रिया के लिए अक्सर कहा जाता है कि 'पहली सोच को छोड़ देना चाहिए, उसके बाद जो सोच बनती है, वहीं से रचनात्मकता शुरू होती है' इस बात का महत्त्व समझ आने लगा और मैं इस प्रक्रिया का मज़ा लेने लगा। चरित्र पकड़ में आने लगा और मुझे भिखारी ठाकुर के चरित्र की अनूठी यात्रा को जीने में आनन्द की अनुभूति होने लगी, विशेष रूप से उनके जीवन के बाद के कुछ हिस्से को।

दूसरे प्रारूप को प्रस्तुत करने का दिन भी आ ही गया जो निर्देशक एवं लेखक की उपस्थिति में प्रारम्भ हुआ। पूरा प्रारूप देखने के बाद निर्देशक महोदय एवं लेखक महोदय, दोनों ही थोड़े सन्तुष्ट दिखे, साथ ही दोनों ने बहुत ही महत्त्वपूर्ण सुझाव हम सभी कलाकारों को दिये, लेकिन विडम्बना शुरू हुई कि नाटक का अन्त कैसे किया जाए!

पूर्वाभ्यास चलता रहा, साथ ही नाटक का संगीत भी तैयार होना शुरू हो गया, जिसके लिए नाट्य संगीत में पारंगत मशहूर संगीत-निर्देशक, नाट्य-निर्देशक एवं राष्ट्रीय नाट्य विद्यालय के वरिष्ठ स्नातक श्री संजय उपाध्याय को ज़िम्मेदारी सौंपी गई। उन्होंने भी मुझे भिखारी ठाकुर के चरित्र को करने के लिए उनके जीवन के बहुत ही महत्त्वपूर्ण हिस्सों की जानकारी दी जिससे मैं भिखारी ठाकुर के चरित्र के क़रीब पहुँचता जा रहा था। अब मैं काफ़ी हद तक बिहार की माटी और हवा में जीने लगा। इतने बड़े चरित्र को आत्मसात् करते हुए एक अलग अनुभूति महसूस कर रहा था।

एक दिन पूर्वाभ्यास के दौरान विचित्र अनुभूति हुई कि मैं भिखारी ठाकुर के बुढ़ापे के अंश को अभिनीत कर रहा था...बहुत ही मार्मिक दृश्य थे जिनको अभिनीत करते हुए मैं रो रहा था। सबकुछ भूलकर मैं भिखारी ठाकुर के चरित्र एवं उनकी

परिस्थितियों में तल्लीन था। माहौल बहुत ही गम्भीर था कि अचानक निर्देशक की आवाज़ आई, "स्टॉप।" सब सन्न थे क्योंकि सब अन्तर्मन से भिखारी ठाकुर के साथ थे। निर्देशक ने निर्देश दिया कि नाटक का अन्त भिखारी ठाकुर के बुढ़ापे वाले दृश्यों से पहले 'बेटी बेचवा' नाटक के एक मार्मिक दृश्य से होगा और अन्त में एक गाना आएगा। मेरे तो लगभग प्राण ही निकल गए। लगा, जैसे मेरे चरित्र के पैर काट दिये गए हों क्योंकि मेरी प्रबल इच्छा थी कि मैं भिखारी ठाकुर के बुढ़ापे वाले दृश्य ज़रूर अभिनीत करूँ। परन्तु नाटक की प्रस्तुति में निर्देशक ही सर्वोपरि हैं और निर्देशक की जगह हमारे सामने हैं 'अनुभव के सागर' अंकुर जी, सो हमने उनकी बात मान ली और नाटक का अन्त वहीं पर तय किया गया जहाँ उन्होंने सोचा था। लेकिन एक अभिनेता की चाह इस निर्णय के साथ जाने को तैयार नहीं हो रही थी—वह चाह तो भिखारी ठाकुर के बुढ़ापे के जीवन को भी जीने के लिए आतुर थी। निर्देशक के लम्बे अनुभव के आगे मेरी चाह के कोई मायने नहीं थे क्योंकि नाटक दर्शकों के लिए प्रस्तुत करना था, न कि मेरे अपने लिए।...और जब अंकुर जी ने यह निर्णय लिया है तो इसमें नाटक की ही कोई भलाई जुड़ी होगी, इस विचार से अपने को समझाने की कोशिश की और समझा भी लिया किन्तु मलाल आज तक है कि काश! उस हिस्से को भी मैं नाटक में जी पाता जिसके लिए मैंने अपार मेहनत की थी और जिसे जीने की चाहत मेरे में गहरी थी।

ख़ैर ! निर्देशक के वक्तव्य के अनुसार नाटक के पूर्वाभ्यास होते रहे और नाटक की प्रस्तुति मज़बूत कथानक, विशुद्ध संगीत, अर्थपूर्ण प्रकाश व्यवस्था, चरित्रानुसार वेशभूषा एवं एक से एक चरित्रों के साथ तैयार हो चुकी थी और दर्शकों के सामने प्रस्तुत होने के लिए तैयार थी।

मंचन का दिन आ गया। उत्सुकता से भरपूर सभी कलाकार अपने-अपने पात्रों के साथ एवं मैं भिखारी ठाकुर के साथ। मेरे मन में डर समाया हुआ था कि दर्शक मेरे द्वारा अभिनीत भिखारी ठाकुर को किस तरह लेंगे लेकिन मुझे अपनी मेहनत और तैयारी पर पूरा विश्वास भी था और सबसे बड़ा विश्वास लेखक हृषीकेश सुलभ थे, जो पहले दिन से ही प्रस्तुति के आख़िरी दिन तक चारित्रिक विकास में सहयोगी एवं साक्षी रहे, जिनकी क़लम से इस महान चरित्र की रचना हुई थी। वे मेरे चरित्र-चित्रण से पूरी तरह सन्तुष्ट थे। उनकी सन्तुष्टि मेरे विश्वास को और दृढ़ करती थी कि मैंने सही रूप में चरित्र की रचना की। निर्देशक श्री देवेन्द्र राज अंकुर का मार्गदर्शन मेरी रीढ़ को सीधा करने के लिए काफ़ी था लेकिन थोड़ा संशय—वही अभिनेता का लालच कि जिस जगह नाटक समाप्त होगा, वह दर्शकों को अधूरा न लगे।

विश्वास और संशय के साथ प्रस्तुति आरम्भ हुई। राष्ट्रीय नाट्य विद्यालय का अभिमंच सभागार दर्शकों से खचाखच भरा हुआ था।

यहाँ एक बात ज़रूर उल्लिखित करना चाहूँगा कि रंगमंडल के कुछ साथी कलाकार इस नाटक के साथ नकारात्मक व्यवहार करते रहे और शुरू से अन्त तक नाटक से कटे रहे और अन्य कलाकारों को भी काटने का व्यर्थ प्रयास लगातार करते रहे, हालाँकि ये दो या तीन ही कलाकार थे जो ज़्यादातर भीड़ में ही काम कर रहे थे। उनके इस नकारात्मक व्यवहार का नाटक में कोई प्रभाव नहीं पड़ा क्योंकि एक बड़ी टीम थी। जिसमें 20-22 कलाकार हों, उनमें इक्का-दुक्का कलाकार ऐसी मानसिकता वाले होते भी हैं तो भी नाटक के स्तर में कोई फ़र्क़ नहीं पड़ता है, पर ये कलाकार इस नाटक के साथ ऐसी मानसिकता के साथ नकारात्मक व्यवहार क्यों कर रहे थे, यह बात मेरी समझ में नहीं आ रही थी। रंग-मंडल के लगभग नब्बे प्रतिशत नाटकों में मैं मेन रोल करता आ रहा था। कुछ कलाकारों द्वारा इस तरह का व्यवहार किसी न किसी नाटक में देखने को मिल ही जाता था। इसलिए इन हरकतों का असर मेरे काम पर पड़ना लगभग बन्द हो गया था लेकिन इतना समझ आ गया था कि इस नाटक में कभी भी कोई अनहोनी घट सकती थी जिसके लिए मैं पूर्ण रूप से तैयार था क्योंकि इस नाटक के प्रति ये लोग कुछ ज़्यादा ही नकारात्मक हो गए थे।

नाटक दर्शकों के सामने प्रस्तुत हो रहा था। दृश्य-दर-दृश्य दर्शकों की तालियों की गड़गड़ाहट बता रही थी कि दर्शक नाटक से जुड़ते जा रहे हैं कि अचानक नकारात्मक सोच रखने वाले इन कलाकारों ने एक न भूल पानेवाली घटना की रचना कर डाली। हुआ यह कि नाटक के बीच में एक बहुत ही दुःख़द दृश्य चलता है जिसमें एक चरित्र से समाचार मिलता है कि एक चरित्र, जो कि भिखारी ठाकुर का क़रीबी है, की अकस्मात् मृत्यु हो गई है। जैसे ही यह समाचार भिखारी ठाकुर को दिया गया, वे तीनों नकारात्मक सोच वाले कलाकार चलती प्रस्तुति में दर्शकों के सामने मंच पर हँसने लगे और दृश्य के अर्थ को अनर्थ में परिवर्तित करने लगे। उनकी हँसी में कुछ और कलाकार भी शामिल हो गए और अधिकतर कलाकारों ने दर्शकों की तरफ़ पीठ करके हँसना शुरू कर दिया, पूरा दृश्य बर्बाद होने लगा। इसी दौरान मेरा एक लम्बा संवाद भिखारी ठाकुर के रूप में उन्हीं चरित्रों तथा दर्शकों से था जो उस व्यक्ति की मृत्यु के सम्बन्ध में था। मैं मंच पर रची गई इस घटना से बहुत आहत था और ग़ुस्से में था जो मेरे संवाद के ज़रिये निकलने लगा—कलाकार की पीड़ा और ऐसे समय मंच पर कुछ न कर पाने की कचोट से मैं सिर्फ़ और सिर्फ़ अपने-आपको अपने चरित्र पर एकाग्रचित्त करने लगा। कला के इस असम्मान ने मुझे अन्दर तक झकझोर दिया। इस असहनीय परिस्थिति में ग़ुस्से में रोते-रोते भिखारी ठाकुर के संवाद मेरे मुँह से निकलने लगे, धीरे-धीरे माहौल बनने लगा। मेरे इस अन्दाज़ का दर्शकों पर गहरा प्रभाव पड़ने लगा और बाक़ी कलाकारों को भी मेरा दुःख समझ आने लगा, क्योंकि इस तरह की अभिव्यक्ति मैंने कभी अभ्यास के दौरान भी नहीं की थी, काफ़ी हद तक अधिकतर कलाकार गम्भीर हो गए थे,

कुछ अपवाद भी थे, परन्तु एक बात का एहसास तो हो ही गया था कि कभी-कभी मंच के ऊपर किसी के द्वारा जानबूझकर की गई ग़लत क्रिया का असर शानदार होता है। दृश्य का प्रभाव दर्शकों पर बहुत ही ज़बरदस्त रहा। मेरे साथ दर्शकों की भावुकता को मैं मंच पर महसूस कर रहा था। दर्शक मेरी अभिव्यक्ति को बड़े ही ध्यान से देख रहे थे और मेरी यात्रा में मेरे साथ हो गए थे। मुझे एहसास हो गया था कि नकारात्मकता सकारात्मकता कैसे बनती है। दो-तीन कलाकारों का प्रयास विफल हो गया था। पता नहीं, इसका एहसास उन्हें है या नहीं, किन्तु मेरे अन्दर जब तक कला विद्यमान रहेगी, मैं इस घटना को नहीं भूल पाऊँगा। लेकिन हाँ, ऐसे व्यक्तियों का हश्र शायद अच्छा नहीं होता इसलिए वे दोनों-तीनों व्यक्ति आज रंगमंचीय दुनिया से अलोप हो चुके हैं। ख़ैर! यह तो मेरा एक अविस्मरणीय अनुभव था जिसका ज़िक्र करना मुझे बहुत आवश्यक लगा।

...तो प्रस्तुति आगे बढ़ी। भिखारी ठाकुर की ज़िन्दगी के एक से एक पहलू दर्शकों के सामने आते रहे। फिर वही दृश्य आया जिसमें भिखारी ठाकुर रो-रोकर बुचिया से कहते हैं, "देख बुचिया, हम तुम्हारे बाल नहीं काट सकते...हमारे हाथ नहीं हैं..." लड़की विधवा हो गई थी और परम्परा के अनुसार उसका मुंडन करना था लेकिन भिखारी ठाकुर इस परम्परा का विरोध करते हैं। बहुत ही मार्मिक दृश्य था। उसके बाद जनता द्वारा उस नाटक को रोक दिया जाता है जिससे भिखारी ठाकुर को बहुत प्रसिद्धि मिलती है, जिस कारण भिखारी ठाकुर प्रसिद्ध भिखारी ठाकुर बन जाते हैं। फिर एक गाना...फिर नाटक समाप्त हो जाता है।

नाटक की समाप्ति पर सभागार में एक-एक दर्शक खड़ा हो गया और ज़ोरदार तालियों की गड़गड़ाहट से सभागार गूँज उठा। प्रस्तुति दर्शकों को बहुत पसन्द आई। मेरे चरित्र को भी दर्शकों ने बहुत पसन्द किया। पत्रकार साथियों ने मेरे चरित्र की जमकर सराहना की। कुछ समाचार-पत्रों ने तो यहाँ तक लिखा कि मंच पर साक्षात् भिखारी ठाकुर के दर्शन हो गए। इस प्रकार इस नाटक के सफल प्रदर्शन हुए। कई दिनों तक इस नाटक की चर्चा लोगों की ज़ुबान पर रही। मेहनत सफल हो गई थी और नकारात्मक सोच को सही सबक भी मिल गया था। आख़िर ईमानदारी और मेहनत के आगे ऐसी सोच की हार हुई, मैं एक और प्रसिद्ध चरित्र को आत्मसात् करने में सफल रहा था। अभिनेता की ख़ुशी की अनुभूति मैं महसूस कर रहा था एवं निर्देशक के अनुभव और निर्णय से मैं अब थोड़ा-सा सन्तुष्ट भी था कि नाटक को शायद सही जगह पर ही समाप्त किया गया है जिससे दर्शकों पर इस नाटक का अच्छा प्रभाव पड़ा। लेकिन अभिनेता का मलाल तो मलाल ही रहता है और मेरा मानना था कि यदि भिखारी के बुढ़ापे का जीवन भी दिखाते तो प्रभाव और भी ज़बरदस्त रहता। लेकिन अब इस सोच और मलाल के कोई मायने नहीं थे क्योंकि उन दृश्यों के बग़ैर भी नाटक बहुत प्रभावी रहा था।

रंगमंडल के ग्रीष्मकालीन नाट्य समारोह के बाद रंगमंडल में छुट्टियाँ पड़ीं, छुट्टियों के बाद वापस आए तो सूचना मिली कि 'बटोही' नाटक बन्द कर दिया गया है। मेरे तो पैर से जैसे ज़मीन ही खिसक गई थी, क्योंकि रंगमंडल में एक नाटक के लगभग 40-50 प्रदर्शन तो होते ही हैं। फिर इस नाटक को बन्द करने के पीछे की वजह मेरी समझ में नहीं आ रही थी, जबकि दर्शकों ने तो इस नाटक को बहुत पसन्द भी किया था। परन्तु निर्णय तो निर्णय है, हमें निर्णय के साथ जाना ही होगा, क्योंकि रंगमंडल में हम अभिनेता के तौर पर मुलाज़िम हैं। लेकिन मेरे लिए वे बहुत ही दुखद क्षण थे। लग रहा था, जैसे एक चरित्र को जन्म तो दिया, उसे आकार भी दिया परन्तु बड़ा होने से पहले ही किसी सुनियोजित दुर्घटना के तहत उसे मार डाला गया। मैं बहुत दुखी था क्योंकि मेरी दिली इच्छा थी, जहाँ की मिट्टी की ख़ुशबू इस नाटक में रची-बसी थी, उस जगह पर तो इसकी प्रस्तुति होनी चाहिए थी। और सबसे महत्त्वपूर्ण भिखारी ठाकुर, जो बिहार के हर घर, हर व्यक्ति के दिल में बसे हैं, कम-से-कम एक बार उन लोगों से रू-ब-रू तो करवाना चाहिए, परन्तु यह सिर्फ़ इच्छा ही रही जो कभी पूरी नहीं हो पाई। नाटक 'बटोही' और भिखारी ठाकुर का चरित्र न तो जवान हो पाया और न ही अपनी माटी पर चहलक़दमी कर पाया। क्यूँ? जवाब मेरे पास भी नहीं, निर्देशक के पास भी नहीं और न ही लेखक के पास। फिर भी इतना ज़रूर कहूँगा कि बटोही बनने की मेरी प्रक्रिया अद्‌भुत और अविस्मरणीय रही। मेरे अभिनेता बनने में इस चरित्र की महत्त्वपूर्ण भूमिका रही, बल्कि मेरी सोच, समझ और अभिव्यक्ति को विस्तार देने में इस चरित्र ने एक सीढ़ी का काम किया। कहीं पढ़ा था जिसे मैं अपने जीवन की प्रेरणा के रूप में लेता हूँ कि "चट्टान किसी के पथ की बाधा बन जाती है और किसी के लिए सीढ़ी का एक चरण।" वाक़ई यह चरित्र एक चट्टान है परन्तु मेरे लिए हमेशा सीढ़ी का एक चरण ही बना रहा। इस चरित्र से जो प्यार हुआ, वह आज तक बरक़रार है परन्तु इस चरित्र से जुदा होने का दर्द हमेशा बना रहेगा।

अंश पायन सिन्हा

रेखा जैन और ब. व. कारंत के सान्निध्य में बाल रंगमंच से शुरुआत करनेवाले अंश पायन सिन्हा ने बाद में विभा मिश्र और आलोक चटर्जी से भी प्रशिक्षण प्राप्त किया। बंशी कौल, केजी त्रिवेदी, चन्द्रहास तिवारी और अपने पिता अलखनन्दन के निर्देशन में काम करते रहे। राष्ट्रीय नाट्य विद्यालय की 'संस्कार रंगटोली' के साथ जुड़े रहे। 'तस्वीरें', 'जायज़ हत्यारे', 'सिफ़र', 'बी थ्री', 'न्यायप्रिय', 'चिट्ठी' आदि नाटकों का निर्देशन किया। कई नाटकों में अभिनय के अलावा इन्होंने नाटक भी लिखा। इन दिनों भोपाल के प्रसिद्ध नाट्य-समूह 'नट बुन्देले' में निर्देशक के रूप में काम कर रहे हैं।

तस्वीरें : एक तलाश जो 'तस्वीरें' बन गई

नया साल आया था 2015 को विदा देकर। 2016 की पहली सुबह—मैं और मेरी पत्नी अपनी बालकनी में बैठकर सुबह की चाय पी रहे थे। अचानक मुझे लगा—(अचानक रंगकर्म के सन्दर्भ में) लो, एक नया साल शुरू हो गया...अब क्या? दिमाग़ में कौंधा—कविताएँ...कविताएँ...और कविताएँ करनी हैं। दरअसल, अपनी बात कहने का सबसे कोमल माध्यम मुझे कविता ही नज़र आया है हमेशा।...तो शुरू हो रहा था 2016। इस समय तक 'नट बुन्देले' के नये कलाकार परिपक्व कलाकार हो चले थे। उनमें विचार पैदा होने लगे थे। कविताएँ पढ़ते-पढ़ते उनमें कविता की समझ आना शुरू हो चुकी थी। दरअसल यह तैयारी थी उस नाटक की, जो हम अलख जी के विदा होने के बाद से ही हमेशा करना चाहते थे उन्हीं के काव्य-संग्रह 'घर नहीं पहुँच पाता' का नाट्य मंचन।

अलख जी की मृत्यु के बाद मैंने नया कुछ करने की चाह के तहत इस संग्रह को एक काव्य-दृश्य के रूप में बाँधकर मंच पर लाने की योजना बनाई थी और क्योंकि इन संवेदनशील कविताओं को एक संवेदनशील अभिनेता की ज़रूरत थी, सो मैंने चन्द्रहास तिवारी से बात की। चन्द्रहास के साथ ही तय था कि अजय सिंह पाल भी इस प्रोडक्शन का हिस्सा होंगे क्योंकि यह एक ऐसा नाम था जो अलख जी के जाने के बाद से आज तक ठीक उसी तरह 'नट बुन्देले' के साथ खड़ा है जिस तरह अलख जी के होने पर था। बहरहाल मैंने और चन्द्रहास ने कई बार भारत भवन के पीछे तालाब की हवाओं के बीच उस संग्रह की कविताओं के शब्द हवा में उड़ाए। न जाने कितनी बार पाठ किया और कई योजनाएँ बनाईं—सेट, कॉस्ट्यूम से लेकर मंच-परिकल्पना तक। चन्द्रहास इस समय किडनी की बीमारी के इलाज के लिए चेन्नई जाने वाला था, सो तय हुआ कि वह जब लौटकर आ जाएगा, तब हम इसे फ़्लोर पर लाएँगे।

कुछ बीस-पच्चीस दिनों बाद चन्द्रहास तो भोपाल लौट आया लेकिन उसकी

साँसें, उसके शब्द, उसकी आवाज़ और उसका अभिनेता नहीं लौटा।...उसकी चिता के समीप खड़े होकर मैंने इन कविताओं को दृश्य देने का विचार भी राख किया और घर लौट आया। काव्य-संग्रह 'घर नहीं पहुँच पाता' की पूरी तैयारी को अग्निशिखाओं के सम्मुख भूलकर घर लौटना अत्यन्त कठिन था। मुझे याद है, 8 किलोमीटर का वह सफ़र जब ट्रैफ़िक के शोर की बजाय मेरे कानों में सिर्फ़ हवा और आग बज रही थी।

दो सालों तक मैंने अपने अभिनेताओं के साथ अलग-अलग तरह के प्रयोग किये। अभिनय पर काम किया और कवियों की कविताएँ तो पढ़ते ही रहे लेकिन साथ ही साथ अलख जी की कविताएँ भी। ये कविताएँ हमारा अहम हिस्सा बन गई थीं। ये मेरी स्मृति में जीवन्त बनी रहीं। काव्य पाठ के वे पल मुझे याद हैं कि किस तरह से ओमेश श्रीवास्तव, अर्पित शिवहरे, अनिल साहू, बुशरा ख़ान, रवि इन कविताओं का अपने ही तरीक़े से, अपने ही डिज़ाइन में रोज़-रोज़ पाठ करते थे। हालाँकि, अक्सर यह डिज़ाइन थोड़ा अपरिपक्व होता था, लेकिन कलाकार परिपक्व होते रहे थे।

अब 2016 की जनवरी थी। मेरे अभिनेता इतने बड़े हो चुके थे कि कविताएँ खेल सकें मंच पर। लेकिन इतने बड़े भी न हो पाए थे कि अलख जी के काव्य-संग्रह को खेल जाएँ। रचनाकर्म की इस ख़ामोशी को एक रोज़ अचानक मेरी पत्नी ने तोड़ते हुए कहा कि "तुम अपनी कविताओं का एक कोलाज़ क्यों नहीं बनाते इन्हीं एक्टर्स के साथ?" हाँ, ख़याल बेहतरीन था। तो इस दफ़े तय हुआ कि युवाओं के साथ उनकी ही भाषा, उनकी ही शैली की कविताएँ खेली जाएँ। कुछ कविताएँ चुनीं अपनी ख़ुद की ही। यह चुनाव इसलिए कि मुझे यक़ीन हो चला था कि जिस तरह वे मुझे आत्मसात् कर चुके हैं, मेरे साथ घुलमिल चुके हैं, मेरी लेखनी से भी उनका रिश्ता बन चुका होगा।...और उन पर काम शुरू किया। लेकिन हफ़्ते-दस दिन बाद लगा कि एक ही रंग फैल रहा है। शेड्स आ नहीं पा रहे कैनवस पर। अब क्या किया जाए? तभी अपने एक पुराने काम की याद आई जो मैंने 2009 में निर्देशित किया था—जिसका नाम था 'चिट्ठी' कविता कोलाज़। इसमें हमारे कुछ हमउम्र ऐसे एक्टर्स इकट्ठा हुए जो अभिनय के साथ-साथ कविता भी रचते थे और हमने अपनी कविताओं का एक कोलाज़ बनाकर उन्हें मंच पर उतारा था, जिसमें एक युवा कवि मानस भारद्वाज भी था। उस समय तक जितना पढ़ा था या जितना समझा था, उसके मद्देनज़र जो युवा हिन्दी और उर्दू में लिख रहे थे, उनमें मुझे पुनीत शर्मा, सतलज राहत और मानस भारद्वाज ख़ासे पसन्द थे। पुनीत की लम्बी प्रेम कविता 'एक अनंत यात्रा' को मैं इस समय तक 'सिफ़र' नाम से मंच पर उतार चुका था जिसे पसन्द भी किया गया था। उसमें मुझे निर्मल तिवारी और हेमन्त पंजाबी जैसे शहर के मँजे हुए अभिनेताओं का साथ मिला था, लेकिन इस

बार मँजे हुए न सही लेकिन जोश से भरे हुए नये चेहरे साथ तो थे ही। सतलज राहत को तो पढ़ता रहता था लगातार और मानस के साथ 2009 की चिट्ठी से ही साथ बना हुआ था। अन्ततः यही सोचा, सिर्फ़ अपनी कविताएँ न रखते हुए इसमें मानस की भी कविताएँ रखी जाएँ और एक महीने का वह सिलसिला शुरू हुआ जिसमें मैं, मानस और हमारी टीम रोज़ बैठकर कई-कई कविताएँ पढ़ती। यह टीम कुछ कविताएँ चुनती और सीन वर्क के तौर पर उनमें से कुछ कविताओं पर काम करती। हम देखते, जोड़ते, हटाते, घटाते और यह सिलसिला चलता ही जाता। धीरे-धीरे एक ढाँचा से बनना शुरू हो चुका था। जनवरी को लाँघकर हम फरवरी में प्रवेश कर चुके थे और नाटक का सेट तैयार हो चुका था। लगभग कविताएँ चुन ली गई थीं—जिसे थियेटर की भाषा में कहते हैं, प्रोडक्शन पकना शुरू हो चुका था।

लेकिन यहाँ आकर हमें एक अल्पविराम लेना पड़ा क्योंकि हमारी संस्था फरवरी की बारह तारीख़ से अलख जी की स्मृति में हर वर्ष 'आज भी साथ हैं' नामक कला समारोह का आयोजन करती है। हमें उसकी तैयारियाँ करनी थी। इस अल्पविराम के दौरान पढ़ी गई और परिकल्पित कविताएँ अभिनेताओं के दिमाग़ में गूँजती रहीं और कौंधते रहे शब्द। भूख बढ़ती रही—भूख, अपना एक इनपुट देने की। शायद हम लगातार तैयारियाँ करते तो ये लोग सिर्फ़ मेरे निर्देशन में अभिनय कर पाते, लेकिन यह अल्पविराम उनके अभिनेता के भीतर बैठे निर्देशक को, परिकल्पक को, और तो और दर्शक को जगा रहा था, जो कि पूरी तरह हमारे इस प्रोडक्शन के लिए फ़ायदेमंद होने वाला था। पर यह बात मुझे बाद में समझ आई। कुछ दिनों के लिए मैं पूरी तरह फ़ेस्टिवल की तैयारियों में व्यस्त हो गया और बग़ैर किसी लाग-लपेट के कहूँ तो एक हद तक इस कविता कोलाज़ के विषय में सोच भी नहीं पा रहा था। लेकिन कितना सुखद है कि जब मेरा एक दिमाग़ इस विषय में नहीं सोच पा रहा था तब पन्द्रह दिमाग़ इस विषय में रात-दिन सोच रहे थे।

बहरहाल वे कुछ दिन भी बीते और हम पुनः इस प्रोडक्शन की तरफ़ लौटे।

अभी तक यह एक अनाम नाटक था जिसे हम कविता कोलाज़ के नाम से पुकारा करते थे, अर्थात नामकरण संस्कार बाक़ी था। इस नाटक के सेट में मंच पर मैंने तीन दरवाज़ों के फ्रेम्स लटकाए थे जो कभी विंग्स की, कभी खिड़की और कभी दरवाज़े की अलग-अलग भूमिकाएँ निभाते थे। इनका हर कविता में एक नये तरीक़े से उपयोग किया जाता था। इन फ्रेम्स पर आते कलाकार और कविताओं ने कहीं मेरे ज़ेहन में इस नाटक का नाम 'फ्रेम्स' या फ्रेम से मिलता-जुलता कुछ चल रहा था। एक रिहर्सल के दौरान हम लोग चाय पीते हुए इसके नाम पर चर्चा कर रहे थे। सभी लोग फ्रेम्स नाम से सन्तुष्ट नहीं हो पा रहे थे। बात चलते-चलते नाटक के दृश्यों पर पहुँची तब मेरी पत्नी देवांशी ने अचानक कहा कि फ्रेम में तस्वीर होती है और इस नाटक में हर कविता में एक तस्वीर बनती है, तो क्या हम इसे तस्वीर

नाम नहीं दे सकते हैं? इस नाम से लगभग सभी सन्तुष्ट भी थे और यही सन्तुष्टि मैं उन सबके चेहरों पर देखना चाहता था। मैंने कहा, सिर्फ़ एक तस्वीर तो हम बना नहीं रहे। हर कविता एक तस्वीर है, तो तस्वीरें कैसा रहेगा? और अब इसका नाम 'तस्वीरें' रखा जा चुका था।

नाटक की शुरुआत यूँ तो एक कविता से ही होती थी, लेकिन मुझे इसमें वह आरम्भ या आरम्भिक उड़ान नहीं दिख रही थी जो मैं चाहता था। दस दिनों पहले मैंने इसकी शुरुआत में थोड़ा बदलाव किया। अब इसकी शुरुआत में एक बूढ़ा दर्शकों के बीच से रेडियो कान पर लगाए हुए गुज़रता है जिस पर आकाशवाणी की सिग्नेचर धुन बज रही है और मंच से होते हुए विंग्स में खो जाता है। कह सकते हैं, जैसे कोई जादूगर अपने जादू से बाँधकर चला जाता है। यह एक तस्वीर थी उस मीडिया की जो हमारे सम्मुख कई झूठ बड़े ही सच्चे रूप में रख जाता है। यह शुरुआत काम कर गई क्योंकि अगली 20 कविताओं तक दर्शक सच में कुर्सी से बँधे रहते हैं। यह बात मैं एक दर्शक के रूप में कह रहा हूँ। अन्त में वही बूढ़ा मंच पर लौटता है और अपनी सरकास्टिक स्पीच से नाटक को समापन की ओर ले जाता है।

अब सवाल यह है कि जब मैंने तमाम नाटक एक अभिनेता के रूप में खेले और कई नाटक निर्देशक के रूप में रचे तो फिर 'तस्वीरें' ही क्यों मेरे लिए ख़ास है?

जवाब बहुत लम्बा तो नहीं लेकिन मुझे भावनात्मक रूप से बहुत गहरा लगता है। दरअसल अलख जी की मृत्यु के पश्चात् जब उनके साथ जुड़े लगभग सभी वरिष्ठ साथी किनारा कर गए हालाँकि, दो-तीन लोग थे साथ लेकिन अलख जी की तथाकथित 'कोर टीम' ग़ायब हो चुकी थी। उस समय तब 'नट बुन्देले' भी एक इतिहास मात्र हो चला था। अब इससे एक पुनर्जन्म की ज़रूरत थी जो कि 2012 में पुनः हुआ लेकिन अब यह एक छोटा बच्चा ही था। ख़ैर, लोग जुड़े। नये कलाकार मिले और साथ काम करते-करते 2015 तक एक नई मज़बूत टीम बन चुकी थी। इस नये दल के कलाकार संजीदा रंगकर्मी हो चुके थे। एक नया परिवार बन 'नट बुन्देले' उभर रहा था। ठीक ऐसे समय में प्रेम, समाज और समाज की विसंगतियों की बात और कटाक्ष करनेवाली कविताओं का यह कोलाज़ हमारा हस्ताक्षर बनकर उभरा। यह प्रोडक्शन हमें अलख जी से जुदा एक नई पहचान दे रहा था। लोगों ने हमें स्वीकारा, इस नाटक को दर्शकों का बेहद प्यार मिला और हम 'तस्वीरें' की ताक़त लेकर एक नये पथ पर बढ़ चले और चले जा रहे हैं।

'नट बुन्देले' के साथ ही इस नाटक के ही कलाकारों ने 'यूथ विंग ऑफ़ नट बुन्देले' (योविन) स्थापित किया जो लगातार नये प्रयोग कर रहा है और उन युवाओं को नाट्यकर्म के लिए प्रेरित कर रहा है जिनके पास कोई उद्देश्य नहीं था या कोई पथ नहीं था। अपनी इस कृति के दौरान अपनी इस कृति के लिए एक कविता रची

थी हालाँकि इस कविता का उपयोग इस कृति में कभी किया नहीं लेकिन हो सकता है, आनेवाले समय में यह कविता इस नाटक 'तस्वीरें' का हिस्सा हो।

तस्वीरें अक्सर बहुत कुछ कह जाया करती हैं
तस्वीरें ही सुनती हैं तब जब कोई नहीं सुनता
तस्वीरें मोहर लगा देती हैं बीते वक़्त पर अपनी
तस्वीरें आनेवाले वक़्त का तसव्वुर हुआ करती हैं
तस्वीरें कहेंगी तस्वीरें बोलेंगी चीख़ेंगी तस्वीरें
माँगेंगी तस्वीरें देंगी बहुत कुछ ये तस्वीरें
ज़रा ग़ौर से देखो तो तस्वीरें बात करती हैं
तस्वीरें सवाल करती हैं जवाब करती हैं तस्वीरें...

बहरहाल नाटक 'तस्वीरें' का सफ़र जारी रहेगा। और भी तस्वीरें लगातार रची जा रही हैं, बस, शीर्षक बदल रहे हैं और इस मंज़िल की ओर क़दम बढ़ते जा रहे हैं आहिस्ते-आहिस्ते, जिसका नाम है 'घर नहीं पहुँच पाता', जहाँ पहुँचने पर मिलता है एक जीवन—एक कवि, जिसका नाम होता है अलखनन्दन।

प्रवीण शेखर

नई पीढ़ी के अग्रणी रंगकर्मियों में शुमार प्रवीण शेखर कलात्मक मूल्यों के साथ प्रतिबद्ध रंगकर्म के लिए जाने जाते हैं। बतौर नाट्य-निर्देशक कई राष्ट्रीय-अन्तरराष्ट्रीय नाट्य महोत्सवों में भागीदारी कर चुके प्रवीण शेखर ने देश के विख्यात रंगकर्मियों—रतन थियम, भानु भारती, रुद्र प्रसाद सेनगुप्ता, ब. व. कारंत, बादल सरकार, आदि—के साथ काम करते हुए अपने को प्रशिक्षित किया है। रंगमंच सहित कला-संस्कृति के विविधवर्णी संसार पर ये निरन्तर लेखन करते रहे हैं। इनकी पुस्तक 'रंग-सृजन' को रंगमंच से जुड़े पाठकों ने ख़ूब पसन्द किया है। प्रवीण शेखर को उत्तर प्रदेश संगीत नाटक अकादमी का सम्मान और संस्कृति मंत्रालय का सीनियर फ़ेलोशिप प्राप्त हो चुका है। ये इलाहाबाद में रंगकर्म करते हैं।

हवालात : रचनात्मक यात्रा का 'नर्म सुख़न'

नैतिक आवारागर्दी और 'अवाँ गार्द' गढ़ने का ख़्वाब

मर्यादित ढंग से मर्यादा को तोड़ने, नैतिक आवारागर्दी में यक़ीन रखने और उत्तर भारतीय मध्यवर्ग के संस्कारों को पीठ पर लादे, उन संस्कारों से मन में भीगे रहनेवाले वे चार थे। कुछ ही साल हुए थे, जब वे थियेटर की दुनिया में आए थे लेकिन भटक रहे थे, बह रहे थे। उन चारों ने सोचा कि कभी किनारे लग ही जाएँगे। उनमें आपस में अनजान वजहों से बना नेह का बन्धन था। एक तरह से समाज में रहकर, वह उसी से निर्वासित भी थे। अपनी ही आकांक्षाओं से ख़ुद को बनाते, ज़िन्दगी की नरमी, भीनी-भीनी ख़ुशबू से भीगते चल रहे थे। इस बीच दूसरे सीनियर साथियों ने आईआईटी कानपुर के युवा महोत्सव में हिस्सेदारी के लिए उत्साहित किया। न जाने कहाँ से सर्वेश्वर दयाल सक्सेना का नाटक 'हवालात' हाथ आया। ये चार यार थे—आलोक सिंह, विजय शंकर, शान्तिभूषण सिंह और ख़ुद मैं। तय यह हुआ कि अभिनय सभी करेंगे, निर्देशन मेरे हिस्से। यह मेरी इच्छा भी थी। अब तक कोई स्पष्ट सामाजिक-सांस्कृतिक लक्ष्य नहीं था, महान या विराट तो क़तई नहीं। यह निश्चित था कि जो कुछ करेंगे, वह 'अवाँ गार्द' होगा। यह लक्ष्य भी कुछ महीने पहले ही विटारियो डी सीका की फ़िल्म 'बासायकिल थीव्स' की सृजनात्मक ऊँचाई देखने के बाद मिला था। कई साल बाद इस नाटक का प्रदर्शन देखकर फ़िल्म एक्टिंग के गुरु के. चटर्जी ने मुग्ध होकर कहा था कि इस नाटक पर नेयो रियलिज़्म का प्रभाव बहुत दिखता है, जिसकी वजह से यह बेहद बेधक बन गया है। फिर हमने इसमें नेयो रियलिज़्म के तत्त्व खोजे, वे हमें मिले भी। 'बासायकिल थीव्स' का प्रभाव रहा होगा, शायद। यह अलग बात है कि उस युवा महोत्सव में नाटक के सारे प्रथम पुरस्कार चारों यारों के हाथ आए थे, जिसका उन लोगों ने यूनिवर्सिटी की साइंस फ़ैकल्टी के फ़ुटबॉल ग्राउंड के एक कोने में बैठकर बँटवारा

किया था। वे चारों ऐसे बैठे थे, जैसे चार जुआरी किसी बग़ीचे के किसी कोने में जुए की फड़ लगाए हों!

क्षैतिज इच्छाएँ, लम्बवत् अभिव्यक्ति

मेरे पास चार युवाओं की देह-भाषा, आलेख के रूप में हासिल कुछ शब्द और आपातकाल के दौर में प्रतिरोध-प्रतिशोध में लिखे इस नाटक की संरचना थी। शुरू में ही लग गया कि 20-22 मिनट में ख़त्म होने वाला नाटक हमारे बहुत काम नहीं आएगा, लेकिन प्रस्थान बिन्दु होगा। इसे हमें पुनर्निर्मित-पुनर्रचित करना होगा—बोली गई क्रियाओं से, शब्द-वाक्यों से, अनबोले भावों से, अपनी-अपनी देह-भाषा से। नृत्य के शास्त्रीय प्रदर्शनों को देखने, टिप्पणी-समीक्षा लिखने के साथ ही यह अनुभव रहा है कि यह हमारी क्षैतिज कामनाओं, लालसाओं, इच्छाओं की लम्बवत् अभिव्यक्ति है। नृत्य जैसी लय, गति ठहराव, मोहकता, अर्थवत्ता के साथ इस प्रयोग को तराशा जाना था। मेरे पास सिनेमा, पेंटिंग, फ़ोटोग्राफ़ी, मूर्तिशिल्प एवं होश सँभालने के बाद के जीवन को पढ़ने-भोगने से अर्जित अनुभव दृश्य थे जिनके सहारे 'हवालात' को बनाने और अनुवाद करने की प्रक्रिया शुरू हुई। इसे जीवन अनुभव, कलाकृतियों को लखने-निहारने से उपजे कलात्मक अनुभवों, प्रेरणाओं (या नक़ल) से बना प्रयोग, जो भी कहना हो, कह लें।

शरीर और मन की असेम्बलिंग-रिअसेम्बलिंग

चारों शरीर और उनके भीतर के मन को असेम्बल और रिअसेम्बल करके तक़रीबन घंटे भर का फ्रेम बनने लगा। आलोक, शंकर, शान्ति के सुझाव आते, उन्हें जगह मिलती, उनका स्पेस बनता लेकिन कभी-कभी मेरे भीतर के निर्देशक की 'प्रजातांत्रिक तानाशाही' से वह ख़ारिज हो जाता। मेरे आत्मीय उनका मान रख लेते। रंगभाषा के निर्माण की इन प्रक्रियाओं, मुद्राओं, भंगिमाओं को याद करता हूँ तो लगता है कि अर्जेंटीना के महान कवि रॉबर्टो ख़्वारोंस ने ऐसे ही किसी रचनात्मक लक्ष्य को निहारते हुए सोचा होगा, "भंगिमाओं की स्वतंत्र भाषा, देखने में सोचा-समझा संयोग लगती है।" 'हवालात' की देह-गतियाँ, उनकी लय, उनके जेश्चर-पोश्चर, दृश्यबंध, मंच अभिकल्पना, प्रकाश योजना सहित सारा नैरेटिव कविता, कहानी, रिपोर्ट, सिनेमा, पेंटिंग, फ़ोटोग्राफ़ी, स्कल्पचर आदि से निकला और अपना रूप पाया। इन माध्यमों का प्रेम और ऋण स्वीकार करता हूँ। एक निश्चित टाइम और स्पेस में हम अपने शरीर को ट्यून कर रहे थे। मैं मंच के बीच था और बाहर भी। 'देखते ही प्रेम हो जानेवाली बात' तो दृश्य ही बनाते हैं, चाहे देखते ही हो जाए या फिर सुनने के बाद दृश्य की कल्पना में बनें। उन दृश्यों के सभी तत्त्वों को माधुर्य

के साथ संयोजित कर, उससे घेरकर अनुभव को उनके प्रेम का विषय बना देना था और शरीर से निर्मित इन मुद्राओं-भंगिमाओं-गतियों में 'इमोशन' की तरंगें दौड़ानी थी। यह हमेशा ख़याल में रहा और इस बात को लेकर सचेत भी था कि नाटकीयता के साथ बौद्धिक भी दिखना होगा यानी बेवजह कुछ भी नहीं, सबकुछ बावजह।

...जो मन को छू जाए और दिमाग़ को बेचैन कर दे

हम सब अभिनेता और निर्देशक ज़िन्दगी को भरपूर जीना चाह रहे थे। साहसिकता हमारा आत्मविश्वास थी। यह कैसे भी हासिल हो, इसलिए हमने 'हवालात' की आत्मा को देख लिया था, पहचान लिया था। हमने उसके कोलतार जैसे कालेपन और सल्फ़र जैसे पीलेपन को देख लिया था। हम जान गए थे, इस देश का केन्द्रीय पात्र ही हमारा मुख्य पात्र होगा—सब-के-सब तीनों चोर और एक सिपाही। हमारा काम आसान हो गया था। किसी महान कलात्मक आकांक्षा या लक्ष्य के बिना भी, जवानी के बाँकपन और शरारतों के बावजूद इलाहाबाद यूनिवर्सिटी के वातावरण ने हमें एक साझा और सामूहिक सपने से जोड़े रखा था। हम मुक्तिबोध की कहानी 'पंछी और दीमक' के उस पंछी जैसे बेवकूफ़ नहीं थे कि बहेलिया शिकारी को दीमक के बदले पंख दे देते। शहर में हो रहे कूद-फाँद वाले या फूहड़ता से भरे प्रभावशून्य हास्य नाटकों के आसान रास्तों पर चल पड़ते। महान साहित्यकार गैब्रिएल गार्सिया मार्केस के कालजयी उपन्यास 'वन हंड्रेड ईयर्स ऑफ़ सॉलिट्यूड' के बारे में कहा जाता है कि अगर लैटिन अमेरिका न भी होता तो इस उपन्यास को पढ़कर रचा जा सकता है। मेरे मन के किसी कोने में यह भी था कि यह समकालीन भारतीय युवाओं और मध्यवर्ग की दशा और दिशा का काव्यात्मक दस्तावेज़ साबित हो।

दिन हिरण-सा चौकड़ी भरता चला

मुझे अपने 'हवालात' में पोएट्री की तलाश थी। हाँ, दृश्य काव्य की भाषा में कविता और देह से कविता बनाने का उपक्रम। उन्हीं दिनों मित्र आशुतोष मित्रा ने केदारनाथ अग्रवाल का कविता-संग्रह पढ़ने को दिया, इस हिदायत के साथ, पढ़कर लौटा देना है। उसमें दो कविताएँ ऐसी थीं, जिनको पढ़कर लगा कि अगर ये नाटक में जुड़ जाएँ तो हमारा नैरेटिव सशक्त हो सकता है। उसे एक अलग पाठ से बदलकर दृश्य पाठ में बदलने का उपक्रम। अपने नाटक को हमने केदार बाबू की कविता से शुरू किया और ख़त्म भी। बीच में काव्य-सा आस्वाद देने की अपनी कोशिश थी। शुरू की कविता थी :

समय का शव न आदमी उठाता है
न ज़मीन उठाती है

न वायु
न उसका बेटा आज उठाता है
मगर इनसान का मारा समय
इनसान उठाता है
पीठ पर लिये लादे
न फेंकता है
न फेंकने देता है
क़ातिल किसी और को क़ातिल बताता है।

जिस कविता से नाटक 'हवालात' पूरा होता है, वह है :

दिन हिरण-सा चौकड़ी भरता चला
धूप की चादर सिमटकर खो गई
खेत, घर, गाँव का
दर्पण किसी ने तोड़ डाला
शाम की सोन चिरैया
नीड़ में जा सो गई
पेड़-पौधे बुझ गए जैसे दीये
केन ने भी जाँघ अपनी ढाँक ली
रात है यह, रात अंधी रात जैसे
और कोई कुछ नहीं है बात।

परी कथा से अलग, गोली चलने के समय

हठधर्मी राजनीतिक व्यवस्था के विरोधाभासों का प्रदर्शन और उनका नाट्य पाठ के माध्यम से बध के लिए 'हवालात' में कुछ राजनीतिक चेहरे, धर्म के नाम पर पाखंड का विद्रूप संसार बनाने वाले लोग आते हैं। ढाई दशक में ये चेहरे बदलते रहे हैं। अभिनेताओं के लिए इनकी पहचान करना और दिखाना चुनौती रही है। अभिनेताओं के लिए धर्म एवं राजनीति के बदलते चरित्र पर सूक्ष्म निगाह रखना इस प्रस्तुति की ज़रूरी शर्त है। यह किसी परी कथा, अवास्तविकता की सैर कराने व फैंटेसी में ले जाने के बजाय आज के बीहड़-भयावह वृत्तान्तों को दिखाता है—महीन ढंग से। जिस बात को कुरोसावा ने बातचीत में कहा था : "परेशानी यह है कि जब गोली चलनी शुरू होती है, तब ईसा मसीह और फ़रिश्ते सैन्य प्रमुखों में बदल जाते हैं।"

छह सिपाही, 18 अपराधी

'हवालात' में कुल चार पात्र हैं : एक सिपाही और तीन युवा। तीनों भूख और ठंड से परेशान हैं। वे सोचते हैं कि हवालात में जाकर ठंड से निजात मिलेगी और रहने को एक ठिकाना। इसलिए ख़ुद को अपराधी बताते हैं। अपने-आपको जेबकतरा, हत्यारा और नक्सलाइट बताकर सिपाही से हवालात ले चलने की ज़िद करते हैं। ये चारों पात्र अब तक आलोक सिंह, अभिषेक पांडेय दर्शन, चंद्रेश कुमार, सचिन चंद्रा, अभिषेक पांडेय, सतीश तिवारी (सिपाही की भूमिका निभाने वाले कलाकार) और शान्ति भूषण, विजय कुमार शंकर, प्रवीण शेखर, मलय मिश्र, गोविन्द सिंह यादव, विश्वनाथ चटर्जी, आशीष शुक्ल, सतीश तिवारी, राहुल चावला, अभिमन्यु शर्मा, गौतम वासन, अतुल कुशवाहा, आशुतोष चंदन, विनोद सरोज, अमर सिंह, सिद्धार्थ पाल, भास्कर शर्मा, नीरज उपाध्याय (सभी चोर की भूमिका निभाने वाले अभिनेता) करते रहे हैं। इनके साथ बैकस्टेज ने भारत रंग महोत्सव, अंडर दि साल ट्री, चंडीगढ़, जयपुर, डिब्रूगढ़, इलाहाबाद सहित अंतरराष्ट्रीय-राष्ट्रीय नाट्य महोत्सवों में दर्जनों प्रदर्शन किये और अपार प्रशंसा पाई। आलोक सिंह ने 'हवालात' के सिपाही को एक 'आइकॅनिक इमेज' दी है। सतीश तिवारी ऐसे अभिनेता हैं, जिन्होंने युवक के साथ सिपाही की भी भूमिका निभाई। अब वह सिपाही की भूमिका में लोकप्रिय हैं। युवक के रूप में अंजल सिंह नई भर्ती हैं।

मैं 'हवालात' में, 'हवालात' मेरे भीतर

हवालात तक़रीबन ढाई दशक से मेरे साथ है। अक्सर, इस नाटक की कलाई थामकर मंच पर उतर जाता हूँ और यह नाटक भी मेरे सिर पर आँचल डाल देता है। यह मेरी रचनात्मक यात्रा में 'नर्म सुख़न' बनकर आया है। यह ख़ुशबू का हर रंग देता है, ताज़ी हवा का सारा रस देता है, इसमें रोशनी अक्सर छू लेती है, इसका अनदेखा पहाड़ क़द नापकर कन्धा हिला जाता है। इसमें पसीने की गंध है, सूरज की आग-ताप है, ठंडी हवा का गीत है। परवीन शाकिर कहती हैं :

दुआ तो जाने कौन-सी थी
ज़ेहन में नहीं
बस इतना याद है
कि दो हथेलियाँ मिली हुई थीं
एक मेरी थी
और एक तुम्हारी।

ऐसे ही एक यह नाटक है और एक मैं।

अभि चक्रवर्ती

अपने स्कूली जीवन से रंगकर्म कर रहे अभि चक्रवर्ती पश्चिम बंगाल के एक क़स्बे अशोक नगर में रहते हैं और यहीं इन्होंने 'नाट्योमुख नाट्य समूह' की स्थापना की है। 'दिबारात्रिर गद्य', 'मुक्तधारा', 'कन्या तोर' आदि नाटकों का निर्देशन करने के अलावा नाटक, कविता, आलोचना और गल्प आदि लिखने में इनकी गम्भीर रुचि है। अपनी रंग-रचना में एक नई रंगभाषा की खोज के लिए अभि निरन्तर प्रयोगधर्मी बने रहे हैं। इन्हें पश्चिम बंगाल का प्रतिष्ठित 'शम्भू मित्र सम्मान' प्राप्त हो चुका है। एक छोटे-से क़स्बे में रंगकर्म करते हुए इन्होंने बड़ा दर्शक वर्ग तैयार किया है। कोलकाता से लम्बी दूरी तय करके इनका नाटक देखने दर्शक अशोक नगर आते हैं।

कन्या तोर : नई रंगभाषा की खोज

'कन्या तोर', 'नाट्यमुख' की सफल प्रस्तुतियों में से एक है। मैं यह बात बंगला रंगमंच की सफलता के मापदंडों यानी प्रदर्शन की संख्या, दर्शकों की उपस्थिति आदि के आधार पर कह रहा हूँ। इस नाटक के जन्म के पीछे रवीन्द्रनाथ टैगोर की एक सौ पचासवीं वर्षगाँठ के आयोजनों के सिलसिले में पूरे देश में होनेवाले प्रचार-प्रसार की बहुत बड़ी भूमिका है। यह नाटक टैगोर की कहानी 'उद्धार' का रूपान्तरण है। 'नाट्यमुख' की स्थापना के तुरन्त बाद हम लोगों ने इस कहानी का नाट्य-पाठ किया था। जिन दिनों मैं इस कहानी के मंचन की तैयारी में लगा हुआ था, निर्देशक के रूप में मेरे काम के बिलकुल आरम्भिक और कच्ची समझ वाले दिन थे और मेरे भीतर कई तरह की धारणाएँ बन और मिट रही थीं। यह मेरी रचनात्मक जागरूकता के बनने का समय था। टैगोर की रचनाओं की महिला किरदार, जो त्याग और साहस का मानवीकरण थीं, अक्सर मेरे दिमाग़ में कौंधती रहतीं और मैं कई-कई दिनों तक उनके बारे में सोचता रहता। यह सन् 2001 और 2002 की कुछ यादें हैं। आनेवाले समय में मैं अपनी दूसरी प्रस्तुतियों में व्यस्त हो गया और कहानी 'उद्धार' एक पुरानी याद बनकर रह गई।

सन् 2012 में एक छोटी-सी फंडिंग मिली और 'उद्धार' जो पुरानी याद बनकर रह गई थी, उसने एक रचनात्मक दबाव में आकार लेना शुरू किया। नाटककार तीर्थंकर चन्दा को इसके लिए राज़ी करना बेहद हिम्मत का काम था। आरम्भिक दुविधाओं के बाद वे इस तीन पन्नों की छोटी-सी कहानी को नाटक में रूपान्तरित करने में सफल रहे। नाटक के आलेख-पाठ का सत्र लगभग दो घंटे तक चला। तीर्थंकर इस बात को लेकर काफ़ी मानसिक तनाव में थे कि मैं ऐसे समर्थ कलाकार कहाँ से लाऊँगा जो इस नाटक के पात्रों का चरित्र निभा सकें!...मैं शब्दों यानी संवाद पर निर्भर इस नाटक का मंचन कैसे कर पाऊँगा! समय ऐसे निकलता गया, जैसे उँगलियों से रेत! मुझे जून के मध्य में नाटक का आलेख मिला और अगस्त

में मंचन होना था। मैंने नवागन्तुक अभिनेता सुदीप्ता चौधरी को, उनकी अभिनय-क्षमता जाने बिना, मुख्य चरित्र परेश के अभिनय की तैयारी करने के लिए कहा। संगीता ने चरित्र निर्माण की प्रक्रिया से सुदीप्ता को जोड़ने का दायित्व लिया और हर दृश्य के अनुसार उसे मनोभावों की रचना और अन्य पात्रों से उसके सम्बन्धों को उद्घाटित करने का काम शुरू किया। इस बीच मुख्य महिला पात्र का अभिनय करने के लिए अभिनेत्री सोनिया रॉय मिली। वह गौरी के चरित्र के लिए सही चुनाव थी। विभिन्न पात्रों के लिए अभिनेताओं का चुनाव करने के बाद मैं दूसरे तत्त्वों, जैसे समानान्तर दृश्य, संगीत आदि में व्यस्त हो गया। अचानक मेरी नज़र शंखा और पोला के चित्रों पर पड़ी। मुझे लगा, एक शादीशुदा बंगाली स्त्री के इन पारम्परिक प्रतीकों ने ही दासता की मानसिकता को जन्म दिया है जिसके चलते गौरी परेश के सामने विवश जीवन जीने को अभिशप्त है। यही गौरी की दासता को सृजित करनेवाले तत्त्व हैं। फिर इस बीच गुरु परमानन्द स्वामी की उपस्थिति और गौरी के लिए अपना योगी-जीवन छोड़कर सुखवादी बनने की उसकी उत्सुकता को चित्रित करना था मुझे। मैं इस संक्रांति को मंच पर कैसे दिखाऊँ?

सोनिया गौरी के चरित्र में प्रवेश की तैयारी में लगी थी। वह गौरी के चरित्र में निराशा और अवसाद आदि मनोभावों और मनोदशाओं को समझने लगी थी। तीर्था दा ने नाटक लिखते हुए गौरी को कथावाचक और मुख्य चरित्र, दोनों बना दिया था। मैं चाहता था कि नाटक में ब्रेख़्तियन अलगाव का प्रयोग तो हो लेकिन नाटक में दर्शकों की रुचि भी साथ-साथ बनी रहे। मैं अपने मित्र अंगशुमन सरकार के साथ समीर आइच के घर गया। समीर दा बहुत व्यस्त रहनेवाले व्यक्ति हैं पर उन्होंने मेरे नाटक पर काम करना स्वीकार कर लिया। सेट तैयार करने के लिए हम लोगों ने तरह-तरह के पटचित्रों का उपयोग किया। इन चित्रों में अग्नि-परीक्षा देती हुई सीता, मीरा, बेहुला आदि के दृश्य चित्रित थे। गौरी के जीवन के विभिन्न पहलुओं को दिखाने के लिए श्वेत-श्याम त्रिकोण, लाल कैक्टस और तूफ़ान के दृश्यों का प्रयोग किया गया। गौरी के वैवाहिक जीवन की दासता को अभिव्यक्त करने के लिए कुर्सियों और तालों जैसे रूपकों का उपयोग हुआ। एक एकाकी गृहिणी के दैनिक जीवन और उसके संदेहग्रस्त पति को दिखाने के लिए ब्रेख़्त की पद्धति अपनाई गई।

इस नाटक का मंचन मेरे और मेरे नाट्यदल के लिए एक कठिन काम था। नाटक के विभिन्न पहलुओं को समझने के दौरान गीत 'जेते एकला पथे' (पथ पर अकेले चलते हुए) याद आ गया। यह नाटक देखते हुए इस बात का एहसास होता है कि आप इस दुनिया में अकेले हैं और यही सच भी है। इसी अनुभूति को चित्रित करने के लिए स्त्री और पुरुष स्वर में यह गीत पूरे नाटक के दौरान बार-बार दुहराया गया

है। कभी-कभी यह गीत, एक गीत से निराशा और दुःख के क्रंदन में बदल जाता है। यह गीत दर्शक को नाटक और मंच पर हो रही सारी गतिविधियों से जोड़ने के लिए उपकरण की तरह काम करता है। सोमेन नाग (अभय), जॉय चक्रवर्ती और प्रभात सरकार (सत्यानन्द), दीपान्विता अचार्या (मोतिया), आशालता विश्वास (फुली), अरूप विश्वास और अतानुहर चौधुरी (पंचानन्द) ने अपनी श्रेष्ठ अभिनय-क्षमता को मंच पर प्रदर्शित किया। चरित्र निभाने वाले बदलते रहे पर प्रस्तुति के प्रवाह में कभी कोई बाधा पैदा नहीं हुई। कथा और अभिनय द्वारा निर्धारित सीमाओं का अतिक्रमण कर इस प्रस्तुति ने अपनी रंगभाषा खोज ली। मैं अपने मित्र और संगीतकार शुभोदीप गुहा और गायिका सोमलता की सराहना करने से अपने को रोक नहीं पा रहा। अर्नब कुमार राई ने नाटक के विभिन्न भावों को दिखाने के लिए अँधेरे, परछाईं और रोशनी के टुकड़ों का प्रयोग किया। जलते हुए दीपक, मोमबत्तियों और दूसरी रंग सामग्रियों ने मंच को जैसे एक दूसरी दुनिया में बदल दिया। नाटक एक यथार्थपरक बिन्दु पर समाप्त होता है। भाषा और संस्कृति के सारे दायरों को तोड़ते हुए दर्शकों को सोचने के लिए विवश करता है।

अंग्रेज़ी आलेख का भावानुवाद : *वसुन्धरा श्रीवास्तव*

दीपान्विता बानिक दास

विविधवर्णी नाट्यानुभवों से सम्पन्न अभिनेत्री दीपान्विता बानिक दास ने रवीन्द्र भारती विश्वविद्यालय से अभिनय में स्नातकोत्तर की शिक्षा प्राप्त की है और लम्बे समय तक बंगाल के लोकनाट्य जात्रा में अजय गांगुली, तरुण गुहा और सोमेन बोस के साथ काम किया है तथा बैद्यनाथ चक्रवर्ती, निरंजन गोस्वामी, योगेश दत्ता से माइम की कला में प्रशिक्षित हुई हैं। 'सजानो बागान', 'देना पाओना', 'विपन्न बधू', 'एखोनो', 'कोनो गृहबधू', 'बिलासीबाला', 'घरे-बाइरे', 'बिनोदिनी', 'मोचीराम गुर' आदि कई सफल नाटकों में अपनी अभिनय-क्षमता से दर्शकों को सम्मोहित करनेवाली दीपान्विता बानिक दास अपने पति नाट्य निर्देशक आशीष दास के साथ पश्चिम बंगाल के एक दूरस्थ क़स्बे गोबरडांगा में रंगकर्म करती हैं।

नटी बिनोदिनी : माँ, आप मेरे साथ रहना

12 दिसम्बर, 1915। अशोक नगर शहीद सदन के मंच पर पर्दा खुलने से ठीक पहले साढ़े चार बजे।...नाटक का टाइटल म्यूज़िक बज उठा। टाइटल म्यूज़िक बजते ही विंग्स के पीछे खड़ी मेरे अन्तर में जैसे कुछ कौंध उठा और मैं काँप गई। मंच पर प्राय: पैंतालीस वर्षों से काम करते चली आ रही हूँ। सच यह है कि मंच पर छोटी उम्र से ही रंगकर्म करती चली आ रही हूँ। यहाँ तक कि कई बार फ़िल्मों के कैमरों के सामने भी खड़ी हो चुकी हूँ। इसके पहले कभी भी मेरा दिल इस तरह आलोड़ित नहीं हुआ था। लेकिन उस दिन आँखों में आँसू भर आए और ख़ुद पर ख़ुद दोनों हाथ जुड़ गए। मेरे अन्दर से कोई बोल उठा, "...माँ, आपकी ही वंचना और अभिनेत्रियों की कथा कहने जा रही हूँ। यदि मैं आपका चरित्र ठीक से जी नहीं सकी तो समझना, आपको अपमानित ही किया।...माँ, आप मेरे साथ रहना।...साथ रहो माँ।"

...पर्दा उठा और उन्होंने मुझे विंग्स से मंच की ओर बढ़ा दिया। इस 'बिनोदिनी : अ वोमेन अ ह्यूमन' नाटक के हर प्रदर्शन में माँ मुझे इसी तरह आगे बढ़ा देती हैं। मैंने इसके पहले कभी कोई बायोपिक नाटक नहीं किया था। ऐसी अनुभूति मैंने रंगकर्म करते हुए पहली बार पाई थी, जो मेरे लिए बिलकुल एक अलग अनुभव था।

बिनोदिनी दासी से लेकर रिचर्ड एटोनबरा तथा थियेटर के अन्य विख्यात कृतिमान लोगों से अपने चरित्र के साथ एकात्मक होते जाने की बातें बार-बार सुनती-पढ़ती आई हूँ। उन दिनों बिनोदिनी अभिनय करने के लिए अपने आचार-व्यवहार, खान-पान, बोलचाल में परिवर्तन लाकर शुद्धता-सात्त्विकता से अपना जीवन जीती थीं। यानी वे बिलकुल मेथड एक्टर थीं। और मैं? मैं सेट लगाकर उसके रंगों से लिपटे हाथों से मेकअप करने बैठ जानेवाली। इधर अचानक किसी सहयोगी अभिनेता-अभिनेत्री से किसी बात पर बातों-बातों में खटपट शुरू हो जाती। फिर नाटक के शुरू होने के पहले वहाँ के आयोजकों या कर्ताओं के साथ किसी न किसी कारण

बहस शुरू हो जाती। इधर नाटक शुरू नहीं हुआ कि अचानक लाइट का कनेक्शन ग़ायब या नाटक शुरू होने के पहले ठीक पानी के बोतल का नहीं मिलना। ओह! कुछ न कुछ गड़बड़ियाँ ज़रूर होतीं।

...माँ, तब आप कहाँ होती हैं? आपका कुछ पता नहीं चलता। हाँ, मैं मन-ही-मन उन्हें माँ ही कहती हूँ। लेकिन मैं बिनोदिनी नहीं हूँ। दूर-दूर तक मैं बिनोदिनी नहीं। बहुत ही कष्ट होता है। मैं ज़िन्दगी में इस तरह कभी सोच भी नहीं पाई थी कि कभी अभिनेत्री बनूँगी। अभिनय कर पाऊँगी।...और इस चरित्र के बारे में कभी कल्पना में भी नहीं सोच पाई कि अभिनय करने के लिए मुझे प्रेरित होना होगा। मैं क्या, शायद कोई भी नहीं सोचता होगा।

साल 1971—रायगंज से हमेशा के लिए चली आई राजबन्दी गढ़ यानी कि उत्तर दिनाजपुर से सीधे उत्तर 24 परगना। आपको सुनकर लग रहा होगा कि यह तो सिर्फ़ ज़िला-बदल हुआ। नहीं, असल में यह कहना ठीक नहीं होगा। दरअसल इस छोटे-से शहर में आना, ग्रामीण संस्कृति से कल-कारख़ानों के साथ एक मिश्रित संस्कृति में आना बहुत बड़ा परिवर्तन था। मेरी माँ माया बनिक ने इस कॉलिनियन परिवेश में अपने-आपको घोल लेने के लिए जी-जान से कोशिश की। वे शादी से पहले गण नाट्यसंघ के साथ चिंचुड़ा ब्रांच में नाटक कर चुकी थीं। इसीलिए, एक स्वस्थ संस्कृति में खुलकर साँस लेने के लिए माँ ने मझली मामी के साथ मिलकर मुहल्ले में चौकी लगाकर, साड़ी टाँगकर मंच तैयार करवाना और डाकघर, खोखाबाबूर प्रत्यावर्तन, लक्खी परीखा इत्यादि नाटकों को खेलना शुरू किया। वे रवीन्द्रनाथ की कविताओं एवं गीतों को मिलाकर 'ऋतुरंग' नामक प्रस्तुति करवाती थीं। मेरी मझली मामी अमृता, जो कि मेरे स्वदेश मामा की पत्नी हैं, बिलकुल साफ़-सुथरे सजावट से भरपूर एक सुन्दर सुरुचि वाले मकान की मालकिन हैं। अगर घर में फूलदानी है, तो समझिए उसमें वे फूल की तरह हैं। घर में रवीन्द्रनाथ की फ़ोटो भी टँगी थी।...लेकिन इस पड़ोसी नि:संतान मझली मामी को बार-बार घर वालों से अप्रिय वचन भी सुनने को मिलते थे, क्योंकि उन्होंने ही हम लोगों को आश्रय दे रखा था।

मुझे, मनदीपा दीदी, छोटी बहन मधुमिता, चुमकी, सतू, उत्तम दा, विधान, मोना इत्यादि को सँभालने की ज़िम्मेदारी कब और कैसे इन्हीं लोगों के हाथों में आ गई, कुछ पता ही नहीं चला। मैं उस वक़्त हमेशा शुरू से ही नाच-गाना आवृत्ति-अभिनय—इन सबमें आख़िरी पंक्ति में रहती थी। लेकिन चन्दा माँगना, रिहर्सल, उसकी तैयारी, बाँस बाँधकर मंच तैयार करना या लड़-झगड़कर मुहल्ले के लोगों के घर से घंटी-थाली चुराकर लाने में मैं सबसे आगे रहती थी। लोगों की ऐसी गालियाँ, जिसे सुनकर बादल भी उड़ जाएँ, मैं सुनती। माध्यमिक परीक्षा देने के बाद ही मुझे पहला नाटक देखने का मौक़ा मिला और वह था गोर्की के उपन्यास

का नाटक 'माँ'। ग़ज़ब! उसमें गौतम मुखोपाध्याय ने माँ की ग़ज़ब की भूमिका निभाई थी। ग़ज़ब अभिनय किया था। आज भी उस नाटक के दृश्य दिलोदिमाग़ में घूमते रहते हैं। उस वक़्त थियेटर मेरी ज़िन्दगी से हमेशा के लिए जुड़ जाएगा, यह मैंने कभी ख़ुद सोचा भी नहीं था। वहाँ मैं नैहाटी पुस्तक मेला के आयोजकों के सांस्कृतिक कार्यक्रम के साथ जुड़ गई। लेकिन वहाँ भी जगह पिछली पंक्ति में ही थी। अचानक ही एक दिन एक रोशनी की झलक मुझमें आ पड़ी और मेरी पूरी ज़िन्दगी बदल गई। मैं अपनी सहेली पम्पा के आमंत्रण पर उसके मित्र विश्वजीत बनर्जी के यहाँ उनके पारिवारिक संगीत विद्यालय 'मृणालिनी संगीत विद्यालय' द्वारा एक पारिवारिक सांस्कृतिक आयोजन में भाग लेने पहुँची थी। उसी आयोजन में नैहाटी तथा उत्तर 24 परगना के प्रख्यात अभिनेता-निर्देशक वैद्यनाथ चक्रवर्ती भी पहुँचे हुए थे। उनकी नाट्य संस्था की नई प्रस्तुति 'शंखचिल' माइम प्रोडक्शन के लिए एक नाचने और अभिनय करनेवाली लड़की की ज़रूरत थी। उन्होंने प्रोग्राम देखा और समाप्त होने के बाद ही मुझे अपनी प्रोडक्शन से जुड़ने का प्रस्ताव दिया। मैंने उनका प्रस्ताव तुरन्त स्वीकार कर लिया। 'शंखचिल'—वैद्यनाथ दा की यह प्रस्तुति बहुचर्चित और प्रसिद्ध हुई।

उसके बाद मेरी ज़िन्दगी में एक नया अध्याय शुरू हुआ। मैं पूरी तरह थियेटर से जुड़ गई। लेकिन 1986-87 से लेकर 90 तक ज़िन्दगी एक भयंकर अस्थिरता में चल रही थी। मैंने ख़ुद को बार-बार तोड़ना चाहा, कुछ जानना चाहा, कुछ ढूँढ़ना चाहा। मैं कुछ खोज रही थी। क्या सचमुच थियेटर करना चाह रही थी? अगर थियेटर करना चाहती थी, तो कैसा थियेटर? कौन-सा थियेटर? थियेटर के साथ क्या संस्कृति के अन्य क्षेत्रों में काम करने से, थियेटर में कोई अवरोध आता है? मेरी कल्पना और मेरे विचारों के साथ मिलता-जुलता कोई थियेटर ग्रुप कहीं सचमुच है क्या? क्या सच में कहीं है?...अस्थिरता...अस्थिरता और सिर्फ़ अस्थिरता। प्रियजनों को आघात पहुँचाई। आघात पाई। मेरे सारे रिश्ते कमज़ोर हो गए। विश्वास भी साथ छोड़ता रहा। दूर से थियेटर वालों को देख मुग्ध थी और थियेटर में चली आई। यहाँ आकर देखा, उन सभी के मंच पर अतिशय दर्शन है, लेकिन उनकी असल ज़िन्दगी में वह दर्शन ग़ायब है। मंच पर संवाद बोलते और मंच से उतरकर जो बातें करते, उसमें कोई अर्थ नहीं। एकरूपता नहीं। सिर्फ़ संवादों में बातें करने में कोई कमी नहीं थी। नतीज़ा यह निकला कि अन्यतम प्रत्याशा लिये नैहाटी की एक नामी नाट्य संस्था से जुड़कर भी वहाँ ज़्यादा दिनों तक थियेटर नहीं कर पाई। थियेटर करना छोड़ दिया, लेकिन थियेटर नहीं छूट पाया। बी. ए. करने के बाद रवीन्द्र भारती विश्वविद्यालय के ड्रामा विभाग में एम.ए. में दाख़िला ले लिया। मेरी माँ—माया बनिक, मेरी दीदी—मनिदीपा सेन और बड़े मामा—कार्तिक मजूमदार के बिना मेरा पढ़ पाना शायद सम्भव नहीं

हो पाता। नैहाटी 'युगसंधि' नाट्य संस्था से शुरू होकर वैद्यनाथ चक्रवर्ती की 'मिनी माइम माइन' में काम करने के बाद पद्मश्री निरंजन गोस्वामी की नाट्य संस्था इंडियन माइम थियेटर होते हुए रवीन्द्र भारती विश्वविद्यालय और आख़िर में 'गोबर डांगा नक्शां' में आ गई। मुफ़स्सिल से शहरमुखी होते हुए फिर गाँव की ओर लौटना हुआ। नक्सा के साथ काम करना या रहने के पीछे कारण था—यहाँ का नियमित अनुशीलन, पारस्परिक श्रद्धा, विश्वास, एकबद्ध रूप से काम करने की मानसिकता एवं सबसे ज़्यादा आपसी आन्तरिकता जो आज भी उसी तरह अटूट है। नक्सा के कर्णधार आशीष दास और उनका थियेटर करने का जीवनबोध, दर्शन सभी सदस्यों के बीच संचरित होता है। नक्सा में रह गई और इसके विभिन्न प्रस्तुतियों के साथ जुड़ती गई। साम्प्रदायिकता के ख़िलाफ़ खड़ा होकर 'जीवन पाला' नाटक किया। प्रेमेन्द्र मित्रा की छोटी-सी कहानी पर एक काव्यात्मक नाट्य-प्रस्तुति 'महानगर', पश्चिम बंगाल नाट्य अकादमी द्वारा श्रेष्ठ पुरस्कार प्राप्त 'आत्मज' या ठंडा निस्तरंग जीवन की एक गूँगी युवती की कहानी 'शुभा', राष्ट्रीय प्रेम से ओतप्रोत नाटक 'स्वदेश' के अलावा अनेक नाटकों की श्रृंखलाबद्ध प्रस्तुतियाँ और इन प्रस्तुतियों में कई अभिनव नाट्य प्रयोग। इन सभी बहुप्रशंसित एकांकी नाटकों में मैंने अभिनय किया था। मुफ़स्सिल में पहली बार 2002 में नाटकों की निरन्तर प्रस्तुति करने का काम सम्भवत: नक्सा ने ही किया। नाटक 'एखुनओ' में एक साथ चार स्त्री पात्रों का अभिनय चित्रित किया। पूर्णांग नाटक 'खड़िर गंडी', 'यदि एक बार', 'सुन्दर', 'प्रभात फिरे ऐसो', 'घोड़ार डिमेर गप्पो', 'बिलासीबाला', 'घरे-बाइरे' इत्यादि का मंचन हुआ। नक्सा में मुझे एक नाटक 'कोनो गृहबधू' की प्रस्तुति के द्वारा शोहरत और सम्मान मिला। इस नाटक को करके मुझे लगा कि मुझे कुछ मिल गया। इस प्रस्तुति से कुछ पाना था जो मुझे मिल गया। नाटकों में अभिनय के साथ-साथ पोशाक, मेकअप, सेट लाइट इत्यादि के साथ-साथ संगठन का दायित्व अपने कन्धे पर उठा लिया। जिसमें सबसे प्रमुख नाट्य कार्यशालाएँ निर्देशन, मुखाभिनय, अभिनय प्रशिक्षण इत्यादि करना। इस तरह नक्सा में छब्बीस साल बीत गए। नक्सा के बाहर भी मैंने कुछ-कुछ काम किया, जैसे श्यामानंद जालान के निर्देशन में बनी फ़िल्म में अभिनय, टेलीफ़िल्म 'गोधली रंग', 'हज़ार चौरासी की माँ' इत्यादि में अभिनय। अशोकनगर नाट्यमुख की प्रस्तुति ब्रात्या बसु के लिखे नाटक 'आपरेशन 2010' में भी अभिनय किया। इसके पहले रवीन्द्र भारती में पढ़ते समय अध्यापक स्वर्गीय अमर घोष के अनुरोध पर व्यावसायिक थियेटर सारकारिना के लिए 'पन्ना-हीरा—चुनी' ज्ञानेश मुखर्जी के निर्देशन में काम किया। मुझे प्रख्यात पापेटिशियन सुरेश दत्ता के साथ भी काम करने का सौभाग्य प्राप्त हुआ। इसके अलावा गौरवमय लोक शिल्प 'जात्रा' में अभिनय किया। इस मेरी यात्रा में विभिन्न नाटकों में अभिनय

करने के बाद बिनोदिनी ने मेरी ज़िन्दगी में एक दूसरी अभिज्ञता ला दी। 2015 के बाद यह नाटक मेरी ज़िन्दगी का टर्निंग पाइंट बन गया।

रवीन्द्र भारती से एम.ए. की शिक्षा प्राप्त करने के कारण गिरीश, शिशिर, अर्धेन्दु, बिनोदिनी-तिनकड़ि, तारा सुन्दरी इत्यादि लोगों की रंगकर्म में आत्मत्याग को श्रद्धा के साथ स्मरण करती रहती हूँ। आशीष—गोबरडांगा नक्सा के प्राण-पुरुष आशीष दास कई सालों से कह रहे थे, नटी बिनोदिनी पर एक नाटक करना चाहता हूँ, जिसमें दो बिनोदिनी अभिनय करें। तब बहुत अच्छा लगा था। बहुतों ने स्क्रिप्ट लिखकर दी, लेकिन आशीष को पसन्द नहीं आई। आख़िर में मैनाक सेनगुप्ता ने अपना लिखा नाटक भेजा। मैं एक साँस में पूरी स्क्रिप्ट पढ़ गई। चुपचाप नाटक अपनी बेटी भूमिसुता की ओर बढ़ा दिया। मेरी आवाज़ रुँध गई थी। मैं और मेरी बेटी आवेग भरे क्षणों में आ गए थे। पता नहीं, ऐसा क्यों हुआ ! आशीष की आदत है कि पहले वह ख़ुद नाटक नहीं पढ़ते। मैंने ख़ुद उन्हें पढ़कर सुनाया। अब आशीष का दूसरा रिएक्शन था क्योंकि वह इस नाटक को निर्देशित करनेवाले थे। अवाक् होकर देखा और बोले, “लेकिन यह नाटक होगा कैसे? मैनाक को फ़ोन करो !”

मैनाक से बात हुई। मैनाक ने हाथ उठाते हुए कहा, “जितना हो सका, उतना हुआ, अब बाक़ी काम तुम लोग पूरा कर लो।” फिर मैंने और आशीष ने अपनी बेटी के साथ नाटक शुरू कर दिया। नाटक में घिसने-माँजने का काम शुरू हो गया। नाटक को पढ़ते-सुनते बिनोदिनी से जान-पहचान होने लगी। मेरी बेटी बार-बार प्रश्न करने लगी। उसे उत्तर देते-देते बिनोदिनी या अन्य दूसरी बिनोदिनियों को फिर लौटते मैं देखने लगी। सन् 2015 सन् 1863 में तब्दील होने लगा। तब मेरी बेटी भूमिसुता की उम्र अठारह थी। तब वह एन. एस. डी. में नहीं गई थी। नैतिकता और निरपेक्षता से देखने की कोशिश की, लेकिन यही समझ पाई कि यह निरपेक्षता और नैतिकता जैसे शब्द असल में पदार्थ विज्ञान के उस चरम तापमान की तरह है जो सिर्फ़ गणित में सम्भव होता है।

इसी कारण बेटी को समझाने लगी—18 और 53 साल के बारे में। 13 साल की उम्र में थियेटर में आई—एक बालवनिता कहें या बाल-श्रमिक, जिसने यौवन पाते ही थियेटर को त्याग दिया। 13 साल की उम्र में पूरी प्रतिकूलता के बावजूद प्रलोभन इत्यादि को दोनों हाथों से दरकिनार कर दूसरों को अपने नाट्याभिनय द्वारा मुग्ध किया। ऐसी एक अभिनेत्री के चरित्र को तुम्हें मंच पर चरितार्थ करना होगा। मैं साथ में वृद्धा बिनोदिनी की भूमिका निभाऊँगी। बेटी ने फिर पूछा कि बिनोदिनी ने ख्याति के शीर्ष पर रहते हुए ही नाटक क्यों छोड़ दिया? बुद्धू! इक्कीसवीं शताब्दी की बेटी की तरह ही वह बातें कर रही थी। बिलकुल सही। उसने पाँच साल पहले तेरहवीं पार की। अभी बच्ची है। उसे परीक्षा के समय तो अभी भात मुँह में खिलाना पड़ता है। भूख लगने के पहले ही खाना आगे रहता है। खाने के बाद थाली वग़ैरह

हमीं लोगों को हटाना पड़ता है—ठीक उसकी उम्र के सभी बच्चे-बच्चियों की तरह ही।...माँ-भाई-बहू को अपने दोनों वक़्त के खाने का जुगाड़ करने के लिए उन्हें घर से निकलना नहीं पड़ा। रोज़गार उन्हें बिनोदिनी की तरह नहीं करना पड़ा। एक पूर्णांग औरत बनने के पहले ही बिनोद की देह बेचकर पैसा कमाने का रोज़गार शुरू हो गया। इच्छा के विरुद्ध जाकर इस तरह से पैसा उपार्जन करना और थककर देह का टूटकर चूर-चूर हो जाना। इसीलिए तो खुली हवा में साँस लेने के लिए उनका थियेटर में आना हुआ। यहाँ भी कठोर परिश्रम। सुन-सुनकर पाठ कंठस्थ करना। कुछ-कुछ पढ़ाई-लिखाई बंगला और अंग्रेज़ी में करना। शेक्सपियर, वायरन, मिल्टन, कालिदास इत्यादि को पढ़ना और उन विषयों की चर्चा करना। आज के कितने रंगकर्मी उस तरह से चर्चा-आलोचना करते हैं? करते भी हैं या नहीं, पता नहीं! हर समय संगीत-नृत्य, पोशाक, मेकअप, इत्यादि विषयों पर चर्चा। हम लोगों की तरह, जो फुलटाइम थियेटर कर्मी हैं, ठीक उन्हीं की तरह जीवन-यात्रा है न?... शायद नहीं, रिहर्सल या शो समाप्ति के बाद उनके लिए किसी की फीटन गाड़ी आएगी और बिनोदिनी किसी बाबू की बागान बाड़ी की ओर चल देगी। मैं अठारह साल की लाड़ली बेटी को इस ज़िन्दगी को समझाते ख़ुद ही रोज़-रोज़ शिक्षित होती जा रही हूँ।

बिनोदिनी की आत्मकथा 'मेरी बात' तो पढ़ ही ली, उसके साथ गिरीश घोष और उनके लिखे हुए नाटक भी पढ़ लिये। उन्नीसवीं शताब्दी के रंग रंगालय को लेकर विभिन्न प्रतिवेदना के साथ बिनोदिनी के चरित्र में थोड़ी-थोड़ी मिट्‍टी और रंग लगाना शुरू कर दिया। बालवनिता से 'फोल्वार ऑफ़ द नेटिव स्टेज' ख़िताब पानेवाली और ख्याति के शीर्ष पर रहते हुए रंगमंच को अलविदा कहने वाली बिनोदिनी। थियेटर को छोड़ देना और उसी थियेटर में छद्‌म वेश में जाकर थियेटर देखना। ओह! अनपढ़ बिनोदिनी ने ख़ुद को शिक्षित कर जो एक्टविस्ट आत्मजीवनी लिखी, उसी आत्मजीवनी को एक घंटा बीस मिनट में दिखाना होगा। चरित्र की मनःस्थिति... मऩस्ताविक...मनस्ताप का विश्लेषण करते हुए संवाद एवं मूवमेंट तैयार करने लगी। आशीष अभिनेताओं को पुतलों की तरह नहीं, एक मनुष्य के हिसाब से विवेचना करते हैं। इसी वजह अभिनेताओं को यहाँ और मेहनत की ज़रूरत पड़ती है। इसलिए हम सभी सुबह से ही सेट, लाइट, कास्ट्यूम, मेकअप, रिक्यूजिशन आदि को लेकर चर्चा शुरू कर देते हैं। उसे प्रयोग भी करते और फिर निर्देशक को दिखाते रहते हैं। निर्देशक की कल्पना से मिल जाता तो ठीक है, नहीं तो फिर से तैयारी करो। आशीष बहुत कम प्रॉप्स का व्यवहार करते हैं। इस नाटक के लिए तो सख़्त हिदायत दे दी थी कि जितना कम हो, प्रॉप्स का उपयोग करो। इस नाटक में मेरा तो कोई प्रॉप्स ही नहीं है। कास्ट्यूम रिहर्सल के दौरान मैंने एक चादर के ज़रिये

कुछ भंगिमाएँ रचीं और बिम्बों को तैयार किया। निर्देशक ने एप्रिशिएट किया। इतने अल्प उपादानों में एक समय को पकड़ पूर्णांग नाटक की प्रस्तुति करना, आशीष का यह श्रेष्ठ निर्माण है।

मेरे घर में सिर्फ़ तीन जन, हम तीनों इस प्रस्तुति के साथ जुड़े हुए थे इसलिए बिनोदिनी महीने भर मेरे घर में खाने-पीने, सोने-बैठने में—सभी जगहों में घूमने-फिरने लगी थी। दो अभिनेत्रियों के प्रश्नों के उत्तर देते-देते आशीष की हालत ख़राब थी। यह नाटक में एक और चैलेंज था। माँ—गुरु, संतान—शिष्या के चरित्र को रचने में सहयोग देना। उसके साथ-साथ एक अभिनेत्री के साथ टक्कर देना। एक सूक्ष्म ईर्ष्या का आभास जिस तरह पा रहे आप, मैंने भी पाया। एक स्पर्धा की गंध। इसे छोड़ना था। इसे छोड़ना भी मेरे लिए एक चैलेंज बन गया। मेरे फ्रेंड, फ़िलॉसफ़र, गाइड आशीष ने इस मुक़ाबले में मेरे चैलेंज को हर तरह से सपोर्ट किया। आशीष की सोच और मैनाक की लेखनी में सुस्पष्ट रूप से बिनोदिनी का मानवी रूप रचा-बसा था, लेकिन नाटक का नामकरण नहीं तय हो पा रहा था। इस नाटक का नाम मेरा दिया हुआ है। हाँ, इसमें नाटककार की पूरी सहमति थी।

मैं आभार प्रकट करती हूँ नक्सा के प्रति, आशीष के प्रति, जिन्होंने मुझे वृद्धा बिनोदिनी के चरित्र के लिए चुना। अभी तक इस नाटक के 63 प्रदर्शन कर चुकी हूँ। दूरदर्शन द्वारा भी इस नाटक को दिखाया गया। पश्चिम बंगाल के बाहर भी इसके प्रदर्शन हो चुके हैं, जिसमें राजस्थान, असम, त्रिपुरा और भारतवर्ष के बाहर बांग्लादेश में। सभी जगहों पर इस नाटक को प्रशंसा मिली। जब यह नाटक तैयार हो रहा था तब एक सृष्टि रचने का आनन्द पा रही थी। युक्ति-विवेचना के साथ-साथ एक आवेग भी था। आज जब उस समय और काम को देखती हूँ, विश्लेषण करती हूँ, तब सोचती हूँ कि सच में क्या न्याय और निरपेक्षता की कसौटी पर सही ठहर पा रही हूँ?

माँ, आपके वचन को देश-विदेशों के मंचों पर लोगों का भरपूर प्यार मिला। डरती हूँ कि आपकी बातें लिखते हुए आपके प्रति कोई अविचार न कर बैठूँ! माँ, एक अकिंचन अभिनेत्री की अक्षमता को छुपाने के लिए अपना हाथ बढ़ा देना।

बंगला से अनुवाद : *जितेन्द्र सिंह*

पुंज प्रकाश

पुंज प्रकाश को रंगमंच की दुनिया में अपनी जनपक्षधरता के लिए जाना जाता है। पटना के सुपरिचित नाट्य-समूह 'दस्तक' के संस्थापक सदस्य रहे हैं। मगध विश्वविद्यालय से इतिहास का अध्ययन करने के अलावा इन्होंने राष्ट्रीय नाट्य विद्यालय, दिल्ली से रंगमंच की शिक्षा प्राप्त की। राष्ट्रीय नाट्य विद्यालय के रंगमंडल में बतौर अभिनेता 2007 से 2012 तक जुड़े रहे। अभिनेता, निर्देशक और प्रकाश-परिकल्पक के रूप में सक्रियता के अलावा रंग-प्रशिक्षक के रूप में देश के विभिन्न क्षेत्रों में अपनी उपस्थिति के लिए भी इन्हें जाना जाता है। 'एक और दुर्घटना', 'मरणोपरान्त', 'एक था गधा', 'अन्धेर नगरी', 'रामसजीवन की प्रेमकथा', 'पाल गोमरा का स्कूटर', 'आषाढ़ का एक दिन', 'जामुन का पेड़' आदि कई नाटकों के निर्देशन के साथ-साथ पुंज प्रकाश ने कई नाटकों की रचना भी की है।

नटमेठिया : नटमेठिया के नट

राष्ट्रीय नाट्य विद्यालय रंगमंडल से कार्य-मुक्त होने के पश्चात् मैं कुछ दिन पूरी तरह से विश्राम की मुद्रा में था। बस, लिखने-पढ़ने का कुछ काम चल रहा था कि एक दिन रणधीर कुमार का फ़ोन आया कि क्या भिखारी ठाकुर के जीवन-संघर्षों और रचनाकर्म पर तुम एक नाटक लिख सकते हो? तत्काल कुछ कहना सम्भव नहीं था, क्योंकि जीवनीपरक नाटक लिखना किसी तेज़ धार चाक़ू पर चलने के समान है और फिर भिखारी ठाकुर जैसा व्यक्तित्व! आप कितनी भी सतर्कता बरतें, धार कहीं न कहीं घाव करेगा ही। इसलिए कोई भी जवाब देने से पहले थोड़ा वक़्त माँगा और भिखारी ठाकुर रचनावली, संजीव का उपन्यास 'सूत्रधार', हृषीकेश सुलभ का नाटक 'बटोही', मधुकर सिंह का नाटक 'क़ुतुब बाज़ार' के साथ ही जगदीशचन्द्र माथुर, तैयब हुसैन 'पीड़ित', नारायण भक्त, विद्याभूषण, डॉ. बालेंदु शेखर तिवारी, उमापति पांडेय, अंकुश्री, डॉ सिद्धेश्वर, चन्द्रशेखर, ब्रज कुमार पांडेय, प्रोफ़ेसर रामसुहाग सिंह, जख्मी कांत 'निराला', गजेन्द्र नारायण सिंह, उर्मिल कुमार थापियाल, सुभाषचन्द्र कुशवाहा, केदारनाथ सिंह, निराला, रघुवंश नारायण सिंह, मुन्ना कुमार पांडेय आदि के आलेखों और रिसर्च का बड़े ध्यान से अध्ययन के बाद मेरे भीतर इस विश्वास का आगमन हुआ कि भिखारी ठाकुर के रचनाकर्म और संघर्षों को लेकर नाटक लिखा जा सकता है किन्तु उसके केन्द्र में उसके अलावा क्या होगा, यह बात अभी तय होना बाक़ी थी। नाटक और डाक्यूमेंट्री दो अलग विधा हैं इसलिए नाटक में क्या होना चाहिए, क्या नहीं—इस बात को लेकर लम्बी-लम्बी बातों का सिलसिला शुरू हो गया।

सभी विधाओं की अपनी-अपनी अहम् विशेषताएँ हैं और यह क़तई ज़रूरी नहीं कि ये विशेषताएँ एक-दूसरे के सहायक ही हों! पाठ के लिए रचित रचनाओं को प्रदर्शनकारी कला नाटक में रूपान्तरित करना निश्चित ही एक चुनौतीपूर्ण कार्य है। नाटक एक सामूहिक विधा है जो नाट्यालेख, निर्देशन, अभिनेताओं के अभिनय,

परिकल्पकों की परिकल्पना और दर्शकों की सामूहिक सहभागिता के द्वारा ही अपनी परिणति तक पहुँचता है; जबकि उपन्यास, कविता, कहानी की रचना की प्रवृत्ति अमूमन व्यक्तिगत होती है। इसलिए रूप के इस रूपान्तरण को एकल से सामूहिक होने की प्रक्रिया भी कह सकते हैं।

नाटक की समयावधि अमूमन निश्चित होती है इसलिए साहित्यिक कृतियों में से क्या रखें, क्या छोड़ें, कौन-सी चीज़ कहाँ जोड़ें, कहाँ कम करें और किस बात का किस रूप में रूपान्तरण करें आदि महत्त्वपूर्ण बातों से साक्षात्कार होना स्वाभाविक ही है। प्रमुख लेखकों और उनकी प्रतिनिधि कृतियों के साथ तो ख़तरा और भी बढ़ जाता है क्योंकि लोग भक्ति की हद तक इनके प्यार में डूबे होते हैं। इन कृतियों में किसी भी तरह का बदलाव अमूमन उन्हें सहजतापूर्वक ग्राह्य नहीं होता; जबकि नाट्यकला को अच्छे से समझनेवाला व्यक्ति यह भली-भाँति जानता है कि लिखे हुए शब्द अभिनेताओं, निर्देशकों, परिकल्पकों आदि के माध्यम से ही मंच पर अपनी जीवन्तता प्राप्त करते हैं और इस प्रक्रिया में कई बार शब्दों और घटनाओं के भावार्थ बदल भी सकते हैं, बल्कि बदलते ही हैं और कई बार बातें रूप, भाव, बिम्ब और प्रतीकों के माध्यम से भी प्रकट होती हैं। वैसे भी रंगमंच किसी भी चीज़ की अपनी एक सामूहिक व्याख्या को प्रस्तुत करने का माध्यम है। तभी तो कहा जाता है कि रंगमंच में यथार्थ जगत महत्त्वपूर्ण हैं लेकिन रंगमंच केवल यथार्थ जगत के बारे में नहीं है।

पाठ्य सामग्री को हम अपनी सुविधानुसार कभी भी, कहीं भी पढ़ सकते हैं, हम पढ़ते हुए कहीं भी पन्ना बन्द या पलट सकते हैं, रुककर सोच सकते हैं, सोचते हुए रुक सकते हैं, पीछे जा सकते हैं, आगे बढ़ सकते हैं किन्तु नाट्य-प्रदर्शन की प्रवृत्ति थोड़ी अलग होती है; नाट्यकला अपने दर्शकों को यह सुविधा नहीं देती। यहाँ सबको एक ही समय में, एक ही बार में देखना, सुनना, सोचना, समझना आदि पड़ता है। मतलब कि यहाँ हर बात जीवन्त और वर्तमान समय में घटित और उद्घाटित हो रही होती है। हम इसे नाट्यकला की ताक़त कहें या कमज़ोरी, किन्तु यह एक समय में, एक ख़ास निश्चित स्थान पर ही खेला और देखा जाता है और इसमें एक बार बीत गया वक़्त कभी वापस नहीं आता। यह फिर नाट्य-रूपान्तरण करनेवाला व्यक्ति नाट्यविधा के व्यावहारिक पहलुओं से जितनी अच्छी तरह से वाक़िफ़ होगा, रचना के उतनी ही ज़्यादा प्राणवान होने की सम्भावना बन जाती है। इन सबके बाद भी एक रचनाकार अपनी कला और कृति से कभी भी पूर्णतः सन्तुष्ट नहीं होता।

यह विचार दिमाग़ में घुमड़ रहा था, इधर यह भी तय हुआ कि नाटक संगीतमय होगा और हम भिखारी ठाकुर को एक आम रंगकर्मी की तरह ही देखने की चेष्टा करेंगे, पहले ही दृश्य से महान कलाकार के रूप में नहीं। इसमें जातीय संघर्ष, नाट्यकला के सिद्धान्त, चुनौतियाँ और सामाजिक सन्दर्भ को समाहित करने का भी

प्रयास किया जाएगा। एक ही नाटक में सबकुछ कह देना सम्भव और उचित नहीं इसलिए हम इसमें भिखारी ठाकुर के जन्म से लेकर एक प्रतिबद्ध कलाकार बनने तक की कथा ही कहें तो ठीक है और साथ में जहाँ सम्भव हो, वहाँ अन्य बातों का भी समावेश किया जाए। अब सवाल यह था कि इसे केवल भिखारी ठाकुर के जीवन तक ही सीमित किया जाए या फिर इसे आज के कलाकारों के सवाल और चुनौतियों से भी जोड़ा जाए? क्योंकि समय भले ही बदला हो कलाकारों की दिशा और दशा में कोई ख़ास गुणात्मक परिवर्तन लगभग न के बराबर ही हुआ है। यह एकदम साफ़ था कि केन्द्र में भिखारी ही होंगे तो सबसे पहले यह समझना ज़रूरी था कि मोकाम कुतुबपुर दियर, पोस्ट कोटवा पट्टी रामपुर, छपरा, ज़िला सारन के भिखारी ठाकुर आख़िर थे कौन?

तभी पता चला कि मेरे गाँव में भी भिखारी ठाकुर अपने नाटकों की प्रस्तुति कर चुके हैं। तो गाँव के कुछ बड़े बुज़ुर्गों से बातचीत कर उनके नाटकों और व्यक्तित्व के बारे में जानकारी प्राप्त करने का प्रयास किया। फिर कई सूत्र और भी मिले जिनसे बात करके कुछ महत्त्वपूर्ण जानकारी प्राप्त हुई। भिखारी ठाकुर के जीवन और रचनाओं पर तुलसीदास कृत 'रामचरितमानस' का बड़ा प्रभाव था इसलिए इस ग्रंथ को भी पढ़ा। इंटरनेट के सहारे भी बहुत-सी जानकारी मिली किन्तु एक अनमोल ख़ज़ाना जो हाथ लगा, वह था भिखारी ठाकुर की आवाज़ में उन्हीं के नाटक 'बिदेसिया' का गीत—'डगरिया जोहत ना'। बुढ़ापे में भी आवाज़ की खनक सुनकर उनकी बहुमुखी प्रतिभा का सहज ही अनुमान लगाया जा सकता है। फिर बिहार के सांस्कृतिक, सामाजिक, आर्थिक और राजनीतिक इतिहास की भी पड़ताल ज़रूरी थी। बचपन में रात-रात भर जागकर देखे गए नाच-तमाशे और श्री संजय उपाध्याय के साथ कई साल तक भिखारी ठाकुर के प्रसिद्ध नाटक में मेरे द्वारा निभाया गया नायक बिदेसी का अनुभव भी काम आ ही रहा था। ठीक उसी दौरान मैं रौवार्तो क्लासो की पुस्तक भी पढ़ रहा था तो कुछ प्रभाव उसका भी था। इसी किताब का प्रभाव था जो इस तरह के संवाद नाटक में समाहित हुए : "ब्राह्मण वह है जो ज्ञानी हो और स्वयं अपनी काया गलाकार सन्तुष्ट रहे। यहाँ तो ज्ञानी-पंडित भी जात देखकर बात करता है।"

इतना सबकुछ हो जाने के बाद मन में एक सवाल बहुत प्रखरता से कौंध रहा था कि हमारा भिखारी ठाकुर का स्वरूप क्या होगा? यदि वह अब तक के अन्य लेखन से इतर न हुआ तो फिर इसकी ज़रूरत ही क्या है? दो नाटक तो लिखे ही गए हैं उनके ऊपर, फिर एक और नाटक की ज़रूरत ही क्या है? लेकिन सवाल यह भी था कि मात्र अलग करने के चक्कर में ही अलग किया गया तो वह मात्र एक शैलीगत अभ्यास होता, सार्थक नहीं। यह चिन्तन मन में चल रहा था। निर्देशक और मैं लगभग रोज़ घंटों इस मुद्दे पर फ़ोन से बातचीत करते। इसी क्रम में यह

समझ में आया कि हम कथावाचन शैली में काम करेंगे और हम भिखारी ठाकुर ऐसा रंगकर्मी के रूप में उपस्थित होंगे, जिन्होंने तमाम संकटों, चुनौतियों, जातिगत संघर्षों आदि को पार करते हुए पूर्णत: देसज अन्दाज़ में रंगकर्म को एक नया आयाम प्रदान किया। यह भी समझ में आया कि जो काम बड़े-बड़े आधुनिक भरतमुनि नहीं कर पाए, वह काम अपने समय में अनपढ़ माने जानेवाले भिखारी ठाकुर ने कर दिखाया। बिना समझौते और किसी प्रकार के अनुदान के बिना सालों भर चलनेवाले एक व्यावसायिक और निरन्तर काम करनेवाले रंगमंडल की स्थापना की। अपने नाटक लेकर जगह-जगह घूमे और अपने सार्थक और समसामयिक नाटकों के माध्यम से नाम और दाम कमाया। नाटक में एक जगह भिखारी कहते हैं : "ख़ाली लगन भर कमाए से साल भर का खर्ची नहीं निकलेगा और जब नाच का धन्धा कर लिया तो ख़ाली लगन ही काहे, साल भर कमाय के हिसाब बनावल जाओ।"

अब सबसे पहले यह तय होना था कि नाटक की भाषा क्या हो—तथाकथित बिहारी हिन्दी, भोजपुरी या कुछ और? उक्त विषय पर विमर्श करने के पश्चात् यह तय हुआ कि इस नाटक को व्यापक दर्शक वर्ग के लिए तैयार किया जाना है और ज़्यादातर वाचिक ही रहना है इसलिए इसकी भाषा ऐसी रखी जाए जो व्यापक दर्शक वर्ग के समझ में आए। हालाँकि इस बात का ख़तरा था कि एक भोजपुरिया पात्र जब शुद्ध हिन्दी में संवाद अदायगी करेगा तो उसे लोग सहजता से स्वीकार करेंगे या नहीं, क्योंकि भिखारी ठाकुर की एक ख़ास पहचान भाषाई नायक के स्तर पर भी है। किन्तु यह सत्य ही है कि जब तक नाटक दर्शकों के समक्ष प्रदर्शित नहीं हो जाता, तब तक हम दावे से कुछ नहीं कह सकते कि क्या स्वीकार किया जाएगा और क्या नहीं। फिर अभिव्यक्ति के ख़तरे उठाने से कोई बचे भी तो क्यों बचे? इसी दौरान निर्देशक ने यह भी बताया कि यह उसका 'ड्रीम प्रोजेक्ट' है। मुझे काटो तो ख़ून नहीं। एक तो भिखारी ठाकुर जैसा प्रसिद्ध कलाकार और उनका व्यापक फ़लक और ऊपर से निर्देशक का ड्रीम प्रोजेक्ट, अब लिखूँ तो क्या लिखूँ? वैसे सच है कि वह भय ही है जो हमें चुनौती देता है। इससे डर गए तो मात। और लगन, सार्थकता, सकारात्मक और सृजनात्मक ऊर्जा से जुट गए तो कुछ न कुछ अच्छा तो हो ही जाएगा। चिन्तन की प्रक्रिया में एक बात तो साफ़ हो गई कि मुझे भिखारी ठाकुर के माध्यम से तुलसीदास से लेकर कबीर के मार्फ़त आज के रंगमंच तक की भी यात्रा करनी है और दूसरी यह कि भिखारी ठाकुर के जीवन में घटित प्रमुख घटनाओं के माध्यम से सदियों से व्याप्त वर्ग, वर्ण और संस्कृति-कर्म पर टिप्पणी भी करनी है। भिखारी ठाकुर अपने नाटकों को नाच नहीं बल्कि तमाशा कहते हैं, किन्तु नाच उनके तमाशे का प्रमुख श्रृंगार था, इसे भी परिभाषित करना था।

नाटक में एक स्थान पर नाच को परिभाषित करते हुए भिखारी ठाकुर कहते हैं : "यह देह एक बागीचा है जिसमें तन-मन और आत्मा का वास होता है। नाच

केवल तन नहीं बल्कि मन और आत्मा की चीज़ है। जब हम नाचते हैं तो पूरी देह नाचती है। सभी कुछ ताल में। एक ताल समाजी का, मतलब बजवैया का ढोलक, झाल और सारंगी और दूसरा ताल हमारे देह से निकलता है। कलाकार का ताल-लय, गीत-संगीत सब आत्मा से निकलना चाहिए तभी रस पैदा होगा, नहीं तो सबकुछ ऊपर ही ऊपर रह जाएगा। जब देह, मन और आत्मा एकाकार हो जाता है तब आगे, पीछे, ऊपर, नीचे, दीन, दुनिया का अस्तित्व ख़त्म हो जाता है और कला अपने पूरे कलात्मक स्वरूप से ओतप्रोत हो निराकार और ऊर्जावान रूप धारण कर लेती है।"

कहने की ज़रूरत नहीं कि यहाँ जानबूझकर नाट्यशास्त्र का सात्त्विक अभिनय और स्तानिस्लावासकी के अभिनय सिद्धान्तों का समावेश किया गया है। भिखारी ठाकुर ने भले ही कोई नाट्य-सिद्धान्त नहीं लिखा किन्तु यह स्वीकार नहीं किया जा सकता कि उनके मन में इस प्रकार के विचार नहीं चले होंगे। वैसे भी नाट्य-रचना में काल्पनिकता का समावेश न हो तो फिर रचना का आनन्द ख़त्म हो जाता है। इतिहास लेखन और वृत्तचित्र से नाटक एक अलग विधा है।

हमें एक ऐसे कलात्मक चरित्र की रचना करनी थी जो सामाजिक ताने-बाने में जाति के आधार पर कर्म निर्धारण को चुनौती पेश करे और मनमाफ़िक़ काम को करने की चुनौती स्वीकार करे। मैंनें ख़ुद से सवाल किया कि हमने रंगमंच जैसी लगभग अस्वीकृत और चुनौतीपूर्ण विधा का चयन क्यों किया? जो जवाब मिला, उसे भिखारी ठाकुर के मार्फ़त कुछ ऐसे कहलवाया : "काम ऐसा हो जिसमें मन लगे। और मन ऐसा हो, जो मनमाफ़िक़ काम करने को बेचैन रहे। मनमाफ़िक़ काम का स्वाद एक बार मिल जाए, तो कहीं और मन कहाँ लगता है? तब क्या किया जाए—नाच? लोग क्या कहेंगे! मन में बहुत सारे ख़याल उठ रहे हैं। थोड़ा उजाला और ढेर सारा अँधेरा। क्या करें, कैसे करें?"

मन में बहुत सारी बातों का भंडारण हो चुका था और सूत्र मिल चुका था तो आख़िरकार ए फोर साइज़ के चौरासी पन्ने में नाटक का पहला ड्राफ़्ट तैयार हुआ। इस ड्राफ़्ट में ढेर सारे दृश्य थे, अन्धकार और उजाले के साथ। यह निश्चित रूप से बहुत ही प्राथमिक स्तर का आलेख था जिसे निर्देशक ने बड़े ही ग़ौर और धैर्य के साथ पढ़ा होगा और पहली प्रतिक्रिया दी कि नाटक में फ़ेड आउट, फ़ेड इन बहुत ज़्यादा है। फिर हम फ़ोन पर एक-एक सीन पर घंटों बात करते रहे। आख़िरकार कुछ दिन बाद दूसरा ड्राफ़्ट भेजा जो इकहत्तर पन्ने का था। इस ड्राफ़्ट के भेजने के कई दिनों तक कोई फ़ोन नहीं आया। इधर वह अभिनेताओं के साथ भिखारी ठाकुर से जुड़ी चीज़ों के अध्ययन की प्रक्रिया भी शुरू कर चुका था। मैं भी इस संकोच से फ़ोन नहीं कर रहा था कि शायद नाटक पसन्द नहीं आया। अचानक एक दिन उसका फ़ोन आया जिसका लब्बोलुआब यह कि "कई बार नाट्यालेख

पढ़ने के पश्चात् राय यह है कि एक मुकम्मल नाटक तैयार करने के लिए बहुत सारा कच्चा माल उपलब्ध है इस आलेख में, तो अब इस आलेख के सहारे काम शुरू किया जा सकता है। लेकिन नाटक बहुत बड़ा है लगभग पाँच घंटे का। हमें ज़्यादा-से-ज़्यादा डेढ़ घंटे का नाटक बनाना है।" वैसे यह पहले से ही तय था कि नाटक का अन्तिम आलेख अभिनेताओं के साथ काम करते हुए ही बनाना है। तो आलेख के साथ अभिनेताओं ने प्रयोग शुरू किया और मैं एक थियेटर वर्कशॉप के लिए डोंगरगढ़ (छत्तीसगढ़) चला गया। अब समस्या यह कि नाटक का नाम क्या रखा जाए? मैंने भिखारी ठाकुर, नटयोगी, नटनायक, दलनायक, खेला, रंगमहल, नाच, तमाशा, मंडली, नाचलोक, समाजी, सवैय्या, नेवता, संवदिया, सट्टा आदि नाम सुझाए किन्तु कोई भी नाम उसे जँच नहीं रहा था। हर नाम पर ख़ूब चर्चा ज़रूर हुई। बाद में पता चला कि नाम की तलाश में कई अन्य लोग भी लगे थे। इसको लेकर मेरा मानना था कि नाम ऐसा हो जिसे सुनते ही पता चल जाए कि यह भिखारी ठाकुर के बारे में है लेकिन निर्देशक का मत था कि नहीं, हम ऐसा कुछ नहीं करना चाहते जिससे दर्शक किसी भी प्रकार के पूर्वग्रह से ग्रसित होकर नाट्य प्रदर्शन देखने आएँ। मैं उसके इस तर्क से सहमत नहीं था। वैसे पूरी रचना-प्रक्रिया में हम दोनों एक-दूसरे से रचनात्मक स्तर पर सहमत-असहमत होते रहे। यह सहमति-असहमति नाटक के पहले भी थी और आज भी है। आज भी नाटक में कुछ चीज़ें मुझे पसन्द नहीं, तो कुछ उसे। बहरहाल, मैंने कहा, तुम्हें जो नाम पसन्द है, रख लो। कुछ दिन के बाद उसने पूछा कि नटमेठिया नाम कैसा रहेगा? मैंने कहा, ठीक है, अगर तुम्हें उचित लग रहा है तो। नट माने अभिनेता और मेठिया मेठ से बना है अर्थात नेतृत्वकर्ता। भिखारी ठाकुर नायक ही तो थे—नटों के नायक।

बहरहाल, कार्यशाला ख़त्म कर मैं पटना पहुँचा और कुछ दृश्य इधर-उधर, कुछ नये संवाद जोड़कर, कुछ घटाकर नाटक को एक रूप देने का कार्य सामूहिक रूप से शुरू हुआ। आज इस नाटक के बारे में विश्वास से यही कह सकता हूँ कि यह एक जीवनीपरक नाटक है जिसके केन्द्र में हैं लेखक, कवि, अभिनेता, निर्देशक, गायक, रंग-प्रशिक्षक भिखारी ठाकुर और भारतीय समाज की जटिल वर्गीय व जातीय बुनावट तो है लेकिन यह नाटक जितना सच है, उतना ही काल्पनिक भी। वैसे भी हम एक नाटक रच रहे थे, इतिहास की पुस्तक नहीं। यह जितना भिखारी ठाकुर के बारे में है, उतना ही उनसे इतर भी है। भिखारी ठाकुर की संघर्षशील जीवनयात्रा का काल 1887 से 1971 है यानी ब्रिटिश राज से लेकर आज़ाद भारत और भारत निर्माण तक का काल। यह वही समय है जिसमें दुनिया में क्रांतियों व विश्वयुद्धों का दौर चलता है, भारतीय स्वतंत्रता संग्राम अपने चरमोत्कर्ष पर पहुँचता है और भारत एक आज़ाद देश घोषित होता है। वैश्विक धरातल पर तेज़ी से घटित होता यह तमाम सामाजिक-राजनीतिक परिघटनाएँ इस नाटक के विषयवस्तु को प्रत्यक्ष

व परोक्ष रूप से प्रभावित करती हैं और कहीं-कहीं तो सीधे विषयवस्तु ही बन जाती हैं। फिर उनके नाटकों के कथ्य भी इस नाटक में समाहित हो रहे थे। रंगमंच हमें यह सुविधा प्रदान करता है कि हम एक वाक्य में पूरा एक युग प्रदर्शित कर सकें।

भिखारी के कलाकर्म में नाच जैसी मनमोहक और विशुद्ध मनोरंजन मात्र के रूप में लोकप्रिय विधा भी है जिसे परिष्कृत और कलात्मक बनाकर आज के आम आदमी के दु:ख-दर्द को अभिव्यक्त करने का माध्यम के रूप में प्रस्तुत करने की छटपटाहट भिखारी ठाकुर के अन्दर साफ़-साफ़ महसूस किया जा सकता है; जिसमें एक तरफ़ सामाजिक संघर्ष है तो दूसरी तरफ़ एक कलाकार के अपने अन्तर्जगत का संसार। कहीं परम्परा का निर्वाह है तो कहीं उसके घुटन भरे ताने-बाने से निकलने की छटपटाहट भी। फिर दलित, स्त्री व रंगमंचीय विमर्श भी तो है, जिसमें उनके संघर्ष के साथ ही साथ भारतीय वर्ग-वर्ण व्यवस्था का सजीव, रोचक व क्रूर चित्रण भी सामने आता है।

एक ऐसे समाज में जहाँ पर्व-त्योहारों व कर्म-कांडों आदि के अलावा नाचना-गाना शूद्रों का पेशा माना जाता है और 'नाटक/नौटंकी मत करो' जैसे वाक्य लगभग गाली के रूप में इस्तेमाल होते हैं, वहाँ समाज में व्याप्त कुरीतियों के ख़िलाफ़ जब कोई कलाकार पारम्परिक, कलात्मक व सामाजिक तौर-तरीक़ों, प्रतीकों का इस्तेमाल सुधारवादी चिन्तन के लिए करता है तो उसे लोकप्रियता के साथ ही साथ कला और समाज के विचारों के अन्तर्द्वन्द्व का भी सामना करना पड़ता है। इस द्वन्द्व के सार्थक इस्तेमाल से ही तो कला और समाज, दोनों में निखार आता है और मानवीय संवेदनाएँ, वर्जनाओं और कर्मकांडों से ऊपर उठकर और ज़्यादा मानवीय होने की दिशा में अग्रसर होती हैं। तमाम वर्गों, वर्णों, जातियों, समुदायों में विभाजित, सामंती और उपभोक्तावादी मानसिकता से ग्रसित समाज में कला, कलाकार, वर्ग और समाज का संघर्ष पुराना है। तिथियाँ बदली हैं, परिस्थितियाँ बदली हैं, स्वरूप बदला है, तरीक़ा बदला है किन्तु यह संघर्ष आज भी समाप्त नहीं हुआ है। नाटक भिखारी ठाकुर के माध्यम से कला-कलाकार व समाज के बीच व्याप्त इसी द्वन्द्व व संघर्ष की एक व्यावहारिक गाथा प्रस्तुत करने का भी प्रयास है।

इस नाटक की रचना-प्रक्रिया में निर्देशक रणधीर कुमार के अलावा सुनील बिहारी, मनीष महिवाल, अजित कुमार, बुल्लू कुमार, आशुतोष अभिज्ञ, रवि महादेवन, शिल्पा भारती, आकाश कुमार, रवि कौशिक, निखिल और आकाश आदि अभिनेताओं तथा भूपेंद्र कुमार, मार्कंडेय पांडेय, आदित्य गुंजन आदि पार्श्वकर्मियों ने बराबर की भागेदारी की है। पटना की भीषण उमस वाली गर्मी में इस नाटक के एक-एक दृश्य को रचने, सजाने-सँवारने में उन्होंने जम के अपना पसीना बहाया है। नाटक का संगीत तैयार करने की ज़िम्मेदारी मार्कंडेय पांडेय के ऊपर थी और ताल पर उनका साथ दे रहे थे आदित्य गुंजन। हम सब बहुत पहले से ही

एक-दूसरे से अच्छी तरह से परिचित और लगभग एक ही पीढ़ी के लोग हैं तो तालमेल बैठाने में कोई ज़्यादा दिक़्क़त नहीं हुई। हम एक साथ एक-दूसरे से चीज़ें सीख रहे थे, अपना सुर, ताल और लय ठीक कर रहे थे और नाटक में वर्णित स्थिति और परिस्थिति को विमर्श करके समझ रहे थे, साथ ही एक-दूसरे की सलाह को बड़े ग़ौर से सुन रहे थे। इस प्रकार एक बड़ा ही ख़ूबसूरत सामूहिक रचना संसार उद्घाटित हो रहा था। उसी दौरान यह भी तय हुआ कि चूँकि भिखारी अलग-अलग दृश्य में अलग-अलग आयुवर्ग के साथ मंच पर उपस्थित हो रहे हैं तो क्यों न इस एक भूमिका को अलग-अलग दृश्य में अलग-अलग अभिनेता अभिनीत करें? यह विचार सबको पसन्द आया और फिर सब इसे कार्यान्वयन करने में जुट गए। हर दृश्य में अभिनेता का चरित्र बदल जा रहा था और यह एक मज़ेदार प्रक्रिया के साथ ही साथ एक नई चुनौती भी प्रस्तुत कर रही थी, फिर अभिनेता का चरित्र और व्याख्याकार के साथ ही साथ नाटक में वर्णित स्थिति और परिस्थिति से जुड़ाव, बिलगाव और अलगाव का अद्भुत खेल भी शुरू हो गया था, और धीरे-धीरे हमें इस नये प्रकार के आस्वादन में आनन्द भी आने लगा था। बस, ध्यान इस बात की ओर बड़ी ही पैनी थी कि जो कुछ भी मंच पर आए, उसका अर्थ स्पष्ट हो, न कि केवल एक बौद्धिक क़वायद और प्रयोगात्मक अभ्यास बनकर रह जाए।

नाटक की शुरुआत में मंच पर हल्के प्रकाश में एक ख़ाली माइक रखा हुआ रहता था जहाँ आकर एक अभिनेता उद्घोषणा करता था और फिर वह एक निर्गुण गाता है और उसके पश्चात् नाटक शुरू होता है। सूत्रधार अभिनन्दन के बाद बोलता था : "मित्रो, कहावत बड़ी मशहूर है कि यही मुँह पान खिलवाता है और यही मुँह जूता भी खिलवाता है।" इसके बाद बहुत सारे कथन और आते थे। उससे पहले यानी दर्शकों के सभागार में प्रवेश करने के क्रम में हल्के-हल्के तराबानो फ़ैजाबादी की आवाज़ में उनका प्रसिद्ध ग़ज़ल बजता था—दोस्तो, इस ज़माने को क्या हो गया! उसके बाद शुरू होता था :

खोता ह सरीर आत्मा ह गौरैया
फुर्र देना उड़ जाई पोसल चिरैया

कबीर का यह भोजपुरिया निर्गुण भोजपुरी के प्रसिद्ध गायक भरत शर्मा ने बड़े ही मनोयोग से गाया है, हम उसी को थोड़ा-बहुत बदलाव के साथ इस नाटक में जोड़ रहे थे। वैसे भी नाटक में संगीत के लिए जगह इस सोच के तहत छोड़ा गया था कि जहाँ सबको उचित लगेगा वहाँ हम सब मिल-जुलकर गाने को समाहित करेंगे। पहले तय हुआ कि इस गीत को एक ही अभिनेता अच्छे से प्रस्तुत करेगा लेकिन अब जिस अभिनेता को यह गाना था, वह एक स्थान पर बार-बार ताल से कट जाता था। हमने उसे ठीक करने का बहुत प्रयत्न किया। कई बार वह एकदम सही गा लेता लेकिन

कई बार मामला अटक जाता था। कई दिन तक निरन्तर प्रयास करने के पश्चात् तय हुआ कि इसे ऐसे नहीं छोड़ा जा सकता है, कोई न कोई रास्ता तो तलाशना ही होगा। यह नाटक की शुरुआत है और नाटक के केन्द्र में भिखारी ठाकुर हैं, तो इसके संगीत के साथ समझौतावादी नज़रिया उचित नहीं होगा। वैसे समझौतावादी नज़रिया तो कला का दुश्मन है ही। आख़िरकार उसमें समूह स्वर को समाहित किया गया। लोकसंगीत में सामूहिकता का अपना एक अद्भुत महत्त्व है। हमारा मुख्य गायक आगे मंच पर गाता था और बाक़ी समूह मंच पार्श्व में से गाने में साथ देता था। मैं अब एक नाटककार के साथ ही साथ अभिनेताओं के मार्गदर्शक की भूमिका भी निभा रहा था। यह मेरा सबसे पसन्दीदा काम भी है। बहरहाल, यह गाना ठीक ही गाया। बाक़ी के गीतों के लिए हमारे पास भिखारी ठाकुर का अपार गीत-संगीत का सागर था ही और धुनें भी परिचित थीं, बस, हमें उचित स्थान पर उचित गीत का चयन करना था।

नाटक बनाने के क्रम में निर्देशक और अभिनेताओं के साथ लम्बी-लम्बी चर्चा चलती और वे चर्चाएँ बड़ी तीखी और एकदम खरी भी थीं। इसी क्रम में यह तय हुआ कि नाटक में भिखारी ठाकुर के नाटक की झलक एकदम आख़िर में आएगी और हम लौंडा नाच में नाटक को समाप्त करेंगे। जो लोग भी भिखारी ठाकुर के काम से परिचित हैं, उन्हें यह मालूम है कि उन्होंने अपने काम में लौंडा नाच को बड़े ही कुशलतापूर्वक न केवल समाहित किया बल्कि उसे अर्थवान और परिष्कृत करने का काम भी किया। वह काम कितना हो पाया और कितना नहीं, लौंडा नाच एक संस्कृति है या विकृति, वह एक अलग विषय है। अब उस दृश्य के लिए गीत की तलाश शुरू हुई लेकिन कोई ढंग का गीत मिल ही नहीं रहा था। आख़िरकार तय हुआ कि यह गीत मैं ख़ुद लिखूँगा। मैं गीतकार नहीं हूँ लेकिन कई बार मौक़ा पड़ने पर और कोई चारा न पाकर लिख लेता हूँ। अब क्या लिखा जाए, कुछ समझ नहीं आ रहा था, तो भिखारी ठाकुर रचनावली को कई दिन तक पलटता रहा कि कहीं कोई सूत्र पकड़ में आ जाए और हुआ भी यही। एक दिन उनके लिखे एक गीत पर नज़र पड़ी और मेरे भीतर गीत लिखने के बीज का बीजारोपण हो गया। इस गीत से ठीक पहले नाटक में ठेठ पारम्परिक वंदना चाहिए था, जिसे आज तक बहुत कम सुना गया हो। बहुत प्रयास करने के बाद भी कुछ पकड़ में आ नहीं रहा था। तभी संगीत निर्देशक मार्कंडेय को बचपन में अपनी दादी के मुँह से सुनी यह वंदना याद हो आई और हमारा काम हो गया :

आनंदी अइहें नाचत अइहें गणपति
भवानी अइहें नाचत अइहें गणपति

राग, पटना के तत्त्वावधान में 8 जुलाई, 2014 को इस नाटक की पहली प्रस्तुति पटना के कालिदास रंगालय में हुई। बाद में कई सारे दृश्य बदले, अभिनेता बदले,

कुछ सुझाव पर दृश्य की परिकल्पना भी बदली, इसकी प्रस्तुति पटना सहित देश के विभिन्न शहरों में हुई। लगातार मंचित होते रहने और उसमें सक्रिय भागीदारी निभाते रहने से एक-एक करके नाट्यालेख की कमज़ोर कड़ियाँ पता चलती गईं, जिसे हम निर्देशक, अभिनेताओं के आपसी सामंजस्य से दूर करते चल रहे हैं। प्रसिद्ध नाटककार दरियो फ़ो ने कहा है कि "एक रंगमंचीय, एक साहित्यिक, एक कलात्मक अभिव्यक्ति जो अपने समय के लिए नहीं बोलती, उसकी कोई प्रासंगिकता नहीं है।" फ़ो के इसी कथन की परिणति है मेरा पूरा रंगकर्म और 'नटमेठिया' नामक यह नाटक भी है। इस नाटक में भिखारी ठाकुर और उन पर लिखी तमाम साहित्यिक कृतियों के माध्यम से हम सब अपने-आपको ही तलाश रहे हैं और यह तलाश आज भी सतत जारी है। नटमेठिया रोज़ नये रूप धरता है, यही उसकी नियति है। उसमें शायद ही कभी पूर्णविराम लगे।

प्रवीण कुमार गुंजन

राष्ट्रीय नाट्य विद्यालय से अभिकल्पन और निर्देशन में विशेषज्ञता के साथ प्रशिक्षित प्रवीण कुमार गुंजन ने आरम्भिक दौर में पटना में रंगकर्म किया और प्रशिक्षण के बाद आजकल अपने गृह जनपद बेगूसराय में रंगकर्म कर रहे हैं। मंच पर नाटक के उपपाठों को आधुनिक भावबोध के साथ रचने के लिए चर्चित रहे हैं। इन्हें निर्देशन के लिए संगीत नाटक अकादमी का 'बिस्मिल्लाह ख़ाँ सम्मान' और 'महिन्द्रा एक्सेलेंस थियेटर अवार्ड' मिल चुका है। 'समझौता' नाटक की विलक्षण प्रस्तुति से ये चर्चा में आए और इस नाटक के देशव्यापी प्रदर्शन हुए। 'अंधायुग', 'राशोमन', 'मैकबेथ', 'हानूश', 'गबरधिंचोर' आदि चर्चित प्रस्तुतियों में अपनी प्रयोगधर्मिता के लिए प्रवीण कुमार गुंजन को व्यापक दर्शक वर्ग और रंग समीक्षकों की प्रशंसा मिली है।

अंधायुग : पीड़ा का प्रतिरोध में रूपान्तरण

अंधायुग अनुभूति की एक व्यापक गहन रेंज है। इसके सम्प्रेषण के लिए मैं तनाव से गुज़रा ज़रूर, पर क्या यह इसीलिए सम्प्रेषित हुई कि मैं तनाव से गुज़रा? नहीं, बल्कि इसलिए कि इसके एक-एक शब्द में, बिम्ब में, वहाँ निश्चित अर्थ को छोड़कर न जाने कितने अर्थ जुड़े हैं। समय के साथ वे अर्थ हर बार बदलते जाते हैं। अपने समय में उसके अर्थों से गुज़रते हुए मैंने पाया कि 'अंधायुग' की प्रस्तुति मेरी रंगमंचीय और सामाजिक अनुभवों के संकलन से निकली अभिव्यक्ति है, जहाँ मैं कई सवालों के साथ हमेशा से खड़ा रहता हूँ।

'अंधायुग' आधुनिक भारतीय रंगमंच की एक महत्त्वपूर्ण और क्लासिक नाट्य कृति है। वैसे तो 'अंधायुग' से मेरा परिचय रंगमंच के आरम्भिक दौर में ही हुआ था, पर असल में 'सर्जक तो सृजन के क्षणों में जूझता है' को चरितार्थ करते हुए 'अंधायुग' की प्रस्तुति प्रक्रिया से गुज़रते हुए विशेष अनुभव किया। 'अंधायुग' को 'महाभारत' पर आधारित रचना न होकर अपने समय व आज के समय से गुज़रते हुए रचना के रूप में मैंने देखा। मानसिक तौर पर पहली शर्त थी कि 'अंधायुग' को पौराणिक परिवेश से काटकर आधुनिक परिवेश में देखें (विशेष कर चरित्रों को)। पर इसकी पौराणिकता व उससे जुड़े सन्दर्भ आपको छोड़ने के लिए तैयार नहीं थे, कि एकाएक कुछ सवालों ने, जैसे धृतराष्ट्र और गांधारी एक साधारण मध्यवर्गीय दम्पती हैं, जिनके बेटे युद्ध में, या कहें कि आज किसी भी तरह के हिंसा में मारे जा रहे हैं। और यहाँ पर कृष्ण नायक या ईश्वर नहीं बल्कि एक शक्तिशाली सत्ता का केन्द्र हैं, ठीक उसी तरह युद्ध को न्यायोचित ठहराते हैं, जैसे कोई शासक रोज़ ऐसा करता रहता है। वह कभी नरसंहार की ज़िम्मेदारी नहीं लेता। इसलिए मेरी प्रस्तुति में कृष्ण की आवाज़ बदली-बदली-सी लगती है।

सभी सन्दर्भों की पड़ताल से गुज़रते हुए प्रस्तुति की प्रासंगिकता की तलाश शुरू होती गई और यहीं से मिथकीय और पौराणिक चरित्रों का सामान्यीकरण होता गया। मूल आलेख में चरित्रों के आन्तरिक पीड़ा की अभिव्यक्ति है, लेकिन प्रस्तुति में रॉक

संगीत और आधुनिक देह गतियों के प्रयोग से इस पीड़ा को प्रतिरोध में बदला गया और इससे फ़ॉर्म भी बदल गया। यहाँ गांधारी की आँखों पर पट्टी न बाँधकर हैट पहनाया गया, जहाँ किचन की चम्मचें (मध्यवर्गीय औरतें) और गांधारी जब धृतराष्ट्र के साथ एकान्त में एक स्टिक (छड़ी) के सहारे अपना दुःख साझा करती हैं, तो ऊपर हथियारों से भरा सिंहासन झूलता रहता है। यह समूचा बिम्ब पूरे 'अंधायुग' को आज के हिंसात्मक समय के साथ जोड़ता जान पड़ा। वहीं दूसरी ओर वीडियो स्क्रीन पर बमवर्षक विमानों की आवाजाही दिखाई गई, जिससे आम लोग दहशत में हैं। यह भौतिक या शारीरिक अंधापन नहीं है, यह हमारे समय द्वारा लादा गया अंधापन है। पूरे दृश्य योजना में इन विजुअलों को सांकेतिक प्रमुखता दी गई।

युद्ध में कौरव सेना में जीवित बचे कृपाचार्य, कृतवर्मा और अश्वत्थामा की वस्त्रसज्जा आधुनिक सन्दर्भ में नक्सली विद्रोहियों जैसी है; अर्थात् पूरी प्रस्तुति को लेकर मेरे मन में एक ऐसा पाठ था जो आज से सन्दर्भित था और 'अंधायुग' के पाठ को आधुनिक मानवीय नियति के सन्दर्भ में देख रहा था, जहाँ एक काली स्याहनुमा चुप्पी थी।

कथा गायन को कोरस मंडली द्वारा इस तरह प्रस्तुत किया गया कि एक रॉक बैंड (प्रतिरोधकता का प्रतीक) ध्वनियों, गायन व शारीरिक भाषा के साथ कथ्य और पात्रों को लोगों के बीच लाकर न दिखने वाला पुल का कार्य कर रहे थे। कोरस मंडली ही कथा का विस्तार व एक-दूसरे दृश्य के साथ संयोजन कर रही थी। कभी-कभी कोरस चरित्रों के प्रतीक के रूप में भी आ रहे थे। फिर एक डर था कि वैसे चरित्र जो हमारे भारतीय दर्शक के मानस पटल पर ज़ोरदार रूप में अंकित हैं, वे क्या इससे अपने-आपको जोड़ पाएँगे? तो मुझे लगा कि फ़ॉर्म और कथ्य एक दूसरे के साथ जाते हैं तो चरित्र की ऐतिहासिकता मायने नहीं रखती। और मेरा पूरा प्रयास फ़ॉर्म और कथ्य की तरफ़ चला गया। अन्ततः कथ्य जितना समकालीन होता गया, फ़ॉर्म भी उतना बदलता गया, और मैं चाहता भी नहीं था कि चरित्र को ऐतिहासिकता के साथ रखूँ। इसके साथ चरित्र भी आज के सन्दर्भ में उपस्थित होता चला गया। यही इस कालजयी रचना की ताक़त भी है—जैसे गांधारी का आक्रोश और शाप भगवान कृष्ण के लिए नहीं, उन शासकों के लिए है जिनकी तानाशाही से विश्व के मानव हिंसा व युद्ध में मरते रहे। गांधारी की आवाज़ों में उन माताओं की आवाज़ शामिल है जिनके बच्चे रोज़ मारे जा रहे हैं।

'अंधायुग' या कोई भी क्लासिक रचना की सार्थकता उसको समय के साथ हासिल करने में ही है। बाहरी दुनिया में जितना शोर है, तोड़-फोड़ है, हर आदमी उसे अपने तरीक़े से सुनता है, रिएक्ट करता है। मैंने भी शब्दों, बिम्बों और क्रियाओं के द्वारा रिएक्ट करने की कोशिश की—जिसमें ध्वनियाँ, रॉक संगीत, लोकसंगीत, शास्त्रीयता, देह गति, आधुनिक रंग युक्तियाँ और इन सबके साथ अपने समय की

पीड़ा और यथार्थ को सम्प्रेषित करने के लिए मेरे विचार और मेरे अपने अनुभव हैं, जो इस दुनिया के अवलोकन से प्रभावित हुआ है। 'अंधायुग' की समकालीन प्रासंगिकता के अन्तर्गत एक विशेष नाटकीय तनाव का अनुभव सृजित हुआ और वह एक समग्र रंगमंचीय प्रस्तुति में परिवर्तित हुआ, अर्थात् बिम्बों व प्रतीकों की योजना से गुँथा हुआ है जिसमें शोरगुल और विध्वंसक ध्वनियाँ हैं।

दिलीप गुप्ता

पटना रंगमंच पर कुछ सालों तक सक्रिय रहने के बाद दिलीप गुप्ता ने हिमाचल सांस्कृतिक शोध संस्थान एवं नाट्य अकादमी (मंडी) से नाट्य प्रशिक्षण प्राप्त किया और लगभग दो दशकों से रंगमंच की विविध गतिविधियों; अभिनय, निर्देशन, लेखन, प्रशिक्षण आदि में सक्रिय हैं। साठ से ज़्यादा नाटकों में अभिनेता या निर्देशक-परिकल्पक के रूप में सम्बद्ध रहे हैं। 'नेटुआ', 'स्वाँग', 'बथान' और 'चोर पुराण' जैसे नाटकों के निर्देशन से इन्होंने पर्याप्त ख्याति अर्जित की। 'नेटुआ' के देशव्यापी प्रदर्शन हुए। श्रीराम सेंटर रंगमंडल, नई दिल्ली के साथ लगभग चार सालों तक बतौर अभिनेता जुड़े रहनेवाले दिलीप गुप्ता ने रंगमंच के अलावा फ़िल्मों, टेलीफ़िल्मों और धारावाहिकों में भी अभिनय किया। इन्हें 2009 का 'इनलैक्स थियेटर अवार्ड' भी मिल चुका है।

नेटुआ : देवताओं के हिस्से का विष पीने आते हैं शिव

नचते ही बीते रामा सगरी उमिरिया
नचते ही छूटे रामा देह से परनवा

2014 में शिवेंद्र की कहानी 'उर्फ़ चॉकलेट फ्रेंड्स' किया था। बड़े मन से किया था लेकिन हड़बड़ी में। इतनी हड़बड़ाहट कि शो के अन्तिम दिनों में एड के पीछे भागते-भागते नाटक पीछे छूट गया। शो हुआ पर मेरे मन मुताबिक़ नहीं। कुछ दिनों की ऊहापोह के बाद तय किया कि अब हड़बड़ी में नाटक नहीं करूँगा। करूँगा तो इतमीनान से और यह इतमीनान हर स्तर पर होना चाहिए। अपने लिए कुछ शर्तें बनाईं और शान्त हो गया।

दो साल के बाद फिर हुलक उठी कि नाटक किया जाए लेकिन शर्तें मुँह बाए सामने खड़ी थीं। उसी दौरान पता चला कि संस्कृति मंत्रालय के इंडिविजुअल ग्रांट के लिए अप्लाई किया जा सकता है और इस आर्थिक मदद से मन मुताबिक़ एक बेहतर टीम बनाई जा सकती है, जिसमें अनुभवी और नये, दोनों तरह के लोग हों। पैसे के अभाव में जो भागदौड़ होती है, उससे उबरकर नाटक बनाने पर फोकस किया जा सकता है।

अब प्रश्न कि फिर नाटक कौन-सा?

...दिमाग़ ख़ाली।

जो कहानियाँ, उपन्यास, कविता और अन्य साहित्येतर किताबें पढ़ गया था, उस पर ज़ोर देने से भी कुछ सूझ या दिख नहीं रहा था। इसी बीच मंडी हाउस की एक शाम में ख़ान साहब के यहाँ चाय पीते हुए राजेश चन्द्र ने रतन वर्मा की कहानी 'नेटुआ' का सुझाव दिया। कहानी मैंने पढ़ी नहीं थी लेकिन काफ़ी सुन रखा था, हालाँकि बीच में कभी एक बार खोजने की कोशिश भी की थी पर नाक़ामयाब

रहा। ख़ैर, हम 'नेटुआ' की कहानी पर बात करने लगे। इसी बीच उन्होंने बताया कि उनके पास कहानी है और उन्होंने इसका नाट्य रूपान्तरण भी किया है। मैंने उनसे कहानी और आलेख माँगा पढ़ने के लिए। राजेश जी के यहाँ कहानी तो नहीं मिली लेकिन रूपान्तरण मिल गया। पढ़ने के बाद कहानी तो समझ में आई, रोचक भी लगी, लेकिन राजेश जी के आलेख का जो फ़ॉर्म था, उसको करने के लिए मैं ख़ुद को तैयार नहीं कर पा रहा था। मुझे कहानी कहने के लिए किसी और फ़ॉर्म की ज़रूरत महसूस हो रही थी। मैंने राजेश जी के सामने अपनी मन:स्थिति रखी और नये आलेख की ज़रूरत बताई। वह बोले कि आप अपने नाटकों के लिए कहानियों का रूपान्तरण स्वयं करते रहे हैं, तो आप ख़ुद ही कर सकते हैं।

कहानी पढ़ने की मेरी छटपटाहट बढ़ने लगी थी। दिल्ली में अपनी जान-पहचान के लोगों से पता करता रहा लेकिन कहानी नहीं मिल रही थी। एक दिन अचानक पता नहीं, कैसे ख़याल आया कि नेटुआ के लिए ग्रांट अप्लाई करते हैं, और कर दिया।

अब छटपटाहट के साथ ज़िम्मेदारी भी जुड़ गई थी। अन्तत: नेटुआ के लेखक रतन वर्मा का नंबर ढूँढ़ा और उनसे बात की। बातों के दौरान ही मालूम हुआ कि इसी पर उनका उपन्यास भी है : 'नेटुआ करम बड़ा दुखदायी'। उन्होंने मंचन की अनुमति देते हुए कहानी की प्रति भेजी और उपन्यास के प्रकाशक का नंबर भी। तीन-चार दिनों बाद कहानी मिली। पढ़ी, कहानी दिल को लगी...। लोककला और कलाकार को सामंती समाज से जो संरक्षण मिला, उसके एवज़ में उनको क्या-क्या क़ीमत चुकानी पड़ती है और जब पानी सिर के ऊपर से बहने लगता है तो वह कला और कलाकार, दोनों दम तोड़ देते हैं। कहानी, नेटुआ नाच और उसके कलाकार के मार्फ़त बिहार के ग्रामीण अंचल की जातीय संरचना और उसकी राजनीति, यौन कुंठा और जेंडर समस्या पर अपनी बात प्रमुखता से रखती है। आज भी ये समस्याएँ अपने नये रूप में हमारे सामने चुनौती बनी हुई हैं। इन सभी बातों के बावजूद मुझे नाटक के लिए मज़बूत सिरा हाथ नहीं लग रहा था। फिर उनके उपन्यास 'नेटुआ करम बड़ा दुखदायी' को पढ़ा। उपन्यास कहानी की कथा-सूत्र को ही विस्तार देते हुए आगे नई पीढ़ी की कहानी तक पहुँचता है। नई पीढ़ी का प्रतिनिधि चरित्र है राम प्रताप। राम प्रताप नेटुआ कलाकार झमना का बेटा है। झमना अपने नर्तक छाया से हर सम्भव दूर रखते हुए राम प्रताप को शहर भेजता है पढ़ने के लिए, क्योंकि उसे उम्मीद है कि पढ़ने से सबकी दशा सुधरेगी। लेकिन राम प्रताप आधुनिक नर्तक बनने की राह पकड़ लेता है। इन दो पीढ़ियों का जो संघर्ष है, यही मेरे विचारों का केन्द्र बना और नाट्य-प्रस्तुति का भी।

प्रस्तुति का केन्द्रीय तत्त्व मिल गया था। कहानी भी थी लेकिन फ्रेमिंग होनी बाक़ी थी। मैंने आलेख को टीम के साथ एक्सप्लोर करने की योजना बनाई, रीडिंग शुरू की। रीडिंग के बाद अच्छी बात यह हुई कि सभी अभिनेता कहानी के साथ

ख़ुद को जोड़कर देख रहे थे जबकि टीम के ज़्यादातर कलाकार बिहार से नहीं थे और इस नृत्य शैली की ज़्यादा जानकारी भी उनके पास नहीं थी। इस प्रक्रिया में जो टीम बनी थी, उसमें नरेंद्र कुमार, राजेश बक्शी, राज तंवर, नरेश कुमार, रौनक ख़ान, रुबिना सैफ़ी, ललित सिंह, सुमन कुमार, दीपक राणा, संदीप कुमार, मनीष, सैंडी सिंह, सचिन, जमील ख़ाँ, अतीक, यशस्विनी बोस, मुरली बासा और अमरजी राय शामिल थे। कहानी और उपन्यास पढ़ने के बाद मैं चाहता था कि पूरी टीम इस पर विस्तार से चर्चा करे जिससे हम सभी नाट्य-प्रस्तुति के लिए एक अनिवार्य समझ के स्तर को हासिल कर सकें और नाटक में उसे उभार सकें। क़रीब 20-25 दिन हमने कहानी पर, बिहार की लोककलाओं पर, वहाँ की सामाजिक संरचना पर, राजनीति पर ख़ूब चर्चा की। लेख पढ़े, कविताएँ पढ़ीं, गीत सुने, वीडियो देखे और लोगों से बातें कीं। इसी दौरान हमने तय किया कि हम नेटुआ कहानी पर फोकस करेंगे और उसके साथ राम प्रताप वाला हिस्सा जोड़ेंगे। मैं स्क्रिप्ट को अभिनेताओं के साथ तैयार करना चाह रहा था, लेकिन पूर्वाभ्यास की जगह नहीं होने की वजह से हम रीडिंग तक तो मंडी हाउस के सेंट्रल पार्क में कर ले रहे थे पर अब आगे के काम के लिए एक अदद जगह की ज़रूरत थी। मैंने गांधी हिन्दुस्तानी साहित्य सभा में किराए पर रिहर्सल के लिए जगह जो ली थी, वह लगभग एक महीने बाद उपलब्ध थी। ऐसी स्थिति में टीम का आग्रह था कि मैं अपने स्तर पर तब तक इसका आलेख तैयार करूँ और बीच-बीच में चर्चा के लिए हम मंडी हाउस के पार्क में मिल जाया करेंगे।

इस बीच विचार आया कि मुझे गाँव की ओर लौटना चाहिए। बकौल शिवेंद्र, “लौटने से बढ़कर कोई जादू नहीं होता।” दिल्ली देश की राजधानी है, जितना सच है, उतना ही सच है कि दिल्ली विस्थापितों का शहर भी है।

गाँव गया...। गाँव की स्मृतियों में गया।

लकड़ी के चौकियों, सिंचाई के काम आनेवाले पाइप्स, बाँस-बल्लों और तिरपाल से तैयार किया गया मंच। रोशनी के लिए किरोसिन वाले पेट्रोमैक्स जो गाँव से इकट्ठा किये गए हैं, उनमें दो व्यक्ति प्रकाश मद्धिम पड़ते ही हवा भरके रोशनी बढ़ाने के काम में मुस्तैद हैं। मंच के बग़ल में आग की आँच में टिमकी को ताप दिया जा रहा है। साजिंदे अपने बाजों का सुर ठीक कर रहे हैं। इन सबसे अलग छुपकर कुछ बच्चों का झुंड मंच के पीछे तिरपाल और शामियाने के परदे से ढककर बनाई गई जगह—ग्रीन रूम के पास पहुँचते हैं, जो कुछ-कुछ अँधेरा है। झुंड में से किसी एक बच्चे की आवाज़ आती है—‘लवंडवा एही में बनता।’ फिर क्या था, एक साथ कई नन्हे हाथ और सिर तिरपाल और शामियाने के बीच जोड़ या झरोखे खोजने लगते हैं जहाँ से लवंडा बनते हुए देखा जा सके। कई बार क्षणिक और आंशिक सफलता भी मिलती है। अन्दर लालटेन की मटमैली रोशनी

में एक पुरुष शीशे के सामने साजो-सामान के साथ स्त्री रूप में तब्दील हो रहा है। वहीं एक अधेड़ व्यक्ति कम्बल ओढ़े मुस्करा-मुस्कराकर उससे बातें कर रहा है और कलाकार की दृष्टि शीशे में धँसी हुई है, तभी पीछे से किसी की भारी आवाज़ में डाँटने और थप्पड़ की आवाज़ एक साथ सुनाई देती है।

बच्चों का झुंड तितर-बितर। फिर थोड़ी देर के बाद ताक-झाँक करने को वैसे ही लालायित।

यक़ीनन पुरुष बने नर्तक का नृत्य देखने से कहीं ज़्यादा रोमांचकारी अनुभव होता था उसका रूपान्तरण देखना। तमाम पहरेदारी के बावजूद इसे देखना एक 'सत' पा लेने जैसी ख़्वाहिश होती थी। उसको देख लिया तो जग जीत लिया और हम जग जीतने में कोई कसर नहीं छोड़ना चाहते, इसीलिए जब भी ऐसा सुयोग बनता, हम पहले से और चुपके से मोर्चे पर तैनात रहते। यह स्मृति इतनी गहरी थी कि प्रक्रिया के दौरान मैं कई बार इसके अन्दर-बाहर होता रहा। इसका प्रभाव स्पष्ट रूप से नाटक के दृश्य-विधानों पर पड़ा है।

मेरा बचपन गाँव में ही बीता तो ऐसे रूपान्तरण देखने के कई मौक़े गाहे-बगाहे मिलते रहते थे। सरस्वती पूजा, दुर्गा पूजा या होली जैसे त्योहारों पर या शादी-ब्याह या किसी मांगलिक अवसर पर। मेरे गाँव में ही तीन-चार नर्तक थे जो सामाजिक हैसियत से शोषित-वंचितों की जाति के थे। स्त्री रूप धारण कर ये कलाकार रात की रोशनी में किसी के लिए मनोरंजन का साधन बनते हैं तो किसी के लिए यौन तुष्टिकरण का भी। उनके प्रति समाज का व्यवहार और रिश्ता बिलकुल एकांगी हो जाता है। नाच के समानान्तर एक और नाच उनके जीवन में भी चलता रहता था—बिलकुल अज्ञेय की कविता 'नाच सरीखा...'।

तय किया कि कहानी को वर्तमान से शुरू करेंगे और फ़्लैश बैक के माध्यम से पूरी कहानी कही जाएगी। एक लुप्तप्राय लोककला को पुरानी पीढ़ी याद नहीं करना चाहती, तो नई पीढ़ी उसको नये रूप में विस्तार देना चाहती है—इस द्वन्द्व के साथ। इस द्वन्द्व में निहित है शोषण, उत्पीड़न, अत्याचार, अपमान, संघर्ष, हताशा, आशा और पलायन का अम्बार। चिन्ता यह भी थी कि नई पीढ़ी यदि किसी फ़ॉर्म को नये अन्दाज़ के साथ पुनर्जीवित करना चाहती है तो वह इसके तेवर, सरोकार और ज़िम्मेदारियों के प्रति संवेदनशील है? हमने वर्तमान समय में कई लोककलाओं को विद्रूप होते देखा है, बाज़ार की भेंट चढ़ते देखा है।

नाट्य-प्रस्तुति के लिए जो केन्द्रीय तत्त्व था और उसके साथ की अन्तर्धाराएँ थीं, वह अब स्पष्ट हो गई थीं। इस तरह प्रस्तुति आलेख का पहला ड्राफ़्ट तैयार हुआ जिसमें समय के साथ सामंती चरित्रों में आए बदलावों को रेखांकित करने के लिए विद्या बाबू और नारायण मिसिर जैसे दो पीढ़ी के दो चरित्र उपन्यास से शामिल किये गए। इसके साथ ही समाज का जो वर्ग चरित्र है, उसके लिए सत्रोहन वाले

दृश्य तथा जीवन में खोइंछा की तरह बच गई कोमलताएँ-सरलताएँ को सहेजने वाले दृश्य, शोषित-वंचित वर्ग की स्त्री की स्थिति, पुरुषोचित अहं के बीच स्त्री की स्थिति, विस्थापन, लोक में, कला में बाज़ार और पॉपुलर कल्चर की घुसपैठ आदि दृश्यों को एक कलाकार के जीवन की त्रासदियों के साथ जोड़कर शामिल किया गया।

गीत-संगीत इस प्रस्तुति की आत्मा थी, तो इसमें गीत और संगीत भी लोक की महक और धमक लिये हुए होने चाहिए थे, इसके लिए मैंने उन लोकगीतों को ढूँढ़ा जिसमें एक तरह की शृंगारिकता और पारम्परिकता हो। इन सबके अलावा मैं एक ऐसा गीत चाह रहा था जिसमें एक कलाकार के अपने सपने, संघर्ष और उसकी कला के मायने निकलकर आएँ। मैं इस गीत के द्वारा ही झमना का पुरुष से स्त्री में रूपान्तरण का दृश्य दिखाना चाह रहा था। इसके लिए रिहर्सल के दौरान मैंने और रुबिना ने कुछ शब्दों को जोड़कर कुछ-कुछ बनाने की कोशिश की लेकिन बन नहीं पा रहा था। हमने वे कुछ शब्द और कुछ धुनें युवा कवि मित्र सुधांशु फ़िरदौस की ओर सरका दिये और पीछे पड़ गए कि हमें एक ऐसा गाना तैयार करके दीजिए।

गाना बना और ख़ूब बना :

नाच करम बा नाच धरम बा
नाच ही जीवन नाच मरण बा
नाच ही देवता नाच पितर बा
नाच सबद बा नाच भजन बा
नाच ही जीव बा नाच ब्रहम बा

एक तरह से यह हमारा थीम सॉन्ग बन गया। हमने कुछ दृश्यों को इसकी विभिन्न पंक्तियों के माध्यम से उभारने की कोशिश की। अब नृत्य के संयोजन की बारी थी।...नेटुआ नाच या लौंडा नाच में जो एक भदेसपन होता है, उसे मैं उसकी देह-गतियों के साथ ही बरक़रार रखना चाहता था। मुझे पूरी प्रस्तुति में भी इस अनगढ़पन के साथ रहना था। इसके लिए मैंने कोरियोग्राफ़र यशस्विनी बोस को कई सारे वीडियो दिखाए, गीत सुनाए जिससे हम इस नृत्य-रूप के हाव-भाव और गति-संचालन को सही तरह से समझ सकें और उभार सकें। नेटुआ नाच के साथ समाजियों के गति-संचालन में भी एक लयात्मकता और लोच रहे, इसका भी हमने पूरा ध्यान रखा। कहानी को गति देने के लिए कोरस के रूप में छह समाजियों के समूह को और मुख्य पात्रों के द्वारा चरित्रों के अन्तर्द्वन्द्व को उभारने के लिए कई प्रतीकों और बिम्बों का प्रयोग किया जिससे दृश्य का प्रभाव गाढ़ा हो।

नाटक के संगीत को लेकर सैंडी सिंह, अनिल मिश्रा और राजेश पाठक के कई नायाब सुझाव मिले जिससे नाटक का प्रभाव रचने में काफ़ी मदद मिली। नाटक

की मंच परिकल्पना और प्रकाश परिकल्पना के लिए मुरली बासा के साथ कई दौर की बैठकों के बाद हमने इसका डिज़ाइन फ़ाइनल किया।

रिहर्सल जारी था। शो का दिन 6 जुलाई नज़दीक आ रहा था। लेकिन अभी भी मैं नाटक के अन्त से सन्तुष्ट नहीं था, पर अन्त था कि हाथ नहीं लग रहा था। धीरे-धीरे शो एकदम पास। तय किया कि अभी इस शो में बिना मुकम्मल अन्त के उतरा जाए। शो की पूर्व संध्या को नाटक से पहले एक और नाटक हो गया। हमारा सेट लगाने वाला कारपेंटर बिना किसी सूचना के ग़ायब हो गया। रात के तीन बजे तक मैं और मुरली मंडी हाउस में कल के शो के लिए सेट इम्प्रोवाइज़ करते रहे और हम बार-बार अपनी प्लेटफ़ॉर्म की ज़रूरत पर अटक जाते। यानी हमें किसी भी सूरत में कुछ प्लेटफ़ॉर्म चाहिए थे। हम ऐसे समय में खड़े थे जहाँ से अगले दिन प्लेटफ़ॉर्म और अन्य सामग्री उपलब्ध होना मुमकिन नहीं था। ऐसी स्थिति में ईश्वर शून्य ने हमारी मदद की और कुछ प्लेटफ़ॉर्म्स उपलब्ध कराए। ...इस तरह से हम तमाम किन्तु-परन्तु के बाद थर्ड बेल के पास आए। थर्ड बेल बजी। शो हुआ। लोगों ने पसन्द भी किया लेकिन मेरी सुई अब अन्त के साथ-साथ कुछ और दृश्यों पर भी अटक गई थी जिसकी वजह से नाटक अपनी पूर्णता में प्रभाव पैदा नहीं कर सका था। रंगमंच की यह विडम्बना ही है कि हम अपना ग्रैंड रिहर्सल और पब्लिक के लिए शो ओपन एक ही दिन करते हैं। अब आधे दिन के लिए 45000 रुपये में किराए पर जहाँ सभागार मिलते हों, वैसे में दोनों अलग-अलग कहाँ सम्भव है? शो के बाद वरिष्ठ रंग अध्येता महेश आनन्द ने नाटक के अन्त की ओर ध्यान भी दिलाया और कुछ सुझाव भी दिये। अमितेश कुमार से भी नाटक को लेकर बातचीत होती रहती थी। उनकी तरफ़ से भी कुछ सुझाव आए।

पहले मंचन के साढ़े तीन महीने बाद पुनः नवम्बर में नाटक पर काम करना शुरू किया। दूसरी प्रस्तुति में कुछ अभिनेता भी बदले। अब काम क्या करना है यह पहले से स्पष्ट था। नाटक की संवेदना और उसकी ज़मीन को अभिनेताओं के साथ मिलकर नये सिरे से सोचा, हर दृश्य पर दुबारा सोचा, बहस की और फिर रचा। बहस फिर की, तब तक की जब तक अन्तिम व्यक्ति तक बात पहुँच न जाए। इस प्रक्रिया में कई दृश्य हटे और कई नये दृश्य बने, मसलन होटल वाले दृश्य में हाफ़ पैरेलल टेक्निक का प्रयोग, इस दृश्य के बाद झमना की मन:स्थिति को दिखाने के लिए 'नाच करम बा' गीत के दूसरे टुकड़े 'बहुते जतन से हो चिरई बनइल, अपने गरज से तू ओही के उड़इल' का प्रयोग, आदि। हमने हर दृश्य में छोटे-छोटे कार्य-व्यापारों और प्रतीकों को उभारने पर ज़्यादा ध्यान दिया। 'झमना चैन से अपनी सुखद स्मृतियों को भी नहीं जी सकता' के आधार पर ही झमना का अपनी स्मृति में सीतिया को देखना, उसमें पीड़िया गीत का प्रयोग और उसी दौरान विद्या बाबू और नारायण मिसिर का उसके घर पर धमक कर उसकी ज़मीन लेने

की बात करने वाला दृश्य रचा गया। बहुत सारी अनावश्यक लगने वाली चीज़ों को हटाया भी गया। कई दृश्यों के साथ तोड़-फोड़ की गई पर अन्त अब भी कौंध रहा था। इसी बीच मैं एक दिन सुधांशु की कुछ कविताएँ पढ़ रहा था कि अचानक दिमाग़ में आया कि क्यों न इसका अन्त एक कविता से की जाए? मैंने सुधांशु से आग्रह किया कि आप अपनी कुछ ऐसी कविताएँ भेजिए जो आपको लगता है कि नाटक के क़रीब हैं। उन्होंने भेजी और कविता मिली—'ज्यामिति'।

नाटक का अन्त मिल गया था। सुधांशु ने दुबारा इस कविता को नाटक की भाषा में लिखा :

जीवन उतना अबूझ भी नहीं है
जितना दिखता है
कुछ पकड़ते हैं तो छूट जाता है बहुत कुछ
कुछ छूटता है तो मिल जाता है कुछ
इहाँ अपना हिस्सा का मान ही नहीं मिलता
झेलना होता है अपमान भी
जो खाता है कटहल का कोआ न
उसे ही पचाना होता है बीज और मूसल भी
इहाँए
सिरफ देवताओं के हिस्से का विष पीने आते हैं शिव
आदमी को अपना हिस्सा का विष
खुदे पीना पड़ता है।

नाटक आज भी अपने हिस्से का विष पीते हुए अपना अवलोकन कर रहा है और शो-दर-शो लगातार नई सम्भावना तलाश रहा है।

अनघा देशपांडे

अनघा देशपांडे ने मराठी के अलावा हिन्दी, संस्कृत और अंग्रेज़ी में भी रंगकर्म किया है तथा प्रदर्शनकारी कलाओं (नाट्यशास्त्र) में स्नातकोत्तर की शिक्षा प्राप्त की है। बाल रंगमंच से इनका गहरा जुड़ाव है और बच्चों के रंग-प्रशिक्षण के लिए ये निरन्तर सक्रिय रही हैं। राष्ट्रीय नाट्य विद्यालय के आयोजन 'जश्ने-बचपन' सहित देश के कई प्रतिष्ठित बाल नाटकों के समारोहों में इन्होंने अपनी प्रस्तुतियों के साथ शिरकत की है। 'संत नामदेव', 'आजीच्या आजीची', 'स्वप्नवासवदत्ता', 'नागानन्द', 'सुलूची गोष्ट' और 'दशावतार दर्शन' इनके द्वारा निर्देशित नाटक हैं। अनघा देशपांडे ने 'वेदहरण' और 'चित्रलेखा' नाटकों की रचना भी की है और पणजी, गोवा में रंगकर्म करती हैं।

स्वप्नवासवदत्ता : निर्देशक बनना अच्छा व्यक्ति बनने की शुरुआत है

नाटक का निर्माण, अभिनय, दिग्दर्शन, अनुवाद कॉस्ट्यूम डिज़ाइन, कई बार संहिता का लेखन भी—सभी प्रक्रियाओं से बार-बार गुज़र चुकी हूँ। हर बार अलग महसूस होता है। अलग तरह के नाटक की अलग तरह की प्रक्रिया। अलग-अलग निर्देशकों के अलग-अलग अन्दाज़, अलग स्थान के दर्शकों की नई जगह पर तालियाँ, अलग निराले आलोचकों की नई निराली आलोचना!...हर बार सुख देती दर्शकों की सराहना, हर बार नज़र आती ख़ुद की मर्यादा भरी कमज़ोरियाँ। शायद ख़ुद की मर्यादाओं से ऊपर उठने की चाह है यह, या पता नहीं क्या है!...पर यह सिलसिला ज़ारी है वर्षों से—दो दशकों से...लगातार!...और फिर भी, जब अपने चहेते नाटक की प्रक्रिया के बारे में लिखने के लिए कहा गया, तो नाटक तो तय हो गया, किन्तु लिखने की प्रक्रिया शुरू होने में डेढ़ महीना चला गया। कई बार लिखने बैठी भी, और फिर पन्ने फाड़ दिये, पर मन में चिन्तन हो रहा था...। अब जब पूरी तैयारी से पूरे दो दिन इसी काम के लिए व्यतीत करने की सोचकर लिखने बैठी हूँ तो प्रतीत होता है कि यह न लिख पाना कोई महज़ एक आलस नहीं था...। दो बार कर चुके एक ही नाटक की दो अलग पीढ़ियों के साथ किया हुआ रंगकर्म महज़ एक दिग्दर्शकीय प्रक्रिया नहीं थी।...2002-03 में किया 'स्वप्नवासवदत्ता' का मंचन और अब 2018 में किया उसका पुनर्निर्माण, यह मेरे व्यक्तिगत रंगयात्रा की भी प्रक्रिया थी। रंगकर्मी महज़ एक व्यावसायिक नहीं होता। हर रंगकर्म प्रक्रिया के साथ ज़रा-ज़रा अपना व्यक्तित्व भी बदलता रहता है। वह अपने काम में भी झलकता रहता है।...तो यह आलेख केवल 'स्वप्नवासवदत्ता' के निर्माण की कथा नहीं। इस नाटक की प्रस्तुति प्रक्रिया में मेरे और मेरे साथियों के व्यक्तित्व के फिर से निर्माण की कथा इसमें शामिल है। यादों के पथ पर पूरे 15 साल में क्या कुछ

सीखा-समेटा, क्या पाया, क्या बिखरा—सब-सब याद आता रहा और उसे शब्दों में समेटना मुश्किल प्रतीत होने लगा। अब शायद मन की तैयारी हो चुकी है, तभी निश्चय से लिख रही हूँ।

सन् 2001 में हमारी संस्था 'अभिव्यक्ति' ने अरुणाचल प्रदेश में 'विवेकानंद केन्द्र विद्यालय, रोइंग' में एक थियेटर वर्कशॉप राष्ट्रीय नाट्य विद्यालय के सहयोग से आयोजित किया था। कैंप डायरेक्टर थे, स्व. प्रो. एच. वी. शर्मा सर। अरुणाचल में सूरज पाँच बजे हाज़िर हो जाता था और शाम पाँच बजे ग़ायब। अँधेरे के बाद घनी झाड़ियों में अजनबी प्रदेश में कहीं जाना-आना भी मुश्किल था। तब आपस में बैठकर दिन भर के काम का विमर्श, दूसरे दिन के काम की चर्चाएँ और नाटक सम्बन्धी बाक़ी बातचीत चलती रहती। ऐसे में अरुणाचल के लोककलाओं से बात आई संस्कृत नाटकों तक। शर्मा सर से मेरे पति साईश देशपांडे सवाल करते गए और आठ दिन लगातार यह सेशन चलता रहा। मैं तब ड्रामा स्कूल से नई-नई पास-आउट हुई थी। बाक़ी ग्रुप में व्यंकटेश नाइक, विश्वास च्यारी, पद्मश्री जोसलकर मैडम सभी शर्मा सर के ही विद्यार्थी थे। सभी ने यह वार्तालाप एन्जॉय किया और उससे कई कन्सेप्ट्स क्लिअर भी हुए। सवाल-जवाब कुछ इस तरह के थे :

साइश ने पूछा था, "भरतमुनि ने लिखा 'नाट्यशास्त्र' तो क्या उनके अनुसार किया नाटक ही संस्कृत नाटकों का प्युअर फ़ॉर्म माना जाए?"

शर्मा सर ने ज़ोर से हँसते हुए कहा था, "व्हॉट इज़ प्युअर फ़ॉर्म? प्युअर और ईम्प्युअर जैसी कोई चीज़ नहीं थी तब। भरत के पहले भी तो नाटक था ही। 'नाट्यशास्त्र' एक तरह से सभी सौ भरतपुत्रों द्वारा या भरत के अनुयायियों द्वारा किये हुए निरीक्षण-संकलन के आधार पर किया हुआ भाष्य है। ज़्यादा से ज़्यादा लोगों तक नाटक का विधान पहुँचे और उसे सामाजिक मान्यता प्राप्त हो, यही 'नाट्यशास्त्र' का उद्देश्य रहा होगा।"

साइश ने फिर प्रश्न किया, "भरत ने तीन प्रकार के रंगमंच बताए, लेकिन 'थियेटर इन राउंड' की संकल्पना क्यों नहीं है नाट्यशास्त्र में?"

शर्मा सर का जवाब था, "लाइव म्यूज़िक नाटक का अभिन्न अंग था। उसे अगर ठीक से दर्शकों तक पहुँचाना होगा तो कम-से-कम वेदिका का पिछला हिस्सा तो बन्द ही रखना पड़ेगा। इसलिए खुले रंगमंच की संकल्पना 'नाट्यशास्त्र' में नहीं है।"

...इस तरह से शर्मा सर और गुरु गोवर्धन पांचाल जी से संस्कृत नाटकों के सन्दर्भ में ढेर सारे इंटरप्रिटेशंस, उस वार्तालाप में हमने ग्रहण किये और तभी से मन में संस्कृत नाटक करके देखने की इच्छा जागी। कला अकादमी, गोवा के लाइब्रेरी में बैठकर दुबारा 'नाट्यशास्त्र' के बारे में मैं पढ़ने लगी। नेशनल स्कूल

ऑफ़ ड्रामा में मार्क्स पाने के लिए किया गया अभ्यास सम्भवत: नाटक बनाने के लिए पर्याप्त नहीं था।

सन् 2002 में मेरे गुरु स्व. प्रो. यशवंत केलकर सांगली, महाराष्ट्र में एनएसडी का एक प्रॉडक्शन ओरिएंटेड वर्कशॉप ले रहे थे, जो महाराष्ट्र के 'भारूड' पर आधारित था। उसमें पढ़ाने और केलकर सर की सहायता करने के लिए मैं भी गई थी। लोककला और परम्परा से जुड़ने की नई पीढ़ी की चाह मैंने उस वक़्त देखी और संस्कृत नाटक की प्रस्तुति प्रक्रिया जल्द ही शुरू करने की मन में ठान ली। बातों-बातों में केलकर सर को मैंने अपने मन की बात कह दी। कहा कि "सर, संस्कृत नाटक करना चाहती हूँ।" उन्होंने तुरन्त कह दिया, "अनघा, भास का कोई भी नाटक ले लो। मैं ख़ुद संस्कृत नाटक नहीं कर पाया। चलो, तुम्हारा नाटक देखकर ख़ुश हो जाऊँगा।" उसके बाद दो-तीन महीने में केलकर सर स्कूल ऑफ़ ड्रामा, कला अकादमी में पढ़ाने गोवा में आने ही वाले थे। तब तक मैंने 'स्वप्नवासवदत्तम्' का मराठी अनुवाद कर लिया और पहला रीडिंग केलकर सर के सामने ही किया। सर बड़े ख़ुश हुए। उन्होंने कहा, " 'वासवदत्ता' तुम कर लो।" मैंने कहा, "सर, मैं प्ले डायरेक्ट करना चाहती हूँ। पहले ही हमारे ग्रुप में कोई ट्रेंड एक्टर्स नहीं हैं। ऊपर से मैं एक्ट करूँगी तो नाटक पर असर होगा।" सर ने कहा, "दूसरी तरह से सोचो कि अगर मेन रोल तुम करोगी तो कम-से-कम एक ट्रेंड एक्टर तुम्हारे पास होगा और तुम्हारे मंच पर होने से बाक़ी एक्टरों का कॉन्फ़िडेंस बढ़ जाएगा। ...और फिर साइश है ही तुम्हारी मदद के लिए।" यह लास्ट वाली लाइन बड़ी महत्त्वपूर्ण थी तब। जो भी काम करते थे, वह मैं और साइश मिलकर करते। आज भी ज़्यादातर इकट्ठे ही काम करते हैं। पर तब मैं साइश पर बहुत ज़्यादा निर्भर थी। साइश ने बड़ी चाव से सेट का डिज़ाइन किया। म्यूज़िक में भी रोज़ नये-नये थॉट, नई धुन...। वह लगा रहा। हमारी कोरिओग्राफ़र थी डॉ. शर्मिला राव। मैं अपनी टीचर पद्मश्री जोसलकर जी के 'भगवद्ज्जुकीयम्' में काम कर चुकी थी। तब शर्मिला जी से परिचय हुआ था। मूवमेंट सीखते-सीखते वह मेरी दीदी कब बन गईं, मुझे पता ही नहीं चला। वह एक कैंसर सरवाइवर थीं और अपने मन को प्रसन्न रखने के लिए उन दिनों डेंटिस्ट्री के साथ-साथ नृत्य भी सिखाती थीं। जब दीदी को मैंने 'स्वप्नवासवदत्ता' की कोरिओग्राफ़ी के बारे में कहा तो उन्होंने इसे प्रसन्नता के साथ स्वीकार किया। मुद्रा, चारी और नृत्य का अधिकांश ज़िम्मा दीदी ने बख़ूबी निभाया।

इस नाटक के रिहर्सल के दरमियान बहुत सारी घटनाएँ घटीं। अभिजात नाटक के अभिनय की शैली अलग होती है, इतना तो एक्टरों ने मान लिया। मगर मुद्रा एवं

पदन्यास करने के लिए वे तैयार नहीं हो रहे थे। उन दिनों आज की तरह मोबाइल, डीवीडी जैसी चीज़ें भी नहीं थीं। तो 'ऐसा नहीं...ऐसा करो।' कहने के साथ-साथ करके भी दिखाना पड़ता था। फिर एक्टर कहता, "अच्छा, तो ये 'संगीत-नाटक' के जैसा है।" फिर दो शैलियों का भेद बताना पड़ता था। वाचिक अभिनय में मेरी स्क्रिप्ट के अभिजात मराठी का, और उच्चारण पर ऐतिहासिक नाटक का भी भारी प्रभाव रहता था। यह 'नाट्यप्रभाव' बड़ी भयानक चीज़ है। महाराष्ट्र-गोवा में तो 'संगीत नाटक', 'ऐतिहासिक नाटक', 'लोकनाट्य', 'सामाजिक नाटक'—सब देख और कर-करके एक्टर्स जिस चीज़ को 'अभिनय' समझते थे, उसे उनके तन-मन और वाणी से थोड़ा निकालकर अभिजात शैली की तरफ़ ले जाना बड़ा चैलेंजिंग था। रोज़ ही रिहर्सल्स के बाद मैं, साइश और हमारे प्रोड्यूसर ज्ञानेश्वर गोवेकर जी घंटे-दो घंटे साथ बैठते। तब की चर्चाएँ बड़ी महत्त्वपूर्ण होती थीं। अभी तो पूर्वाभ्यास ही चल रहा था। ब्लॉकिंग शुरू भी नहीं हुई थी कि सइश जी का एक्सीडेंट हो गया। पैर में प्लास्टर...और प्लास्टर निकालने के बाद एक सर्जरी भी करनी पड़ेगी, ऐसा डॉक्टर ने कहा। मैं बहुत चिन्तित हो गई। साइश केवल मेरे पति नहीं हैं, मेरे मार्गदर्शक और सहारा भी हैं। अब जब वे रिहर्सल्स में नहीं आएँगे तो मैं कैसे कर पाऊँगी, ऐसा मन को लगा। फिर सोचा, हर चीज़ के लिए साइश पर निर्भर रहती हूँ। यह परीक्षा है। देखती हूँ कि कितना कर पाती हूँ। डेढ़ महीना साइश रिहर्सल्स को नहीं आ सकता था इसलिए अब म्यूजिशिअन्स और सिंगर्स घर पर ही आने लगे। रिहर्सल स्पेस में मैं ब्लॉकिंग करती और उसके नक़्शे बनाती। घर जाकर वह साइश को दिखाती और कहती, "यहाँ पर इस मूवमेंट को म्यूज़िक चाहिए।"...या कभी पूछती कि "मैंने ऐसा-ऐसा ब्लॉकिंग किया है, यह ठीक रहेगा या नहीं?"...मेरा उत्साह देखकर साइश मन-ही-मन हँसता था और बोलता था, "तुम करो! लास्ट के 10-12 दिन तो मैं आ ही जाऊँगा...तब देखते हैं। तब तक आत्मविश्वास से करो।"

मैं तब मात्र 27 साल की थी। डाइरेक्शन का कोई बड़ा अनुभव नहीं था। दो साल की अपनी बच्ची को गोद में बिठाकर मैं स्क्रिप्ट लिखती। उसका डिब्बा साथ में लेकर रिहर्सल्स में जाती। दो साल की शांभवी ने सबकी मुद्राएँ सीख लीं और अपने नन्हे-नन्हे हाथों से वह दिखाती थी, "ये त्रिपताका है।...इसको स्वगत के लिए इस्तेमाल करना है।" अब स्वगत का मतलब क्या है, यह बेचारी को नहीं मालूम था। पर वह तोते की तरह सब रट लेती थी। शांभवी की बाल-लीलाएँ रिहर्सल का कॉमिक रिलीफ़ थीं। एक महीने के ब्लॉकिंग और मूवमेंट्स के अभ्यास के बाद म्यूज़िशिअन्स रिहर्सल्स में जुड़ गए। साइश के न रहने से मुझे म्यूज़िक में ख़ास दिक़्क़त आती थी। क्योंकि वह घर पर रिहर्सल्स लेता था तब मैं और एक्टर्स वहाँ नहीं होते थे। इसलिए को-ऑर्डीनेशन में बड़ी गड़बड़ होने लगी। ख़ास कर शर्मिला दीर्दा के नृत्य की मात्राओं को लेकर। साइश ने दिये थे पखावज के बोल...। फिर

नृत्य वाली टीम भी घर पर आने लगी। जो चीज़ म्यूज़िक के साथ सेट करनी थी, उनकी एक सूची बनाकर रोज़ थोड़े-थोड़े लोगों के साथ काम करते और फिर रिहर्सल्स में उसे रिपीट करते थे। धीरे-धीरे नाटक ने आकार लेना शुरू किया।

इतने में एक दिन ख़बर आई कि यशवंत केळकर सर नहीं रहे। मन को बड़ी बेचैनी हुई कि नाटक छोड़कर मैं बड़ौदा न जा सकी। केळकर सर की पत्नी विमल काकू ने फ़ोन पर मुझे कहा, "सर ने मृत्यु के पहले कहा था कि अनघा सही मानी में मेरी वारिस है। वो बड़ी अच्छी टीचर और अच्छी रंगकर्मी बनेगी। उसे कहो, प्रामाणिकता और लगन से आगे बढ़े।"...मैंने आँसू पोंछ दिये। मन-ही-मन सर की प्रतिमा को याद कर नमस्कार किया और ज़्यादा मेहनत से काम करना शुरू किया।

अब नाटक के डिज़ाइन के बारे में कुछ बातें। भरतमुनि के तत्त्वों के अनुसार नाटक का उद्देश्य 'मोद' एवं 'बोध' होना चाहिए। नाटक हर तरह के दर्शकों को आनन्द दे, इन निकषों पर भास की यह संहिता एकदम खरी उतरती है। संरचना में बिलकुल ढिलाई नहीं...। हर घटना का नाट्यवस्तु से साक्षात् और निकट सम्बन्ध दिखाई देता है। (वैसे भी बाक़ी तमाम संस्कृत नाट्यलेखकों की तुलना में भास सरल और संक्षेप में अपनी बात कहते हैं।) इसलिए मराठी अनुवाद करते समय भास के संहिता में कुछ भी बदलने की ज़रूरत मुझे महसूस नहीं हुई। किन्तु भास अपने नाटक में 'नांदी' नहीं लिखते। इसीलिए 'अभिजात शैली' को सँभालने हेतु 'पूर्वरंग युक्त नांदी' मुझे लिखनी पड़ी। भास की संहिता में अनेक संस्कृत श्लोक हैं। मैंने विविधता और रंजकता लाने के लिए अनुवाद करते समय कुछ श्लोकों के गीत बनाए, कुछ मुक्त छंद की कविता में रखे, तो कहीं पर छंदों का भी इस्तेमाल किया। शुरू में नाटक 'महाराष्ट्र राज्य नाट्य स्पर्धा' के लिए कला अकादमी में करना था। तो स्पर्धा के नियम के अनुसार नाटक में 'मध्यांतर' आवश्यक था। भास के तीसरे अंक के अन्त में जहाँ राजा उदयन और पद्मावती के विवाह का उल्लेख मात्र है, वहाँ 'सप्तपदी-विधि' के श्लोकों का उपयोग करके रंगमंच पर विवाह की योजना की। एक मत्तवारिणी पर विवाह हो रहा है और दूसरी मत्तवारिणी पर विचित्र मन:स्थिति में खड़ी वासवदत्ता अपने पति का विवाह होता देख रही है। यह रंगमंचीय आविष्कार बहुत परिणामकारक रहा। आज भी इस प्रवेश को दर्शकों की तालियाँ हर जगह मिलती आ रही हैं। भरतमुनि के 'नाट्यशास्त्र' का आधार समग्र प्रक्रिया के लिए लिया ही, मगर प्रोसिनियम का विचार करके उसमें कुछ बदलाव करने पड़े। दृश्यबंध में, 'वेदिका', 'रंगशीर्ष' और 'मत्तवारिणी' का स्वरूप बदले बिना उनके स्तर में थोड़ा बदलाव किया, जिससे दृश्य-रचना में वैविध्य दिखाई दिया। सहस्त्रकमल, पताका, हाथी, स्वस्तिक—इन प्रतीकों का उपयोग परम्परा जताने के लिए किया।

2000 साल पहले संगीत और नृत्य का स्वरूप आज से निश्चित भिन्न था। इसी लिए प्रचलित शास्त्रीय शैलियों का मूल और सरल स्वरूप क्या रहा होगा, इसका बार-बार विचार करना पड़ा। शास्त्रीय संगीत, गीत एवं नृत्य नाटक पर हावी न हो...जितनी सहजता से अभिनेता हाव-भाव एवं भाषा का प्रयोग करता है, उतनी ही सहजता से इन सबका उपयोग हो, तभी प्रस्तुति स्वाभाविक प्रतीत होगी, यह मेरा मानना है।

प्रकाश योजना के बारे में 'नाट्यशास्त्र' में बहुत कम जानकारी है। 19वीं सदी का दिया बहुत बड़ा वरदान बिजली है। इसने रंगमंच पर भी जादू भरा असर कर दिया है। 'नाट्यशास्त्र' के समय में दीवारों के नज़दीक रखे दीपक, शालभंजिका में जलने वाले नन्हे दीपक, मशाल—इन जैसे चीज़ों का आयोजन 'जो घट रहा है वो दिखे', इसी उद्देश्य से रहा होगा। मात्र इसका एक लाभ यह हुआ कि दृश्य बदलने के समय में संगीत का प्रभावी प्रयोग किया जाता था। मुख्य पात्रों के आगमन-निर्गमन हेतु कपड़े की यवनिका (पटी) का उपयोग किया जाता था और 'ब्लैक आउट' की संकल्पना नहीं होने से एक 'नॉन इंटरप्ट' नाट्यानुभव प्राप्त होता था। इसका विचार कर हमने भी पूरे प्रयोग में सूचक रूप से दो दीपक जलाए रखा। उचित जगह पर यवनिका का उपयोग किया और ब्लैक आउट नहीं किया।

डायरेक्शन के साथ-साथ स्वप्नवासवदत्ता के वेश-विन्यास में मेरा ख़ास योगदान रहा है। कथानुरूप वेशभूषा के लिए 'मौर्य' एवं 'कुश' कार्यकाल का सन्दर्भ लिया। 'रौशन अल्काजी' जी के एंशियंट इंडियन कॉस्ट्यूम के समग्र अभ्यास को पढ़कर मैंने उसे समझने की कोशिश की। तब कपड़ा पहना या लपेटा जाता था। उसे सिला नहीं करते थे। इसलिए मैंने तय कर लिया कि जहाँ तक हो सके, कपड़े में धागे का इस्तेमाल कम-से-कम किया जाएगा। इससे लाभ यह हुआ कि हर शो के शुरू में कपड़े का ड्रेपिंग ज़रा-ज़रा बदलती रही जब तक कि मैं सन्तुष्ट न हो जाऊँ। आभूषण, केश-रचना और वस्त्र संस्कृत नाटक में आहार्य अभिनय का बहुत बड़ा हिस्सा होते हैं। इसलिए उस पर विशेष ध्यान देना आवश्यक है। देश की प्रसिद्ध वेशभूषाकार अंबा सान्याल जी ने जब वासवदत्ता के कॉस्ट्यूम की प्रशंसा की, तो मुझे सार्थकता का अनुभव हुआ।

रंगभूषा के सम्बन्ध में भरतमुनि की सूचनाएँ वर्तमान स्थिति में अस्वीकृत हैं। बदली हुई सामाजिक मान्यताएँ, प्रगत कॉस्मेटिक्स के रहते 'नाट्यशास्त्र' के 'अंग-रचना' सम्बन्धी विवरण से कुछ ख़ास मदद नहीं मिल पाती। अपने प्राचीन शिल्पों को

देखकर उसके स्केच बनाकर रखने की आदत मुझे इसी वजह से लगी। स्थल-कालानुरूप वेश, केश-रचना, आभूषण, अंग-रचना का बहुत-सा ज्ञान इन शिल्पों से हमें मिलता है।

इस तरह चारों ओर से सोच-विचारकर, पूरी शक्ति और श्रद्धा से 'स्वप्नवासवदत्ता' को हमने रसिकों के सम्मुख रखा और सच में उसकी बड़ी सराहना हुई। राज्य नाट्य स्पर्धा में कई पुरस्कार प्राप्त हुए। 2003 के भारत रंग महोत्सव में 'स्वप्नवासवदत्ता' का चयन हुआ। तब राष्ट्रीय नाट्य विद्यालय के निदेशक थे प्रो. देवेन्द्र राज अंकुर जी। रंगकर्मी एन.एस.डी. के हों या न हों, वे हमेशा जैन्युइन लोगों की क़दर करते रहे हैं। उन्होंने यह नाटक देखना एन.एस.डी. छात्रों के लिए कम्पलसरी किया था और वह ख़ुद भी नाटक देखने आए थे। नाटक के अन्त में प्रो. एच. वी. शर्मा सर के हाथों हम सभी कलाकारों को सम्मानित किया गया। अरुणाचल में दो साल पहले हुई चर्चाओं के बाद शर्मा सर का यह नाटक देखना, उनके हाथों सम्मानित होना और उनका नाटक की सराहना करना—मानो एक परिक्रमा यहाँ पर पूरी हो गई।

अब जब 15 साल बाद इस नाटक का दुबारा निर्माण कर रही हूँ तो शर्मा सर हमारे बीच नहीं हैं। नये कलाकारों के पास तीन महीने नाटक की रिहर्सल करने का समय नहीं है। गोवा में स्पर्धात्मक रंगभूमि छोड़कर एक्सपेरिमेंट पर पैसा लगाने वाले प्रोड्यूसर भी नहीं हैं। ...और ख़ुद मुझमें, छोटी-छोटी चीज़ों से प्रभावित होकर उत्साह के साथ जो आँखों में चमक आती थी, वह भाव अब नहीं है।...काफ़ी कुछ बदल चुका है। पर कुछ अच्छा भी हुआ है। अब यह करके देखो, वह भी उसमें डालो—ऐसे उत्साह से सारा ज्ञान एक ही नाटक में दिखाने की ज़रूरत महसूस नहीं होती। कम-से-कम शब्द, कम-से-कम हाव-भाव में अधिक से अधिक बात कहने की कोशिश अब हम नाटकों में करते हैं। ख़ुद का नाटक, ख़ुद कमाए पैसों से निर्माण करने की आर्थिक क्षमता अब हममें है। इंटरनेट, मोबाइल, डीवीडी के चलते आज के युवा अभिनेताओं को अलग-अलग दिग्दर्शकों का इस सन्दर्भ में काम दिखाया जा सकता है। ख़ुद पर भरोसा बढ़ गया है। इसलिए दो-चार एक्टर बदल गए, कोई लेट आया या अचानक, कुछ हादसा हुआ तो अन्दर से डर नहीं लगता। हर हाल में नाटक हो जाएगा, यह विश्वास अब पक्का है। इसलिए जब 2018 में थियेटर ओलंपिक्स के लिए ख़त आया तो सबसे पहले 'स्वप्नवासवदत्ता' का प्रदर्शन समय दो घंटे से घटाकर मैंने डेढ़ घंटा किया। अब यह नाटक और भी ख़ूबसूरत और ज़्यादा रचनात्मक लगता है। ऐसे में एक दिन मुझे लगा कि एक्टर्स सब अच्छा कर रहे हैं पर सात्त्विक भाव खुलकर नहीं आ रहा। थियेटर ओलंपिक्स के शो के पहले इस समस्या का समाधान ज़रूरी था। नये रंगकर्मियों को हमेशा प्रोत्साहित करनेवाले मार्गदर्शक और तब के नेशनल स्कूल ऑफ़ ड्रामा के निर्देशक

प्रो. वामन केन्द्रे सर से इस विषय में बात की। उन्होंने जो कहा, वह मेरे विकास के लिए बहुत महत्त्वपूर्ण था। वे बोले, "अनघा, हर चीज़ में पर्फेक्शन पाने की चाह में तुम्हारे अन्दर का शिक्षक कहीं ज़्यादा हावी तो नहीं हो रहा? ये चेक करो।" मुझे तुरन्त एहसास हुआ कि वह क्या कह रहे हैं। उस दिन रिहर्सल में मैंने अभिनेताओं को बताया कि "इस प्रवेश का दर्शक पर ये-ये इफ़ेक्ट होना चाहिए। आप ठीक कर रहे हो...बस, वो इफ़ेक्ट आने के लिए क्या कर सकते हो, वो देख लो।"... और मैं घूमने चली गई।

घंटे भर बाद देखा तो काफ़ी बदलाव हुआ था। प्रशिक्षण, निर्देशन के साथ ही साथ एक्टर को स्पेस देना भी ज़रूरी होता है। कई बार हम यह भूल जाते हैं और एक्टर खुल नहीं पाता।...निर्देशक बनना सबसे पहले अच्छा व्यक्ति बनने की शुरुआत है। इसलिए व्यक्तिगत तौर पर 'स्वप्नवासवदत्ता' मेरे लिए 15 साल का केवल नाट्यप्रवास न होकर व्यक्तित्व का प्रवास प्रतीत होता है। संकट की अनिश्चित घड़ी में भी 'स्वप्नवासवदत्तम्' का भास-रचित श्लोक ही याद आता है। उसी से आलेख समापन करती हूँ :

कालक्रमेण जगतः परिवर्तमाना।
चक्रारपंक्तिरीव गच्छती भाग्यपंक्ती:।

सौरभ अनन्त

सौरभ अनन्त भारतीय नाट्य परम्परा में प्रयोगधर्मिता का समावेश करते हुए ऐसी रंगयुक्तियों की खोज में संलग्न हैं जिनसे गहरे सौन्दर्यबोध के साथ सामाजिक सरोकारों को अभिव्यक्त किया जा सके। लगभग दस वर्षों पहले विहान नाट्य-समूह की स्थापना और 'कनुप्रिया' के निर्देशन से इनकी रंगयात्रा आरम्भ हुई। इन्हें विजयदान देथा की कहानी 'सपनप्रिया' के अलावा 'सुभद्रा', 'एक कहानी बस्तर की' तथा संस्कृत नाटक 'हास्यचूड़ामणि' के मंचन से विशेष पहचान मिली। सौरभ अनन्त रंगमंच के समकालीन परिदृश्य पर अपनी कल्पनाशीलता और नाट्य संगीत के रचनात्मक उपयोग के लिए भी जाने जाते हैं और भोपाल में रंगकर्म करते हैं।

तोत्तो-चान : बहुत अच्छी बच्ची

नाटक जैसे व्यावहारिक और क्रिया-प्रधान माध्यम में लगातार काम करते, स्वयं को मंच पर प्रस्तुत करते रहने के बीच इस तरह का कोई स्पेस खुलना जहाँ लिखकर आप अपने काम के बारे में बात कर रहे हैं, निश्चित ही रुककर एक गहरी साँस लेने की तरह है। साथ ही हमेशा ख़ुशी होती है जब लेखक, साहित्यकार और पत्रिकाएँ इस तरह से 'नाटक की प्रक्रिया', अनुभव और स्मृतियों को दस्तावेज़ करने का उपक्रम करते हैं।

हृषीकेश सुलभ जी का फ़ोन आया और उन्होंने कहा कि वे चाहते हैं, मैं अपने किसी नाटक की प्रक्रिया और यात्रा पर विस्तार से कुछ अनुभव लिखूँ। मुझे लगा, यह सचमुच कितना ख़ूबसूरत मौक़ा है स्मृतियों को टटोलने का, जिये और रचे को याद करने का और अपने भीतर उमड़ती कई सारी बातों और विचारों को लिखकर साझा कर सकने का। मैंने ख़ुशी से कहा कि मैं ज़रूर लिखूँगा। असल में मुझे लगता है कि रचनात्मकता के क्षणों को संरक्षित करना उस रचना में उपस्थित 'समय' को संरक्षित करना है। बहरहाल सुलभ जी से वक़्त लेकर मैंने अपने नाटक 'तोत्तो-चान' की प्रक्रिया पर कुछ बातें और अनुभव लिखना तय किया और स्मृतियों को खँगालना शुरू कर दिया। सबकुछ याद करते हुए मुझे लगा कि यह महज़ एक रचना-प्रक्रिया नहीं बल्कि भावना और जीवन के स्तर पर कोई बहुत गहरा अनुभव है।

'तोत्तो-चान' को नाटक के रूप में कर जाना अपने-आपमें एक लम्बी कहानी है। मैं इस अनुभव को अपने बहुत क़रीब पाता हूँ और इसके एक नहीं, कई सारे कारण हैं। जैसे किसी लम्बी यात्रा से अर्जित अनुभव वक़्त के साथ-साथ आपमें उतना ही गहरा होता चला जाता है। नाटक 'तोत्तो-चान' बिलकुल वही है।

2006 में मैंने पहली बार तेत्सुको कुरोयानागी के आत्मकथात्मक उपन्यास का हिन्दी अनुवाद पढ़ा था जिसका शीर्षक है : 'तोत्तो-चान–खिड़की में खड़ी एक नन्ही लड़की'। इसे पढ़ते हुए मुझे एहसास हुआ कि शिक्षा पद्धति आज एक वैश्विक

समस्या है। इस नाटक की प्रक्रिया के बारे में अगर बात करूँ तो मुझे अपने ही बचपन की तरफ़ जाना होगा। मैं अपने स्कूल की पढ़ाई के तरीक़ों से कभी सन्तुष्ट नहीं रहा और तोत्तो अगर तोमोए न जाती और अपने पुराने स्कूल में ही पढ़ती तो शायद उसे भी शिक्षा पद्धति से उतनी ही गहरी शिकायत होती। लेकिन तोत्तो को तोमोए में श्री सोसाकू कोबायाशी से पढ़ने का अवसर मिला। मुझे लगता है कि हर एक बच्चे को, ख़ास कर आज के समय में, कोबायाशी जैसे शिक्षक की ज़रूरत है; या फिर यह कहना बेहतर होगा कि आज हर शिक्षक को कोबायाशी जैसा होने की ज़रूरत है।

नाटक 'तोत्तो-चान' की मुख्य बात यह है कि वह कल्पना लगता है और चमत्कार यह है कि वह सच्ची घटना है। सोचिए कि कहीं रेल के डिब्बों में कक्षाएँ लगती हैं क्या? या क्या कभी आपने अपने स्कूल में ख़ुद चुना है कि आपको क्या पढ़ने का मन है? या कि कभी आपके शिक्षक ने आपसे कहा हो कि गन्दे कपड़े पहनकर आओ ताकि जी भर के बिना संकोच के धूल-मिट्टी में खेल सको? यह सब कल्पना की बातें हैं लेकिन ये सारी बातें सच हैं जो कोबायाशी अपने बच्चों से कहते थे। इस किताब के ज़रिये मैंने न सिर्फ़ 'तोमोए' जैसे स्कूल और 'कोबायाशी' जैसे शिक्षक और उनकी शिक्षा पद्धति को जाना बल्कि मुझे लगा कि तोमोए सचमुच ही मेरे सपनों का कोई स्कूल है और कोबायाशी मेरे शिक्षक।

तेत्सुको कुरोयानागी अपनी किताब में लिखती हैं कि "मैं ज़्यादा-से-ज़्यादा लोगों को कोबायाशी और उनके पढ़ाने के अनूठे प्रयोगों के बारे में बताना चाहती हूँ", और मेरे भीतर की तोत्तो भी यह सब बहुत सारे लोगों को बताना चाहती थी। यूँ भी रंगकर्म जैसी कला में होते हुए मैंने अपने-आपको हमेशा समाज का ज़रूरी और ज़िम्मेदार हिस्सा माना है और मुझे यह अपनी एक ज़िम्मेदारी लगी कि मैं अपने 'नाटक' के माध्यम से ज़्यादा-से-ज़्यादा लोगों को कोबायाशी जैसे शिक्षक और उनके स्कूल के बारे में बताऊँ। यह महसूस करते मन के भीतर मैं शायद किसी निर्णय पर 2007 में ही पहुँच गया था कि मैं 'तोत्तो-चान' पर नाटक करना चाहता हूँ।

'तोत्तो-चान' मेरे भीतर एक उपन्यास से नाटक बनने की यात्रा लगभग दस साल तक करता रहा और यह मौक़ा मुझे 2017 में मिला कि इस पर नाटक बनाया जाए। इस समय को मौक़ा कहने के कई कारण हैं। एक तो यह कि भोपाल में भारत भवन साहित्यिक कृतियों पर आधारित नाटकों का एक समारोह आयोजित कर रहा था जिसमें मुझे अपना एक नाटक प्रस्तुत करना था। जब इच्छाओं को खँगाला तो पाया कि मैं इस बार जो कुछ नया कहना चाहता हूँ, वह पिछले 10 सालों से मेरे अन्दर यात्रा कर रहा है, 'तोत्तो-चान' पर नाटक करने की इच्छा मेरे मन में बनी हुई है। हालाँकि एक उपन्यास की नाट्य-परिकल्पना के लिए मेरे पास समय कम था लेकिन तय कर लिया कि अब यही करना है। दूसरा, 'तोत्तो-चान' की परिकल्पना

में मैं जिस तरह के प्रयोगों की कल्पना कर रहा था, जैसे कि संगीत, कविताएँ, कॉस्ट्यूम्स, मेकअप, प्रॉपर्टीस, अभिनेताओं का इन सभी चीज़ों से एकाकार और उनकी प्रस्तुति का एक फ्रेमवर्क, यह सब कुछ मेरे लिए बहुत ही नया अनुभव होने वाला था (क्योंकि नाटक करना मैं करते-करते ही सीख रहा हूँ)। मूल कहानी में जापान के सांस्कृतिक तत्त्व उभरकर नहीं दिखाई देते लेकिन क्योंकि इस बात को मंच पर कहना था तो ये सारे पक्ष महत्त्वपूर्ण थे। मैं ज़रूर एक वैश्विक विचार की बात कर रहा था परन्तु प्रसंग में जापानी कहानी थी। दरअसल 'तोत्तो-चान' एक सच्ची कहानी है लेकिन रंगमंच पर हर कहानी जादू होना चाहती है। उस जादू के लिए मैंने और पूरी टीम ने बहुत शोध भी किया जो दर्शकों को मंच से लेकर मंच परे तक के हर पक्ष में दिखाई देता है। 'नाटक कैसा दिखेगा' से लेकर 'नाटक कैसे महसूस होगा', इसमें जापान की कला और संस्कृति का होना मुझे अनिवार्य लगा। यह एक चुनौती भी थी क्योंकि नाटक का विचार वैश्विक है, भाषा हिन्दी है और सौन्दर्यबोध में जापान है।

नाटक 'तोत्तो-चान' को बनाने की प्रक्रिया में अगली बात जो मेरे लिए बहुत ख़ास रही, वह है इस नाटक की टीम। इस नाटक में जो कलाकार हैं, वे कास्ट या क्रू नहीं हैं। यह ऐसे कलाकारों की टीम है जो मेरे विचार के साथ हैं, सहमत हैं और जो समझते हैं कि हम 'तोत्तो-चान' के ज़रिये क्या कहना चाहते हैं। 'तोत्तो-चान' वास्तव में एक विश्वास है। नाटक शुरू करने से पहले मैंने उपन्यास को टीम के साथ मिलकर कई-कई बार पढ़ा। कहानी पूरी टीम तक पहुँची, उनके भीतर गई, फिर कलाकारों के भीतर की कहानी अलग-अलग रूप लेकर बाहर आई और नाटक बनाने की प्रक्रिया शुरू हुई। इस वक़्त तक हेमंत भाई (देवलेकर) की कविता की किताब 'हमारी उम्र का कपास धीरे-धीरे लोहे में बदल रहा है' आ चुकी थी और उसमें कुछ बाल कविताएँ थीं। उनकी ये कविताएँ मुझे 'तोत्तो-चान' के स्वभाव के बहुत नज़दीक लगीं और मैंने उनकी कविताओं को नाटक के अलग-अलग दृश्यों में शामिल किया। उनकी कविताएँ, गीत और संगीत उनके भीतर की 'तोत्तो-चान' की कहानी थी इस नाटक के लिए। जापानी पृष्ठभूमि पर तैयार हो रहे नाटक को विशेष ध्वनि-प्रभावों की ज़रूरत थी। हेमंत भाई की धुनों और संगीत क. साथ तेजस्विता अनंत ने अपने ताल वाद्य के प्रयोगों के साथ बहुत सुन्दर निभाया और उसने 'तोत्तो-चान' की कहानी के भीतर से आते ध्वनि-प्रभाव हम सबके लिए पैदा किये। ऐसा ही साथ गिटार पर जापानी प्रभाव खोजते हीरा धुर्वे और आशीष प्रसाद का रहा। उसी तरह श्वेता केतकर ने इस नाटक की कहानी को 'देखा' और कॉस्ट्यूम, मेकअप, प्रॉपर्टीस से इस नाटक के सौन्दर्यबोध में न सिर्फ़ मदद की बल्कि मेरी कल्पना में मंचित होते 'तोत्तो-चान' को मंच पर लगभग उसी दृश्य-रूप में साकार भी किया। मंच और मंच परे के जो कलाकार हैं, जैसे अंकित पारोचे, निवेदिता

सोनी, शुभम कटियार, आकाश इखारे, कृष्णा पटेल, अंकित मिश्रा, रसिका कड्डु, सृष्टि भागवत, राघव सवागुंजी, शिवानी सिंह, मौलश्री सक्सेना आदि सभी ने कहानी के डेवलपमेंट पर मेरे साथ बहुत काम किया। 'तोत्तो-चान' की कला यात्रा में अपने साथियों को याद करते हुए यहाँ सुदीप सोहनी का उल्लेख करना ज़रूरी है। नाटक बनने और होने की प्रक्रिया में उसकी प्रत्यक्ष और परोक्ष उपस्थिति कन्धे पर हमेशा भरोसे का हाथ होने जैसी है।

'तोत्तो-चान' के उपन्यास से नाटक होने की प्रक्रिया में बहुत-से प्रयोग शामिल हैं। मूलत: उपन्यास में जिन छोटी-छोटी घटनाओं का उल्लेख है, उनमें मैंने पूरा-पूरा नाटक खोजने की कोशिश की है। जैसे हेडमास्टर कोबायाशी खाना खाने के बारे में कितनी गम्भीरता से बच्चों को सलाह देते थे, इसके लिए एक गीत नाटक में शामिल किया गया। फिर जहाँ तोमोए में नाटक खेले जाने का उल्लेख है, उसके लिए मैंने जापान की ही एक लोककथा को खोजा और उसका नाट्य-रूपान्तरण कर उसे भी नाटक के एक हिस्से में प्रस्तुत किया। इस लोककथा में 'ओनी' नाम का एक राक्षस है ('ओनी' जापान के लोक में बुराई का प्रतीक है) जो जापान के आम लोगों को परेशान कर रहा है और 'मोमोतारो' नामक युवक उन लोगों को ओनी से छुटकारा दिलाता है। तोमोए में खेले गए इस नाटक को हमने अपने मूल नाटक से जोड़ा और आगे चलकर अमरीका ने जापान पर जो हवाई हमले किये, जिसके कारण अन्त में तोमोए भी नष्ट हो गया, उसके मद्देनज़र हमने अमरीका को ओनी के रूप में प्रस्तुत किया। तोमोए में होनेवाले नाटक की घटना मेरे लिए एक अच्छा स्पेस बनकर आई जहाँ मैं एक निर्देशक के रूप में अपने नाटक 'तोत्तो-चान' की सार्थकता और ज़रूरत की बात कह सका, क्योंकि मेरा मानना है कि जैसे मोमोतारो जैसा बहादुर और विवेकशील योद्धा जापानी लोगों की रक्षा करता है, उसी तरह एक अच्छा स्कूल और अच्छे शिक्षक बच्चों को विवेकशील मनुष्य बनाते हैं जिससे युद्ध और विध्वंस की सम्भावनाओं को रोका जा सकता है।

इस नाटक में मेरे विचार को स्थापित करने के लिए इसके छोटे-छोटे अंशों को पूरी टीम ने मिल-जुलकर एक्सप्लोर किया है। इसमें सारी टीम तो ज़रूरी थी ही लेकिन 'तोत्तो-चान' करने के लिए 'तोत्तो' से मेरी मुलाक़ात भी ज़रूरी थी। मेरी तोत्तो मुझे 2015 में मिली थी, तब वह 3 साल की थी। तब से वह लगातार मेरे साथ काम कर रही है और अब वह 6 साल की हो गई है। उस बच्ची का नाम तनिष्का है और उससे मिलने के बाद 'तोत्तो-चान' करने की मेरी इच्छा को अधिक बल मिला। जैसाकि मैंने उल्लेख किया कि यह नाटक हम सबका विश्वास है तो तनिष्का के बारे में यहाँ यह कहना ज़रूरी है कि उसने और उसके माता-पिता (मंजूमणि हतवलने और विशाल हतवलने) ने इस विश्वास को हमेशा बढ़ाया ही है। तनिष्का एक असाधारण प्रतिभा है जो इस देश के हर बच्चे के प्रतिभावान होने

की सम्भावना का प्रतिनिधित्व कर रही है, बिलकुल वैसे ही, जैसे तोत्तो हर उत्सुक और जिज्ञासु बच्चे की तरह है, जिसे सिर्फ़ एक अच्छी शिक्षा पद्धति और अच्छे शिक्षक की ज़रूरत है।

तोत्तो-चान की प्रक्रिया के सबसे दिलचस्प अनुभवों में से एक यह है कि इस नाटक के मुख्य किरदार में 6 साल की बच्ची है और बाक़ी सभी कलाकार बड़े हैं। यह मेरे लिए भी एक बड़ी चुनौती थी और मंच पर सारे अभिनेताओं के लिए भी कि वे तनिष्का के साथ नाटक के किरदारों से इस तरह घुल-मिल जाएँ कि उनमें उम्र का फ़ासला न रहे। यहाँ एक ज़रूरी सन्दर्भ के रूप में मैं विहान की बाल सृजन इकाई 'स्वप्नयान' का उल्लेख करना चाहता हूँ। 2015 में हमने विहान के अन्तर्गत 'स्वप्नयान' की शुरुआत की जिसके तहत हम लगातार बच्चों के साथ रंगमंच कर रहे हैं। तनिष्का और उसी के जैसे और बहुत-से अद्भुत बच्चे जैसे ईशा, ग्रेसी, अमान, लविज़ा, परी, बीहू, सुयश, अनहद, मुदित आदि हमारे साथ जुड़े। बच्चों के साथ काम करना एक अलग अनुभव है और उसके लिए भी आपको ख़ुद को ट्रेन करना होता है। तो 'स्वप्नयान' में बच्चों के साथ नाटक करना भी अब तक शायद मेरी और मेरी टीम की ट्रेनिंग ही थी जिसने हम सभी को 'तोत्तो-चान' कर सकने के लिए तैयार किया।

वैसे तो हर नाटक का अपना अनुभव, यात्रा और सीख होती है लेकिन 'तोत्तो-चान' से मेरा एक ख़ास तरह का जुड़ाव है। जब मैं स्वयं को एक निर्देशक के रूप में देखता हूँ तो 'तोत्तो-चान' मुझे अपने बाक़ी निर्देशित नाटकों से अलग लगता है। इस नाटक को करने से पहले के अनेक अनुभव हैं जिन्होंने मुझे 'नाटक करना' सिखाया। और सारी सीखें पकते-पकते 'तोत्तो-चान' में कुछ-कुछ दिखाई देती हैं। क्योंकि नाटक करना सिर्फ़ आन्तरिक और एकल प्रक्रिया नहीं है, वह लोगों के साथ प्रयोग की जानेवाली और लोगों के लिए प्रस्तुत की जानेवाली कला है, इसलिए मुझे लगता है कि नाटक सिर्फ़ कला ही नहीं बल्कि एक विचार भी है। एक निर्देशक के रूप में मैं पाता हूँ कि 'तोत्तो-चान' मेरी कला भी है और मेरा विचार भी।

'तोत्तो-चान' की एक और मुख्य विशेषता है कि यह हर वर्ग के व्यक्ति के लिए सोचने का विषय है इसलिए यह एक व्यापक मुद्दा है। यह बात एक बच्ची की है लेकिन सिर्फ़ बच्चों के लिए नहीं है बल्कि ख़ास तौर पर शिक्षकों और अभिभावकों के लिए भी है। इसलिए इस नाटक की यह एक चुनौती है कि यह कैसे हर दर्शक को अपील करे। मुझे इस बात की ख़ुशी भी है और विनम्र गौरव भी कि अब तक 'तोत्तो-चान' को लगभग हर वर्ग के व्यक्ति ने देखा है और उन सभी ने इस नाटक को बहुत प्रेम दिया है। 'तोत्तो-चान' की 25 प्रस्तुतियाँ हो चुकी हैं और यह नाटक लगातार बन ही रहा है (क्योंकि नाटक हमेशा बनता ही रहता है)। इन सभी प्रस्तुतियों के दौरान कई बार मेरे और मेरी टीम के लिए गर्व के मौक़े आए हैं। यहाँ मैं

'तोत्तो-चान' के साथ अलग-अलग शहरों की यात्राओं और दर्शकों के साथ के अनुभवों को साझा करना चाहता हूँ। देश की अनेक सरकारी और ग़ैर-सरकारी संस्थाओं के साथ और सहयोग से हमने 'तोत्तो-चान' के लगातार अनेक शहरों में मंचन किये हैं। यहाँ उल्लेखनीय है कि अज़ीम प्रेमजी फ़ाउंडेशन और मध्य प्रदेश तथा छत्तीसगढ़ राज्य शिक्षा विभाग का यह सराहनीय प्रयास रहा कि उन्होंने दो बार 'तोत्तो-चान' की प्रस्तुतियाँ मुख्य रूप से सरकारी स्कूल के शिक्षकों के लिए आयोजित कीं। यह मेरे और मेरी टीम के लिए बहुत महत्त्वपूर्ण समय रहा क्योंकि हम लगातार 15 दिनों तक 'तोत्तो-चान' के साथ एक बार मध्य प्रदेश और दूसरी बार छत्तीसगढ़ के गाँवों, ज़िलों और शहरों में प्रस्तुतियाँ दे रहे थे। नया दिन, नई जगह, नये लोग और नई चुनौतियाँ भी इन यात्राओं से हमने हासिल की हैं। नाटक की प्रस्तुति के बाद हमने शिक्षकों और शिक्षाविदों से चर्चा भी की। बहुत-से शिक्षकों ने अपनी समस्याएँ हमसे साझा कीं लेकिन नाटक देखने के बाद उन्होंने हमसे यह संकल्प भी किया कि अब वे अपने-अपने विद्यालयों में वापस जाकर परिवर्तन का प्रयास करेंगे। हम ऐसे कई युवा शिक्षकों से भी मिले जो अपने-अपने स्तर पर गाँवों-क़स्बों-ज़िलों के विद्यालयों में परिवर्तन का काम भी कर रहे हैं। यह सब मुझे रंगकर्म की उपलब्धि लगती है। ऐसा अवसर मुझे या 'विहान' के कलाकारों को किसी और क्षेत्र में शायद नहीं मिल सकता था कि हम देश के आन्तरिक क्षेत्रों में जाकर अपना नाटक प्रस्तुत करें और वह नाटक वहाँ के लोगों पर इस तरह प्रभाव डाले। 'तोत्तो-चान' की टीम ने एक ओर रायपुर, बीकानेर, जबलपुर के बड़े मंचों पर इस नाटक की प्रस्तुतियाँ दी हैं, वहीं धमतरी, रायगढ़, जांजगीर, खरगोन, खुरई, भाटापारा जैसे छोटे क़स्बों के मंच पर कम सुविधाओं में भी प्रस्तुतियाँ दी हैं। इससे हमने नाटक की यात्रा में यह भी सीखा है कि नाटक कितना व्यापक हो सकता है और होना चाहिए कि ज़्यादा-से-ज़्यादा या कम-से-कम उपलब्ध सुविधाओं के साथ नाटक को लोगों तक पहुँचाया जा सके। यहाँ मैं एक सुखद ख़बर सभी से साझा करना चाहता हूँ कि राष्ट्रीय नाट्य विद्यालय द्वारा नवम्बर में दिल्ली में आयोजित होनेवाले अन्तरराष्ट्रीय बाल रंगमंच समारोह 'जश्न-ए-बचपन' की समापन प्रस्तुति 'तोत्तो-चान' के साथ की जा रही है। 'तोत्तो-चान' छोटे और बड़े शहरों तथा छोटे और बड़े मंचों पर समान रूप से प्रभावी साबित हो रहा है और दर्शकों का प्यार बटोर रहा है।

नाटक के साथ इस तरह की यात्राओं को मैं आर्टिस्ट ट्रेनिंग का एक बहुत ज़रूरी हिस्सा मानता हूँ। आर्टिस्ट ट्रेनिंग से मेरा मतलब निर्देशक, अभिनेता, संगीत मंडली और मंच परे के सभी कलाकारों की ट्रेनिंग से है। 'तोत्तो-चान' इस सन्दर्भ में एक महत्त्वपूर्ण नाटक रहा है। 'तोत्तो-चान' ने मुझे तो एक कलाकार, रंग-निर्देशक और व्यक्ति के रूप में प्रभावित किया ही है, साथ ही साथ उन सभी कलाकारों में भी मैं

बदलाव देखता हूँ जो इस नाटक का हिस्सा हैं। यूँ तो हर नाटक कलाकार के जीवन पर प्रभाव डालता है लेकिन 'तोत्तो-चान' किसी और ही स्तर की प्रक्रिया रही है।

इस नाटक के प्रस्तुतीकरण में एक विशेष बात है कि यह बहुत खुला हुआ नाटक है जहाँ अभिनेता जो संवाद आपस में करते हैं, वहाँ दरअसल वे दर्शकों से संवाद कर रहे होते हैं। मुख्यत: यह नाटक नैरेटिव स्टाइल में है और अभिनेता जिस तरह दर्शकों को अपने से जोड़ते हैं, यह इस नाटक के कलाकारों के लिए भी एक अलग अनुभव है। इस पूरे नाटक में हर अभिनेता गीत गाता है, नाचता है, कविता कहता है, प्रॉपर्टी का प्रयोग करता है और अलग-अलग चरित्र धारण करता है। लोकधर्मिता और नाट्यधर्मिता, दोनों ही का प्रयोग इस नाटक की विशेषता है जिसमें हर अभिनेता कभी एक किरदार अपना लेता है तो कभी सूत्रधार हो जाता है। 'तोत्तो-चान' की बुनावट ऐसी है कि यहाँ नाटक को 'खेल' पाने की अथाह सम्भावनाएँ हैं। यही अगर तकनीकी रूप से नाटक के टेक्स्ट को देखें तो इस कहानी ने उपन्यास से नाटक की स्क्रिप्ट हो जाने की यात्रा की है। कहानी की इस यात्रा को मेरे साथ अभिनेताओं और संगीत मंडली ने भी तय किया है। यही कारण है कि 'तोत्तो-चान' सिर्फ़ नाटक नहीं बल्कि नृत्य, संगीत, कविता और चित्र भी है क्योंकि नाटक के सभी साथी सबकुछ हैं। 1981 में लिखे गए इस उपन्यास के प्रस्तुतीकरण की प्रासंगिक सम्भावनाओं को मेरे साथ इस नाटक के हर एक कलाकार ने जिया है। टीम के सभी साथियों के इस जुड़ाव का असर मैं लगातार महसूस करता हूँ और मुझे एक निर्देशक के रूप में यह अपना हासिल लगता है कि किस तरह एक नाटक इन सबके जीवन पर एक साथ गहरा प्रभाव डालता है। 'तोत्तो-चान' को करते हुए विहान के हर एक कलाकार की उपलब्धि है कि उसने जितना कला और नाटक को सीखा है, उतना ही उन्होंने प्रेम, सद्भाव और साथ को भी जाना है। इस नाटक की पूरी यात्रा के दौरान मैं देख रहा हूँ कि मेरे सभी साथियों के स्वभाव में एक आवश्यक बदलाव आया है जिसने उन्हें लोगों से, ख़ास कर बच्चों से, पेश आने का बेहतर तरीक़ा सिखाया है। नाटक करना दरअसल सिर्फ़ नाटक करना नहीं होता बल्कि जीवन जीने की कला को समृद्ध करता है।

लेकिन नाटक का प्रस्तुतीकरण मूलत: ताश के पत्तों के महल की तरह होता है। उसे हर बार बनाना होता है, फिर पत्तों को एक साथ जमा करके रख देना होता है। अगली प्रस्तुति के लिए उतने ही धैर्य और विचारशीलता से उसे दोबारा बनाना होता है, बेहतर करना होता है। 'तोत्तो-चान' की कई प्रस्तुतियाँ हो चुकी हैं लेकिन नाटक अब भी बन रहा है और सम्भावना है कि लगातार बनता ही जाएगा। जितनी बार मैं 'तोत्तो-चान' का रियाज़ शुरू करता हूँ, उतनी बार यह नाटक मुझमें और मैं उसमें गहरा उतरता चला जाता हूँ। और यही 'विहान' के सभी कलाकारों के साथ भी होता है। 'तोत्तो-चान' मेरे और मेरे साथियों के लिए एक उत्सव की

तरह है—बचपन का, जीवन का, रंगों का, नाचने-गाने का, कविताओं का उत्सव। लेकिन 'तोत्तो-चान' एक दु:ख का टुकड़ा भी है। तोमोए का नष्ट हो जाना मेरे और मेरे साथियों के भीतर की तोत्तो का गहरा दु:ख है। एक साल पहले जब यह नाटक बन रहा था तब हमारे पास इसकी तैयारी के लिए वक़्त बहुत कम था। लेकिन जब हम युद्ध के दौरान बमवर्षक विमानों के हमले और तोमोए के जल जाने वाले दृश्य पर काम कर रहे थे, उस दिन मैंने रिहर्सल रोक दिया था। हमारे पास उस दिन का बहुत समय बचा था लेकिन मैं अपने भीतर से उस उत्सव को ख़त्म करने के क्षण को शायद टाल रहा था। या शायद मैं चाहता था कि 'तोमोए' पर बमों का गिरना एक दिन और रोक सकूँ। आज भी जब हम 'तोत्तो-चान' का रियाज़ करते हैं और वह दृश्य अन्त में फिर आता है, तो मुझे भी 'अन्त का दु:ख' बार-बार होता है। लेकिन कोबायाशी एक अच्छे, सच्चे और हौसला देनेवाले शिक्षक की तरह फिर मेरे सामने खड़े हो जाते हैं और नाटक के अन्त में मेरी, मेरी टीम की और मेरे दर्शकों की आँखों में सपना दे जाते हैं कि 'हम अब कैसा स्कूल बनाएँ?' यह वह सवाल है जिसने मुझे इस नाटक को करने और इस सवाल को कई-कई लोगों तक पहुँचने की प्रगाढ़ इच्छा भी दी है। मैं इस सवाल को लेकर अनेक गाँवों, क़स्बों, शहरों और देशों की यात्रा करना चाहता हूँ और मुझे उम्मीद है कि हम जल्द ही ऐसे कई स्कूल बना पाएँगे जहाँ बच्चों को ऐसा मनुष्य बनाया जाएगा जो सारी दुनिया को एक परिवार बनाने का प्रयास करेंगे।

ध्रुपद घोष

पश्चिम बंगाल में सक्रिय रंगकर्मी ध्रुपद घोष नेताजी सुभाष मुक्त विश्वविद्यालय से स्नातकोत्तर हैं तथा 2017 से 'नैहाटी रंगसेना' के संस्थापक सदस्य और इस समय कार्यकारी अध्यक्ष एवं सृजनशील निर्देशक हैं। साथ ही नानहासाय, नैहाटी के संस्थापक सदस्य, महासचिव हैं एवं सामाजिक कार्यकर्ता हैं। ध्रुपद गोवा के नेशनल इंस्टिट्यूट ऑफ़ ओसिनोग्राफ़ी के जूनियर रिसर्च स्कॉलर रहे। उन्होंने प्रतिबन्धित कहानियों पर तथा 'श्रीचरणकमलेषु', 'बोका मानुषेर गप्प', 'बिन्दिया', 'धृतराष्ट्र', 'उत्तरायण', 'अमलेर स्वप्नरा', 'देवतार ग्रास', 'मुसुलमानिर गल्प', 'जयबाबा हनुनाथ', 'रंगमेलान्ति', 'डाकघर' सहित अनेक नाटकों का निर्देशन किया है। इसके अतिरिक्त उन्होंने 'श्रीचरणकमलेषु', 'उत्तरायण', 'बैलेंस', 'जलछवि', 'फ़ौनिकता', 'जे कथा बलोनि आगे', 'गान्धारी', 'फिरे देखा' सहित अनेक नाटकों में अभिनय भी किया है।

व्यक्तिगत जीवन में पूरी तरह से न पुरुष हूँ, न स्त्री

पिछले तीन वर्षों से मैं नैहाटी की रंग संस्था 'रंगसेना' से बहुत गहरे जुड़ा हूँ । मेरे जीवन का मूल उद्‌देश्य रहा—समाज सेवा, नौकरी, पढ़ाई-लिखाई, साहित्य का पठन-पाठन तथा नाटक और नाटक से जुड़ी गतिविधियों में जुड़कर अपने को तरोताज़ा रखना। मूल रूप से मेरा दायित्व रहा—नाटकों का निर्देशन।

महाकाव्य आधारित पूर्णकालिक नाटक—'उत्तरायण' से आरम्भ हुई 'रंगसेना, नैहाटी' की प्रस्तुति। उसके बाद हुईं कौशिक चट्टोपाध्याय के 'धृतराष्ट्र', देवव्रत घोष की 'बिन्दिया' जैसे सामाजिक नाटक और श्यामल चन्द्र के हास्य नाटक 'बोका मानुषेर गप्प' आदि की प्रस्तुतियाँ। रवीन्द्रनाथ के लेखन के प्रति मैं हमेशा से आकर्षित रहा। मुझे यदि यह कठिन चुनाव दिया जाए कि रवीन्द्रनाथ की रचना का कौन-सा भाग मुझको सबसे ज़्यादा आकर्षित करता है, तो मैं आँख बन्द कर कहूँगा—रवि ठाकुर की छोटी कहानियाँ और रबीन्द्र संगीत। स्कूल में पढ़ाते हुए रवीन्द्रनाथ के 'डाकघर', 'जूता आविष्कार', 'मुसुलमानेर गल्प', 'देवतार ग्रास' का तथा बच्चों के लिए और भी छोटे नाटकों का मैंने निर्देशन किया है। किन्तु 2018 में जब मेरे ऊपर (रवीन्द्रनाथ के) 'स्त्रीर पत्र' पर काम करने का अवसर आया तो थोड़ा मैं घबराया। पहला तो, रवीन्द्रनाथ के लिखे पर काम करना। मैं साधारण आदमी—उतना ज़्यादा ज्ञान और बुद्धि भी नहीं। मुझसे होगा क्या? और दूसरा—इतना प्रचलित एक टेक्स्ट पर काम करना—जिसके ऊपर पूरी दुनिया में काम हुआ है, हो रहा है और आगे भी होता रहेगा; विशेष तौर पर जब नाट्य जगत की हस्तियाँ—उषा गांगुली या सीमा विश्वास या बंगला के ऋतुपर्ण घोष या अर्पिता दी जैसे दक्ष अभिनेता एवं अभिनेत्रियों ने अभिनय किया है या निर्देशन दिया है! पर इन सारी चिन्ताओं को त्यागकर जब ग्रुप ने साहस किया है तो अन्त में मुझे निर्देशक की भूमिका में आना ही था। रवीन्द्रनाथ ठाकुर की लेखनी से सम्पन्न छोटी कहानी 'स्त्रीर पत्र' की बसन्तसेना के चरित्र को लेकर गहन विवेचना से पूर्ण नाट्यरूप

मिला मंचन के लिए। पहले 19 वर्ष की एक छोटी लड़की को लेकर काम शुरू हुआ। निर्देशक का काम करनेवाले सभी जानते हैं कि निर्देशक को कई बार स्क्रिप्ट को पढ़ना पड़ता है। तो जैसे-जैसे पढ़ता गया, 'स्त्रीर पत्र' की गाँठें खुलती गईं, 'स्त्रीर पत्र' की मृणाल बहुत अच्छी लगने लगी। यहाँ पर यह उल्लेख करना ठीक होगा कि रवीन्द्र की जो दो नायिकाएँ मुझे अत्यन्त प्रिय हैं, वे हैं—नन्दिनी और लावण्य, मृणाल नहीं। फिर भी किस रहस्य के कारण मैं आज मृणाल का अभिनय कर रहा हूँ, यह मेरी समझ से परे है। और अब जब यौवन शेष होने पर है तो नन्दिनी और लावण्य की भूमिका करने का अवसर तो नहीं ही मिलेगा।

जो हो, कई महीने के रिहर्सल के बाद रंगसेना ने रवीन्द्रनाथ ठाकुर की कहानी पर आधारित नाटक 'श्रीचरणकमलेषु' का मंचन किया। सच कहूँ तो दर्शकों को पसन्द नहीं आया। ख़ूब रोया था उस दिन। लगा, जैसे उस दिन रवीन्द्र ठाकुर का आशीर्वाद नहीं था। नाटक के तो इसके बाद और भी कई प्रदर्शन हुए, पर कम उम्र होने के कारण वह लड़की मृणाल को कहीं से भी छू नहीं पा रही थी। अनेक तरह की कोशिशों के बाद जब वांछित परिणाम नहीं आया तब अन्त में, ग्रुप के निर्णय पर मैं मृणाल का अभिनय करने को राज़ी हुआ। इसी के बाद नाटक और मेरे जीवन में शनैः-शनैः बदलाव आता गया।

अपने पूरे जीवन में मैंने स्वयं को एक सही मनुष्य के रूप में देखा । मेरी माँ ने मुझे यही सिखाया था। मेरी माँ ने मुझे सभी दूसरों की, मनुष्य के रूप में, श्रद्धा करना सिखाया था। लेकिन समाज नाम की जो एक मशीनरी या सिस्टम है वो बार-बार मुझे याद दिलाता रहा कि मैं पुरुष हूँ—मुझे चेहरे पर उँगली रखकर हँसना नहीं है, कमर हिलाकर चलना नहीं है, लम्बे बाल नहीं रखने हैं, गाकर बात नहीं करनी है। घर की चहारदीवारी के भीतर प्यार से जिसके सीने पर माथा रख लेते हो, लोगों के सामने उसके माथे का पसीना भी तुम नहीं पोंछ सकते। यहाँ तक कि तुम पुरुष हो तो तुम रो भी नहीं सकते। तुम अभिनेता हो तो तुम सिर्फ़ पुरुष चरित्र का अभिनय कर सकते हो। मेरे दिमाग़ में, पहले से ही ऐसे रोक-टोक के लिए जगह नहीं रही। हम क्यों अभी भी इन सब छोटे-छोटे बन्धनों में बँधे रहते हैं?

मैंने ढूँढ़ने पर मृणाल को अपने अन्दर पाया। हो सकता है, मैं ग़लत कह रहा होऊँ, पर मन में तो ऐसा ही हुआ। मन में हुआ कि स्वयं का आविष्कार ही मेरा और मृणाल का काम है। हम दोनों ही अपने को एक मनुष्य के रूप में स्थापित करना चाहते हैं। शायद रवीन्द्रनाथ ठाकुर ऐसा ही चाहते थे। ऐसा हो भी तो आश्चर्य क्या?

पहला गहन प्रदर्शन—'श्रीचरणकमलेषु'। मुझे आज भी याद है उस दिन की बात—2 जुलाई, 2018—कोई मेरे पास नहीं था। पास रहकर भी कोई पास नहीं था। जिसके सीने में सिर रखता था, वह भी नहीं। वह तो सम्पर्क तोड़कर जा चुकी थी। बस, रह गई थीं उसकी माँ—उनको मम्मी जी कहकर पुकारता था। मुझ पर

बिलकुल अपना-सा स्नेह करती थीं। ओह! वे भी छोड़कर चली गईं—18 मार्च, 2020 को। मुझे हिम्मत दिलाई थी मेरे मित्र ने—आप लोगों के स्टार अभिनेता अनिर्वाण भट्टाचार्य ने। हाँ, इसी आदमी ने अन्दर भरोसा पैदा किया था—एक सच्चे दोस्त का फ़र्ज़ अदा किया था। धन्यवाद तो नहीं दूँगा; हाँ, एक दिन उसके लिए अपने हाथों खीर बनाऊँगा। जो हो, भरोसा तो पाया, लेकिन मंच पर जाने के बाद पता चला—नहीं, इतना आसान भी नहीं। पूरे 25 वर्ष से समाज ने मुझे जिस आवरण में बाँधकर रखा था, पल भर में उसको तोड़कर, एक स्त्री बनकर सामने आना उतना आसान भी नहीं। सिर्फ़ दाढ़ी-मूँछ कटवाकर, भौंह रँगकर, जामदानी साड़ी और गहना पहनकर रवीन्द्रनाथ की नायिका होना सम्भव नहीं। मन में और सोच में एक पूर्णरूपेण स्त्री—पूरी तरह रवीन्द्र की एक सच्ची नायिका, सबसे ऊपर पूरी तरह मृणाल बनकर मुझे आना होगा। असल काम तब शुरू हुआ।

दरअसल, चरित्र के अन्दर चले जाने की प्रत्येक अभिनेता की अपनी प्रक्रिया होती है। उसी अनुसार वे चलते हैं, मैंने भी वही किया—अब यह लिखकर या बोलकर बताना तो बहुत मुश्किल है, फिर भी, मैं कोशिश करता हूँ। सबसे पहले तो मैं इस प्रक्रिया को दो भागों में बाँट लेता हूँ। यहाँ यह बता दूँ कि मैं अपने व्यक्तिगत जीवन में पूरी तरह से न पुरुष हूँ, न स्त्री। इसलिए जिन नाटकों में मुझे पुरुष चरित्र का भी अभिनय करना पड़ता है, वहाँ भी मुझे इसी प्रक्रिया से गुज़रना पड़ता है या गुज़रना पड़ेगा। हाँ, तो दो भाग हुए—चलन और मनन।

मनन द्वारा मैं मृणाल को किस तरह छू सका, यह तो पहले बता चुका हूँ। तो अब चलन में कौन-सी बात बची? बात यह है कि पिछले 25 वर्षों में मैंने कभी साड़ी नहीं पहनी, न पेटीकोट, न ब्लाउज़। साड़ी कैसे सँभाली जाती है, ख़ास तौर पर बिलकुल घरेलू ढंग से साड़ी कैसे पहनी जाती है, मैं नहीं जानता था। पहले शो में पहना तो किसी ने दिया, पर सँभालना? तो, मृणाल तो जानती थी, कैसे आँचल खींचकर किनारा सँभाला जाता है। उसके बाद से रिहर्सल भी साड़ी पहनकर करने लगा। फिर जो किया, वह बहुत आसान था, यह हर कोई कर सकता है—वह हम लोगों की स्मृति में रहता है। बस, उसे बाहर लाकर देखने की ज़रूरत है। मैं अपनी माँ को याद करने लगा। बचपन में तो हम सभी ने माँ को ख़ूब देखा है, ध्यान से देखा है; हाँ, उस समय यह नहीं सोचा कि बाद में इसका अभिनय करना पड़ेगा। किन्तु देखते तो हैं—माँ कैसे साड़ी का आँचल सँभालती है, कैसे बाल सुखाती है, कैसे आँचल में चाभी बाँधती है, कैसे कमर पर कलसी रख उसे पकड़ती है। तो मैं इन सब छोटे-छोटे दृश्यों को स्मृति से बाहर लाकर जमा करने लगा और कमरे में अकेले बार-बार अभ्यास करने लगा। आज जब दर्शकों में से कोई बोल उठता है—आप इतने अच्छे से साड़ी कैसे सँभाल लेते हैं, तो पर्दे के पास जाकर मैं अभी भी माँ को याद करता हूँ। ख़ुशक़िस्मती थी कि माँ थी, नहीं तो यह बच्चा ये सब

कैसे जानता? इसी प्रकार छोटी-छोटी ज़िम्मेदारियाँ लेकर मैंने अपने को ठीक किया है। चूँकि मैं ही इस नाटक में अभिनेता और निर्देशक, दोनों था, मैंने ही अपने ऊपर शासन किया। कोई ग़लती होने पर निर्देशक के आदेश पर अभिनेता अपने को ठीक कर लेता था। यही प्रक्रिया जारी रही।

मैं हर दिन एक नई कोशिश करता हूँ। सचमुच, मैं हर दिन एक ही तरह से नाटक नहीं करता हूँ। मंच के बीच मैं बहुत कुछ करता हूँ। इस विषय में मैं नाटक के प्रकाश व्यवस्थापक और रूप सज्जाकार दीप भौमिक और प्रकाश संचालक अर्णव को धन्यवाद देता हूँ। वे लोग मेरा चेहरा देखकर ही समझ जाते हैं कि मैं क्या करनेवाला हूँ। असल, उन लोगों के सहयोग से ही आज मैं इतना आगे आया हूँ या नाम कर पाया हूँ तथा मंच पर सटीक कुछ कर पाता हूँ। इसके बाद ध्रुपद से मृणाल में बदल जाने में जो सहायक है, वह है मेरा अनुभव।

मैंने बड़े होने तक जो स्वयं अपनी माँ को देखा है, दीदी को देखा है, अपनी स्त्री-मित्रों को देखा है तो पाया है कि इस नये आधुनिक युग में पहुँचकर भी स्त्रियों को समानता की लड़ाई लड़नी पड़ रही है। नारी मात्र होने के कारण उन्हें अवहेलना और अपमान सहना पड़ता है। नारियों को मनुष्य की तरह कोई नहीं गिनता। नारियाँ स्वयं भी अपने को उस तरह नहीं मानतीं। लेकिन लिंग भेद की जड़ कमज़ोर तब होगी जब लिंग भेद ही नहीं रहे। मृणाल ने यही चाहा था—एक मनुष्य के रूप में प्रतिष्ठा प्राप्त करना। मैं भी लिंग भेद की इसी जड़ता को काटने, ताकि अभिनेता जिस किसी पात्र का अभिनय करे, स्वच्छंदता से करे, अब तक मृणाल का अभिनय कर रहा हूँ। दर्शक हम लोगों को प्यार करते हैं—एक मनुष्य की तरह हमारा अभिनय देखते हैं—यही हमारा पुरस्कार है। अभिनय जगत में स्टार अभिनेता प्रदीप भट्टाचार्य, आशीष दास और आशीष चट्टोपाध्याय जैसे गुणी कलाकार हम लोगों को मानते हैं। इसी प्रेम के बल पर बहुत जल्द हम लोग 100 प्रदर्शन पार कर लेंगे। तभी तो इतने पास आकर मन की बातें बताईं।

अनुवाद : *प्रकाश देवकुलिश*

इप्शिता चक्रवर्ती सिंह

राष्ट्रीय नाट्य विद्यालय से प्रशिक्षित और मुम्बई में सक्रिय रंगकर्मी इप्शिता चक्रवर्ती सिंह जयपुर में जन्मी और पली-बढ़ी हैं। अब तक तीस से ज़्यादा नाटकों में काम कर चुकी हैं। राष्ट्रीय नाट्य विद्यालय से प्रशिक्षित होने के बाद लगभग पाँच सालों तक रंगमंडल से जुड़ी रहीं। 'थ्री सिस्टर्स', 'विरासत', 'ओल्ड टाउन', 'दफ़ा 292', 'लैला-मजनू', 'खिलौना नगर' आदि नाटकों में प्रमुख भूमिकाएँ निभानेवाली इप्शिता चक्रवर्ती सिंह अपने नाटक 'मुक्तिधाम' की रचना-प्रक्रिया को विश्लेषित कर रही हैं।

मुक्तिधाम : बतौर कलाकार ख़ुद पर जीत

मैं यहाँ पर अपने नाटक 'मुक्तिधाम' के कुछ अनुभव साझा करना चाहूँगी। इसमें मैंने एक एक्टर के तौर पर काम किया। 'मुक्तिधाम' के लेखक और निर्देशक अभिषेक मजूमदार जी हैं। वैसे तो मैंने 'मुक्तिधाम' से पहले भी कई नाटकों और निर्देशकों के साथ काम किया है लेकिन मुझे अपने किरदार तक पहुँचने में जितनी समस्या इस नाटक के दौरान हुई, उतनी इससे पहले जहाँ तक मुझे याद है, नहीं हुई। मतलब यह कि जब जयपुर में थियेटर करना शुरू ही किया था तो उस समय की 'कैरेक्टर अप्रोच' और अब इतने साल काम कर लेने के बाद की 'कैरेक्टर अप्रोच' में काफ़ी फ़र्क़ आया है, इसलिए मैं थियेटर के शुरुआती दिनों को इसमें शामिल नहीं कर रही हूँ। हाँ, लेकिन नेशनल स्कूल ऑफ़ ड्रामा में पढ़ाई के दौरान या वहाँ से पास-आउट होने के बाद रेपेट्री में जो भी नाटक किये, उस समय से अब तक 'मुक्तिधाम' मेरे लिए बेहद कठिन नाटक रहा है। ज़्यादातर नाटकों में मुझे अपने कैरेक्टर से सम्बन्धित समस्या होती थी, जो होना आम तौर पर एक एक्टर के लिए सामान्य है और यह समस्या निर्देशक और साथी कलाकारों से बात करके और रिहर्सल करके दूर हो जाती है। लेकिन इस नाटक में मुझे सबसे ज़्यादा दिक़्क़त इसके टेक्स्ट को समझने में हुई। नाटक बनने से पहले सात दिनों की एक वर्कशॉप हुई थी। उसमें हमने स्क्रिप्ट भी पढ़ी और अभिषेक दा ने हम एक्टर्स से काफ़ी एक्सरसाइज़ भी करवाई। लेकिन मैं सच बताऊँ तो उन सात दिनों में मुझे टेक्स्ट बिलकुल भी समझ नहीं आया था। नाटक को लेकर काफ़ी डिस्कशंस भी हुए, जैसे नाटक अभी के राजनीतिक परिवेश में क्या है और उसका कौन-सा किरदार अभी की राजनीति के किस किरदार का प्रतिबिम्ब है, ये तमाम बातें हुईं। लेकिन एक अजीब चीज़ यह होती थी कि ऐसे इनडायरेक्टली या उदाहरणों के माध्यम से लगता कि हाँ, नाटक समझ में आ गया, लेकिन जब ये सारे डिस्कशंस ख़त्म होते और मैं स्क्रिप्ट के साथ अकेली होती तब फिर लगता कि कुछ है, जो खटक रहा

है। मुझे फिर पता चला कि इस नाटक में जैसे शब्द लिखे हुए हैं, कहीं न कहीं वे शब्द ही नाटक तक पहुँचने के बीच में आ रहे हैं। इसका यह मतलब नहीं कि मैंने इससे पहले कठिन भाषा में नाटक नहीं किया। लेकिन अगर हम कोई संस्कृत नाटक कर रहे हैं तो मानसिक रूप से हम संस्कृत के शब्दों से डील करने के लिए तैयार रहते हैं। ठीक वैसे ही हिन्दी के कठिन शब्दों से भी थियेटर के शुरुआती दिनों से ही साबका रहा है। जैसे मोहन राकेश का 'आषाढ़ का एक दिन' नाटक है। इसमें बेहद कठिन हिन्दी और कुछ संस्कृत के शब्द भी हैं। लेकिन 'मुक्तिधाम' में न जाने क्यों बहुत ही कठिनाई आई। जैसे एक परेशानी यह कि मैं इस नाटक को करने से पहले नहीं जानती थी कि हिन्दू धर्म को ही पहले 'सनातन धर्म' कहते थे। यह मेरे लिए बिलकुल नया अनुभव था। मेरा मानना है कि जो शब्द हमारे बोलचाल में हैं या जिन्हें हम किताबों के माध्यम से पढ़ते रहते हैं तो उस शब्द और उनके अर्थ के बीच हमारा अपना एक चित्र बन जाता है जो कि उस शब्द के मर्म तक पहुँचाने में हमारा सबसे बड़ा साथी होता है। जैसे कि किसी ने मुझसे कहा 'ब्रह्मांड', अब हम सब इस शब्द को बचपन से सुनते आए हैं और सबके दिमाग़ में ब्रह्मांड बोलते ही एक चित्र बनता है, बेशक ही सबका चित्र अलग है लेकिन वह चित्र ही हमारे लिए हमारा ब्रह्मांड है। 'मुक्तिधाम' में जिन शब्दों से आमना-सामना हुआ, उनके लिए दिमाग़ में कोई बिम्ब ही नहीं बनता था और यही मेरे लिए सबसे बड़ी समस्या थी।

ख़ैर, उन तमाम दिक़्क़तों के बावजूद मुझे उन सात दिनों में बहुत मज़ा आया। सबसे अच्छा अनुभव यह रहा कि मैं वहाँ बेहद नॉलेजेबल एक्टर्स के बीच थी। हमारे निर्देशक अभिषेक दा तो थे ही लेकिन साथ में सुब्रोज्योति बरात, नीलसेन गुप्ता, कुमुद मिश्रा और इरावती कार्णिक जैसे बेहद पढ़े-लिखे लोग भी टीम में थे, जिन्हें सुनकर या उनके साथ डिस्कशन करके हमेशा कुछ न कुछ मिलता ही था और साथ ही और ज़्यादा जानने की भी प्रेरणा मिलती थी। उन सात दिनों की वर्कशॉप और नाटक बनने के बीच में कुछ महीनों का गैप था जिसमें हमें कुछ होमवर्क भी मिला था। लेकिन मैं सच बताऊँ तो उस दौरान मैंने जानबूझकर कुछ तैयारी नहीं की और न ही मैंने ज़्यादा टेक्स्ट के बारे में सोचा। लेकिन जब नाटक बनने का समय नज़दीक आने लगा तो मेरे अन्दर कुछ अजीब-से ख़याल भी आने लगे जो कि अमूमन मेरे साथ नहीं होता। जैसे कि 'क्या सच में मुझसे यह किरदार हो पाएगा?' लेकिन फिर मैंने अपने-आपको छोड़ दिया और यही वह समय था जब मुझे इतने साल थियेटर करने के बाद सच में लगा कि मुझे सबकुछ भूलना है और ज़ीरो से शुरू करना है और वहाँ जाकर मेरी कोशिश हर वक़्त यही रही कि मैं ख़ुद को जितना हो सके, ज़्यादा-से-ज़्यादा सरेंडर कर सकूँ। मैं सच बताऊँ तो मुझे इसका फ़ायदा मिला। हर एक्टर के जीवन में कुछ पड़ाव ऐसे होते हैं जहाँ उसे ख़ुद से ख़ूब जूझना होता है। बात किसी और के लिए ख़ुद को प्रूव करने से ज़्यादा ख़ुद के लिए ख़ुद को

प्रूव करने की आ जाती है लेकिन ये पड़ाव ही सबसे ज़्यादा महत्त्वपूर्ण होते हैं और इनसे लड़कर एक्टर अपने क्राफ़्ट को और ज़्यादा मज़बूत कर लेता है। अभिषेक दा के साथ इस नाटक में काम करके ऐसे ही कुछ कमाल अनुभव रहे मेरे। जैसे उनमें से मैं यहाँ एक बात का ज़िक्र करना चाहूँगी कि एक दिन रिहर्सल के बाद जब अभिषेक दा सभी एक्टर्स को नोट्स दे रहे थे तो उन्होंने मुझे कहा कि "इप्शिता, तुम्हारा स्टेज में हर चीज़ का एक सेट रिदम है, जैसे तुम्हारा चलते-चलते मुड़ना या एक बड़े संवाद तो ऐसे तोड़कर बोलना जैसे कि वो एक सेट रिदम में होता है। या तो तुम सबकुछ 1-3-5... या 2-4-6... में करती हो।" एक तो यह बात समझने में मुझे समय लग गया क्योंकि यह एकदम अनपेक्षित नोट्स था और एक एक्टर के तौर पर यह जानकारी मेरे लिए बहुत नई थी।

नाटक जब बन रहा था तब तक भी और बल्कि पूरे नाटक के दौरान मेरी समस्या ज्यों की त्यों बनी रही कि मैं टेक्स्ट को अपना नहीं बना पा रही थी। लेकिन अब जब नाटक बन रहा है तो अपने किरदार को बनाना तो पड़ेगा ही। तो फिर मैंने नाटक को उसके पॉलिटिकल और सोशल एंगल से देखना ही छोड़ दिया। लेकिन छोड़ देने के बाद भी उसकी सारी इन्फॉर्मेशन तो थी ही। तब मैंने सिर्फ़ एक ही बात सोची कि इनसान किसी भी समय या काल में रहा हो, उसके कुछ संघर्ष हमेशा समान ही रहे हैं। जैसे सर्वाइवल इश्यू, स्त्री-पुरुष प्रेम का द्वन्द्व, अपने अधिकारों की लड़ाई, सामाजिक असमानता इत्यादि। हम किसी भी दौर या काल के समाज को देखें, ये सारी चीज़ें हमेशा रहीं। इसलिए मैंने अपने किरदार 'अहल्या' को किसी भी समय या काल में सोचने के इतर उसके जीवन की असल परेशानियों और ख़ुशियों की तरफ़ झाँकना शुरू किया। मैंने यह देखना और समझना शुरू किया कि मेरे किरदार को क्या-क्या चीज़ें अफेक्ट कर रही हैं। मैंने बाक़ी सारी चीज़ें एक तरफ़ रख दीं और यहीं से मुझे मदद मिलनी चालू हुई। मुझे सबसे ज़्यादा मदद अभिषेक दा की एक्सरसाइज़ ने की। उनकी एक सबसे बड़ी ख़ूबी यह है कि वे हर एक्टर से उसकी वोकेबलरी में जाकर बात करते हैं। उनका टेक्स्ट जितना हैवी होता है, उतना ही आसान होता है उनका एक्सरसाइज़ करवाने का तरीक़ा। मैं यह नहीं कहूँगी कि वे बहुत ही आसान एक्सरसाइज़ करवाते हैं लेकिन वे कठिन एक्सरसाइज़ को भी अपने दिशा-निर्देशों से आसान बना देते हैं। जैसे मेरी सबसे बड़ी दिक़्क़त तो टेक्स्ट थी और उन्होंने अपनी एक्सरसाइज़ में संवाद हटा दिया और सारा सीन वैसा ही रखा। तब मुझे संवाद के इतर उसका असल इमोशन मिला।

इस प्रोडक्शन में एक और परेशानी मुझे हुई और मैं यह कहना चाहूँगी कि यह पूरी तरह से मेरी ही तरफ़ से थी। मैंने इस प्रोडक्शन से पहले कभी भी स्टेज में इंटीमेट सीन नहीं किया था। इसलिए मैं यह बात जानते हुए भी अन्दर से कभी महसूस नहीं कर पाई कि एक एक्टर के तौर पर स्टेज में इंटीमेट सीन परफ़ॉर्म करना

कितना मुश्किल होता है, फिर चाहे वह जेंडर कोई भी हो—स्त्री या पुरुष, वह मायने नहीं रखता। तो इसमें उस सीन को करने में मुझे तमाम परेशानियों का सामना करना पड़ा लेकिन ऐसे सीन में सिर्फ़ एक ही चीज़ काम करती है, विश्वास। अगर आपका अपने कोएक्टर के प्रति और कोएक्टर का आपके प्रति गहरा विश्वास है तो सारी परेशानियाँ दूर हो जाती हैं। मैं बहुत ही भाग्यशाली थी कि मुझे संदीप शिखर के रूप में बेहतरीन कोएक्टर मिले। हम लगातार उस एक सीन को लेकर जूझ रहे थे और एक दिन हम दोनों को जैसे कुछ मिल गया और वह सीन हो गया। मेरा अपने साथी एक्टर के साथ-साथ लोगों के प्रति विश्वास बढ़ा। यह मेरी बतौर कलाकार ख़ुद पर जीत थी।

संगीता चक्रवर्ती

पश्चिम बंगाल में कोलकाता से लगभग पचास किलोमीटर दूर अशोक नगर क़स्बे में संगीता चक्रवर्ती पिछले बीस सालों से रंगकर्म कर रही हैं। संगीता ने बच्चों के रंगमंच के लिए भी लगातार काम किया है। अभिनय के साथ-साथ नाट्यदल 'नाट्यमुख' के संचालन में इनकी महत्त्वपूर्ण भूमिका रही है। संगीता चक्रवर्ती सत्यव्रत राउत निर्देशित नाटक में गांधारी की अपनी भूमिका की चर्चा कर रही हैं।

मैं, गांधारी और मेरा अभिनय जीवन

पश्चिम बंगाल के कोलकाता से क़रीब 45 किलोमीटर दूर स्थित एक छोटा-सा मुफ़स्सिल क़स्बा है—अशोकनगर, जहाँ मैं रहती और रंगकर्म करती हूँ। हमारे नाट्यदल का नाम है—'नाट्यमुख'। 'नाट्यमुख' के निर्देशक श्री अभि चक्रवर्ती और हम सब यानी युवाओं का एक समूह पिछले 20 सालों से लगातार काम किये जा रहे हैं। बिलकुल शुरुआती दिनों से ही मैं अभि द्वारा निर्देशित नाटकों के अलावा 'नाट्यमुख' के अधिकांश नाटकों में अभिनय कर चुकी हूँ। मोहित चट्टोपाध्याय रचित 'मिस्टर राइट' में तंद्रा, 'बोल' नाटक में तृष्णा, रवीन्द्रनाथ टैगोर की 'अभिसार' कविता में बासवदत्ता और 'मुक्तधारा' नाटक में अम्बा। आबुल बसर के लेख के आधार पर नाटक 'कागोजेर नौका' में मालती, ब्रात्य बसु का नाटक 'ऑपरेशन 2010' में माँ, 'मृत्यु ईश्वर, जनता' में मेजदी, रवि शंकर बल के उपन्यास 'तैमूर शासनेर' परवर्ती अध्याय के आधार पर 'नेमोसिस' नाटक में कृतिन, स्वपन कुमार की कहनी के आधार पर नाटक 'रात बिरेते रक्त पिसाच', 'मातंग और पुलिस ऑफ़िसर' आदि नाटकों में मैंने काम किया है।

नाटककार ब्रात्य बसु के सारे नाटकों और उनकी कहानियों, कविताओं और उपन्यास आदि का नाट्य-रूपान्तर और निर्देशन अभि चक्रवर्ती ने किया है। अभि को हाल ही में पश्चिम बंगाल सरकार ने 'शम्भु मित्र' पुरस्कार से नवाजा है। पिछले साल ही 'नाट्यमुख' की सक्रियता के बीस साल पूरे हुए। यहाँ एक बात बताना ज़रूरी समझती हूँ कि इस दल के सांगठनिक कामों में पर्याप्त भागीदारी और व्यस्तता के कारण किसी दूसरे नाट्यदल या किसी अन्य निर्देशक के साथ काम करने का मौक़ा और अनुभव मिला ही नहीं।

अभि चक्रवर्ती केवल मेरे निर्देशक ही नहीं, दोस्त और पति भी हैं। मैंने अभि के सामने अपनी यह इच्छा प्रकट की थी कि मैं किसी अन्य निर्देशक के साथ भी काम करना चाहती हूँ ताकि मैं अपने को फिर से एक अभिनेत्री के रूप में एक्सप्लोर कर

सकूँ। अपने भीतर की अभिनेत्री का पुनराविष्कार करने की इच्छा के लिए मुझे ऐसा करना चाहिए, इस मुद्दे पर मैं और अभि एक-दूसरे से सहमत थे। एक ट्रेन सफ़र के काल अभि के साथ 'महाभारत' के नारी चरित्रों को लेकर चर्चा होने लगी। चर्चा में यह बात उभरकर सामने आई और हम सब इससे सहमत थे कि 'महाभारत' सारे नारी-चरित्रों का प्रभाव सिर्फ़ महाभारत काल में ही सिमटकर नहीं रहा, बल्कि उनका प्रभाव सारे इस संसार पर हर युग में पड़ता रहा है और अनन्त काल तक पड़ता रहेगा। इस चर्चा के दौरान बार-बार गांधारी हमारे बीच आती रहीं और उनकी आँखों पर बँधी पट्टी मेरे हृदय को बेधती रही,—एक पीड़ा बनकर मेरे हृदय में उतरती रही। मुझे गांधारी के मन की भावनाओं को समझने की बेहद चाहत थी। मैं यह जानने और महसूस करने के लिए व्यग्र थी कि आँखों पर बँधी उस पट्टी के कारण अपने जीवन में पैदा हुए अँधेरे में वह क्या अनुभव करती हैं, क्या सोचती हैं! क्या असल में स्वामी धृतराष्ट्र की अंधता के कारण ही यह पट्टी बँधी थी या दिव्यदृष्टि सम्पन्न गांधारी पहले से ही भविष्य की घटनाओं के बारे जानती थीं और सैकड़ों पुत्रों की वीरगति की यंत्रणा सह नहीं पाएँगी इसलिए उन्होंने पहले ही यह पट्टी बाँध ली थी?—इस तरह के हज़ारों सवाल मेरे हृदय के अन्दर तूफ़ान मचा रहे थे। मैं यह सब कुछ अनुभव करना चाहती थी।

मैंने निर्देशक अभि चक्रवर्ती से कहा कि मैं 'गांधारी' के चरित्र को लेकर एकल अभिनय करना चाहती हूँ। अभि ने कहा, "तुम शुरू से लेकर आज तक मेरे ही निर्देशन में काम करती रही हो। अब तुम किनके साथ काम करना चाहती हो? तुम जिनके साथ काम करना चाहो, उनसे बात कर लो। नाट्यदल इस प्रोडक्शन में सांगठनिक से लेकर हर तरह के मदद करेगा। 'नाट्यमुख' के 20वें साल के उत्सव में आपको यह एकल अभिनय करने का अवसर आपको नाट्यदल की तरफ़ से तोहफ़ा होगा।"

पश्चिम बंगाल के लगभग सारे नाट्य निर्देशकों से ही मैं परिचित हूँ। किशोर उम्र से ही मैं बंगला नाटक से जुड़ी हुई हूँ। रंगमंच से जुड़े रहने के कारण समय-समय पर पश्चिम बंग नाट्य अकादमी द्वारा किये गए वर्कशॉप में भी भाग लेने का अवसर मुझे मिलता रहा। यहाँ श्री प्रबीर गुहा, श्री अंजन देब, श्री ब्रात्य बसु, श्री मनीष मित्र, श्री आशीष दास, श्रीमती अर्पिता घोष जैसे प्रमुख नाट्य व्यक्तित्वों से मुझे नाट्य प्रशिक्षण लेने का सौभाग्य मिला। इसके अलावा 2016 साल में एन.एस.डी. के सहयोग से होनेवाले दस दिनों के रेसिडेंशियल वर्कशॉप में भी प्रशिक्षित हुई। 'नाट्यमुख' के अपने सात दिनों के वर्कशॉप के लिए सन् 2017 में हम लोगों ने फैकल्टी (प्रशिक्षक) के तौर पर सत्यव्रत राउत जी को आमंत्रित किया। इस वर्कशॉप का विषय था : 'सिनिक डिज़ाइन : हाउ टू रियलाइज ए परफॉरमेंस स्पेस'। 'नाट्यमुख' दल के इस सांगठनिक काम में, इस पूरे वर्कशॉप को मैंने कोआर्डिनेट

किया था और सारे काम को मैं बाहर से ऑब्जर्व करती रही थी। सत्यव्रत राउत जी की प्रशिक्षण-पद्धति मुझे बेहद पसन्द आई। मैंने उनसे कहा था कि अगर मौक़ा मिला तो आपके साथ वर्कशॉप बेस्ड प्रोडक्शन में काम करना चाहूँगी। जवाब में वे बोले, "ज़रूर।" ...बस, तभी से उनके साथ काम करने की इच्छा हुई। इसी कारण 20 साल के सेलिब्रेशन में जब नये नाटक 'गांधारी' करने की बात हुई तब सबसे पहले सत्यव्रत राउत जी का स्मरण आया। उन दिनों उनका नाटक 'तुम्हारा बिनसेंट' चर्चा में था और वह ब्राइट स्कॉलरशिप के कारण यूएसए में थे। उसी समय मैंने उनसे सम्पर्क किया और उनके निर्देशन में काम करने की इच्छा जताई। तब मेरी आँखों के ख़्वाबों में एक नई और बड़ी ज़िन्दगी तलाशने की पीड़ा थी। सत्यव्रत राउत जी ने मुझसे पूछा कि मैं गांधारी का चरित्र क्यों करना चाहती हूँ? मैंने उन्हें बताया कि असल में गांधारी उस पट्टी के पीछे के अँधेरे में क्या अनुभव करती, क्या सोचती है, मैं यह जानना चाहती हूँ! क्या गांधारी ने अपने स्वामी धृतराष्ट्र की अंधता के कारण पट्टी बाँधी थी या दिव्यदृष्टि सम्पन्न गांधारी पहले से ही भविष्य की घटनाओं के बारे जानती थी और सैकड़ों पुत्रों की वीरगति का यंत्रणा वह सह नहीं पाएगी, इसलिए पट्टी बाँध ली थी?—इस तरह के कई सवाल मेरे हृदय के अन्दर तूफ़ान मचाते रहे थे। वे मेरे जवाब से ख़ुश होकर काम करने को राज़ी हुए। उन्होंने मार्च-अप्रैल में भारत लौटने की बात कही और इस बीच नाटक की स्क्रिप्ट भेजने और फ़ोन पर सम्पर्क करने को कहा।

मैंने 'महाभारत' पर रिसर्च करनेवाले साहित्यिक शुद्ध सत्य घोष जी को गांधारी के चरित्र को लेकर नाटक लिखने का अनुरोध किया। उन्होंने पैंतीस पन्नों का एक मोनोलॉग लिखा। ...पर सत्यव्रत राउत जी का काम करने का तरीक़ा ही अलग है। वह देश लौटे और शुद्ध सत्य घोष जी को बुलाकर, उनके साथ बैठकर स्क्रिप्ट पर फिर से काम किया। पैंतीस पन्नों की स्क्रिप्ट अब सिर्फ़ पाँच पन्नों की रह गई। सत्यव्रत राउत जी 14 से 20 मई तक हम लोगों के साथ ऐसे घुलमिल कर रहे कि कभी एहसास ही नहीं हुआ कि मैं एक प्रसिद्ध हस्ती के साथ काम कर रही थी। एक अकेले होने के बावजूद सबको लेकर, काम पर जुटाकर हम लोगों के साथ वे लगातार काम करते रहे। सौमेंदु हाल्दार, झुमुर घोष, अर्पिता पायल, स्मृति लता मोंडोल, मल्लार कुंडू, विजय दास, अभिषेक गुहा को उन्होंने कोरस के लिए तैयार किया। उन्होंने 'महाभारत' की गांधारी के जीवन के सच को अनुभव—करने के सुझाव दिये। गांधारी का दुःख-दर्द, यातना, मन की भावना, अनुभव सबकुछ चेहरे के साथ-साथ हरकतों में उभरकर आना चाहिए, तभी गांधारी का चरित्र सफलता से मंच पर प्रस्तुत होगा। कोरस को भी बताया कि कोरस में होना केवल नृत्य या गान नहीं, अभिनय है। ऑडियंस जब गांधारी का नाट्य देख महाभारत के जीवन को अनुभव करेगी तभी गांधारी नाटक सफल होगा। हम लोगों का बजट कम था,

इसलिए सात दिनों के अन्दर ही स्टेज डिज़ाइन और कोरियोग्राफ़ श्रीमती सरस्वती दास ने किया। उन्होंने हर दृश्य को निपुणता के साथ तैयार किया। म्यूज़िक डायरेक्टर शुभदीप गुहा के साथ हमारे निर्देशक ने विमर्श किया। इस विमर्श के बाद संगीत तैयार हुआ। मेरे अभिनय की और मंच पर मेरी उपस्थिति की बुनियादी संरचना इस तरह तैयार की गई कि मैं प्रोसेनियम और इंटीमेट, दोनों स्थानों पर सहजता के साथ अभिनय कर सकूँ। 12 शो करने के बाद कोविड-19 के कारण मंचन रोकना पड़ा। फिर 11 अक्टूबर को 'नाट्यमुख' के अपने ही कक्ष में, जो आज 'अमल आलो' नाम से एक इंटीमेट स्पेस बनकर तैयार है, गांधारी का मंचन हुआ। 'नाट्यमुख' के 20वें आयोजन में गांधारी के विशिष्ट दर्शकों के रूप में 'गोबर डांगा नक्शां' के निर्देशक आशीष दास, अभिनेत्री दीपान्विता, बानिक दास, मलय घोष, गोबर डांगा 'शिल्पायन' के निर्देशक आशीष चट्टोपाध्याय, इफ्टा के निर्देशक देवाशीष दत्त, 'शब्दोमुग्धा' के निर्देशक राकेश घोष, अभिनेता-निर्देशक अचिंत दत्त, 'थिएलाइट' के अतनु सरकार, एन. एस. डी. अध्यक्ष सुरेश शर्मा आदि प्रमुख नाट्य व्यक्तित्वों की प्रतिक्रिया ने मुझे इस प्रस्तुति के प्रति विश्वास दिया है।

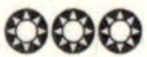

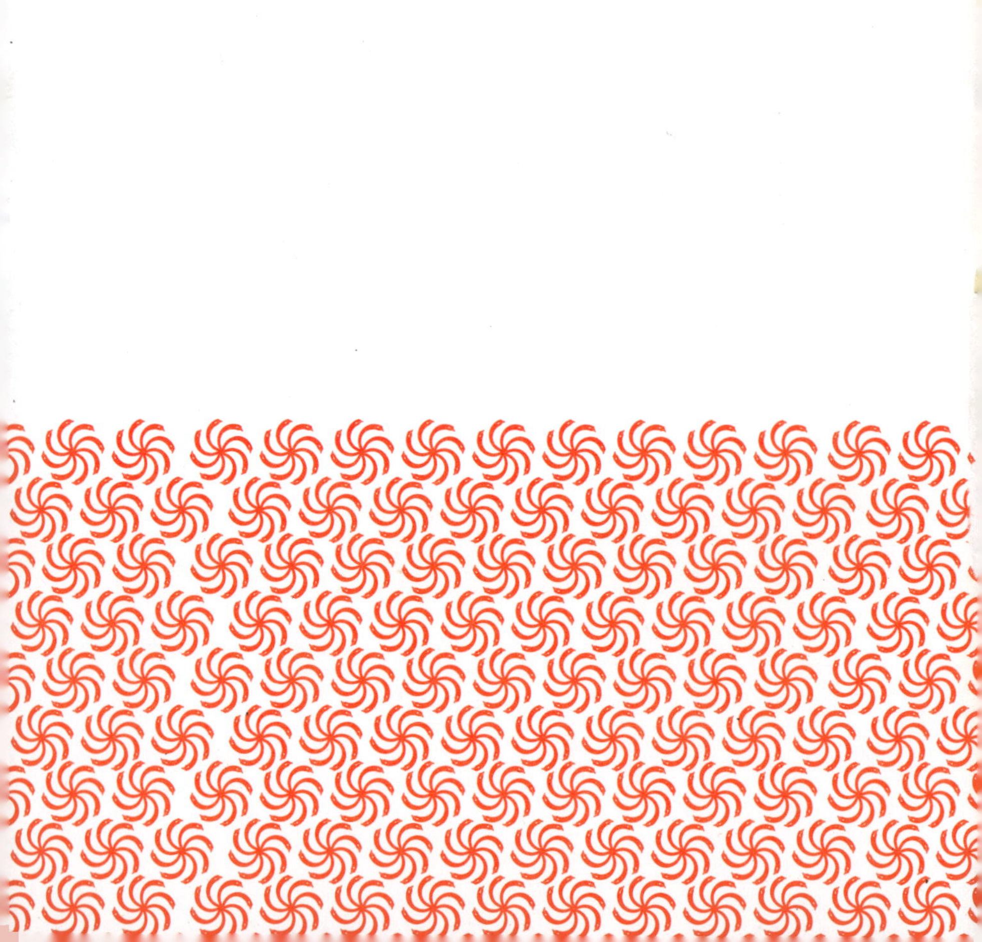